走进时光深处

张景云　著

天津社会科学院出版社

图书在版编目（CIP）数据

走进时光深处 / 张景云著. -- 天津 : 天津社会科学院出版社，2023.3（2025.6 重印）

ISBN 978-7-5563-0876-7

Ⅰ. ①走… Ⅱ. ①张… Ⅲ. ①中国文学－当代文学－作品综合集 Ⅳ. ①I217.2

中国国家版本馆 CIP 数据核字(2023)第 038846 号

走进时光深处

ZOUJIN SHIGUANG SHENCHU

选题策划：韩　鹏

责任编辑：王　丽

责任校对：沈　楠

装帧设计：高馨月

出版发行：天津社会科学院出版社

地　　址：天津市南开区迎水道 7 号

邮　　编：300191

电　　话：（022）23360165

印　　刷：北京盛通印刷股份有限公司

开　　本：787×1092　　1/16

印　　张：20

字　　数：270 千字

版　　次：2023 年 3 月第 1 版　　2025 年 6 月第 2 次印刷

定　　价：58.00 元

序

走进时光深处　重返“精神原乡”

——张景云散文集《走进时光深处》序

威廉·福克纳说:“做一个作家需要三个条件——经验、观察、想象。”尽管这三者之间在某种程度上可互补,但却不能彼此替代。尤其是观察力与想象力,是文学给人以诗性的力量并使人们超越庸常现实的重要保障,是体现一个作家精神深度及其艺术品位的核心素养。在我看来,作家张景云的创作显然具备了这种难得的素养。

我是先熟识张景云的文字,继而熟识其人的。当下写散文的人很多,但能凭借简短文字便足以令人目光为其驻足的说实话委实不多。张景云的文字如同其人,知性且清澈:少煽情,多率性;少张扬,多沉静;少铺排,多省思。读他的文字是需要细咂慢品的,倘若视线仅仅粗略地从其字面上滑过,至多或是只能领略到些许他的文字之美,却不可能领略其内涵的深度、真切的生命体验以及属于他个人的某种深沉却又灵气逼人的感受力。这无疑也是我欣赏张景云文字的原因之一。

通读《走进时光深处》这部散文集，没有华丽辞藻的堆砌乃至对内容“海外奇方”般的渲染，而恰恰在于其朴素，在于其扎实，在于其提供给读者的厚重历史感与超大信息量。张景云的思绪如奔驰的骏马，穿梭古今，驰骋中外。他的文章广征博引，既有学者论家的博大精深、鞭辟入里的思想见地，又有文人才子笔下汪洋恣肆、激情感性的文学意味。更令人欣赏的是，在《走进时光深处》这部散文集中，字里行间氤氲且弥散着浓浓真情与温暖，读罢会感受到一种被呵护的关怀温柔，更有一份心灵被抚慰疗愈的熨帖。

在实用主义不断获得尊崇的今天，文学创作的功利化和世俗化已成一种不可避免的事实，近些年来的文学创作已越来越失去诗性的审美质感，越来越依赖于客观的极端体验作为阅读上的逻辑印证。在这种审美趋势下，我们看到，无论是对社会问题的聚焦式再现，对历史记忆的现场式演绎，还是对个人隐秘体验的迷醉式临摹，对另类时尚生活的狂欢性书写……许多作品，其实都在不厌其烦地拥抱着所谓的客观真实，很难让人们在阅读后感受到思想漫游的光，领略到情感的共鸣与灵魂飞升的姿态。

张景云致力于对人性善与美的挖掘，朴素而优美的文字在潜移默化间温润着读者心田，让人对生活抱有希望的同时亦感受到一种审美愉悦。当然，他的宽容与大度并不意味着他过于温情脉脉或缺少反思精神，而是因为他对于善恶有着明晰的判断。张景云更愿意用笔去点染人性中的善，以此来温暖人们的心灵，他对春天浓墨重彩地描摹，他对人间真情不厌其烦地讴歌，都让读者与他共同体味和感知到人生的美好。即使如他在《邻居忆旧》中写到的像徐二爷那种带有某种悲剧色彩的人物，读者亦能从中读到某种温情与悲悯。他写卢梭，写托尔斯泰，写罗曼·罗兰，写梭罗，写帕慕克，倾慕中更不乏理性之光。张景云在书中多次写道读书的美好与重要性，他说：“快乐的标志就是忘掉自己，意识不到‘我’在哪里。就像我们人体内的五脏六腑，当正常运转的时候，我们意识不到它们的存在。而这种感觉，我们常常在读书的时候能够找到……”他的这种感受，怕也是读书人的共同感受。

白居易曾言：“感人心者，莫先乎情。”张景云写“情”的文字踏实且扎实，气力丰沛，充满了对至爱亲朋和对家乡的“热恋”，颇像一位才华横溢的画家，挥舞着自己特有的、热烈深情而又清新流畅的笔，描摹出家乡变化万千而又清朗明快的美丽画卷。从十几岁离开天津走入军营，张景云人生角色几经转换，也正因经过了生活的历练，使他的文字蕴含了充足的地气。他的文章即使写到过去的那些困难日子，也几乎看不到埋怨和哀怨，而是用写作抒发情怀、寄托理想和对未来的期冀。

在本书中，许多篇什都采用了“童年视角”，张景云笔下儿时的种种情境，无不以“情”为主线。童年回忆实际上是属于每个人自由精神的母腹，是人的本真属性的安居之所，也是每个人“精神原乡”的重要组成部分。而回忆中的亲情、友情、爱情以及作者对家乡的情愫，令那已逝去的乐园般的童年情景引起人们的审美快感。说“情”是《走进时光深处》的记述主线怕是不为过的。

他写母子情，《烛光里的母亲》写得荡气回肠、感人至深。“母亲的微笑在蜡烛朦胧的光晕里，清晰而明亮，她那清澈眼神和微弱的烛光，穿过悠悠的岁月，在后来的日子里，一直温暖着我人生的记忆……”

他写夫妻情：“‘一纸家书报平安，红笺说尽相思意！’就这样，信笺像勤快的鸿雁，来来往往，为我们传递着信息和情感。也许是命运的安排，也许是前世的缘分，这相处的短短二十分钟，决定了一世的姻缘，而那一封封小小的书信，帮助我们搭起了一座情感的桥梁，让我们牵手走在人生漫长的路上……”

他写祖孙情，在《咫尺天涯》中，作者把与女儿及外孙的亲情描写得动人心弦:“在屋里,我走到哪,他都跟着,并且嘴里不停地喊着:姥爷……姥爷……那一刻,我觉得姥爷是我几十年来最好的称呼,也是天底下最高的荣誉。”

村上春树说:“互联网让人人都有话说、有表达欲,但这些和文学创作是两码事,如果因此人人自视为作家,那就很恐怖,会导致阅读层面的崩塌。不讲章法的写作只会培育不负责任的读者,激发更不入流的写作,如此恶性循环,那我们就会离善于学习、理性判断、勇于担当渐行渐远。”如今,短视频社交网站的作品往往在很短时间内刷新受众三观,如同倾泻而下的泥石流,尽可能在第一时间内启动受众大脑内的多巴胺反馈机制。而张景云的表达方式无疑是传统的,他坚信,文学绝不是单纯的表达,无论科技如何进步,文学所肩负的使命是不会变的。

应该说,《走进时光深处》这部书里的作品多半系作者“在场”所得,有对作者自身生活情感的摹画,有对当下现实生活的感思,也有对作者人生生存处境的介入。张景云的散文有着自己十分显著的特色,在他笔下,所有人物事件全都成为作者审美过程中的一连串文化符号,又始终用一种逆向评判的精神去重新审视它们,并且用勇气十足的文化担当去叙述这些文化符号。正如美国著名评论家哈罗德·布鲁姆所指出的那样,没有任何一个写作者愿意跟在别人的写作之后成为那个“渺小的后来者”。对于《走进时光深处》而言,因为作者所知者深,决定了其书写内容的充实和厚重;因为作者所见者真,所以其行文并不以所谓“技术要素”取胜。张景云的叙事,直呈较多,这种传统笔法始终伴随着主体的悟性,笔下意象缤纷,使得诸事物皆涂抹了澄明的色泽。但张景云笔下的变化同样显而易见。散文是一个带有内省倾向和自由天性的文体,《走进时光深处》中的不少篇什,作者兴之所至,思之所至,打破章法限制,以心理时间取代线性的物理时间。展示了心灵的自由维度,将过去的时间与现实的经验交汇,在无意识的潜流中弥散开来,充分运用了意识流文学中的非逻辑性的“心理时间”叙说手法。事实上，在西方现代主义文艺理论中，时间被分为心理时间和空间时间，心理时间是表示强度的质量概念，空间时间是指各个时刻依次顺延的时间，表示宽度数量概念。作者将过去、现在、将来各个时刻互相渗透，并进行置换，这种创作手法在《飞越漫漫的人生旅程》一文里表现得尤为明显。

在《飞越漫漫的人生旅程》一文中，我仿佛与作者一起经历了十几个小时的空中旅程，期间穿插的回忆与期待并不是毫无依据，自由联想也不是漫无边际。意识中每一个鲜明的意象都是浸染在围绕它们流淌的“活水”之中，意识活动向四面八方发散又收回，作为触发物的意象唯有在意识活动中才有意蕴显出。作者在回忆，也在记叙，却并不令人觉得枯燥，你会跟着作者的思绪一点点起承转合，一点点“抽离”又“回归”，一点点接近美洲大陆，一点点随着飞机下降……作者几次写道自己与妻子的手紧紧攥在一起，而这一攥却又是千言万语。直到“短短的十几个小时旅程，如同经历了几十年的人生，让我想了许多许多，我和妻子拉着手，缓缓走出了机场……”作者以独白式的意识流动为结构框架，面对主体的探询与驳诘，用一种内省式的复杂语态代替了夸饰性的抒情语态。

值得一提的是，本书中的许多篇目都写到了历史和历史人物，作者艺术地将过去、现在、将来交叉和重叠，寄情于历史和人物的客体，一任思绪的千军万马一跃而过，尽兴地将过往的感知交叠，任万端情思奔涌而出。从北固山到武侯祠，从大漠戈壁到古城残垣、从“风雨雁门关”到“黄河之水天上来”……以并不算太长的篇幅，承载了厚重的至情至性至理，用思想组接起一幅幅发轫于历史“时间深处”的场景与画面。

《走进时间深处》这部散文集，读来不仅让人热爱生活，敬畏生命，读罢还会使人滋生出无比美妙的艺术感受。张景云引领着读者在真情实感的字句中与自己的内心交流，并重获滋养与超越，体验自己与他人、与自然互依共存的无比喜悦。在走进时光深处的同时，也重返了属于我们每一个人的“精神原乡”。

狄　青

（著名作家，中国文艺评论家协会理事，

天津市文艺评论家协会驻会副主席，

《文学自由谈》副主编。）

目录

卷一

生命的温度

走进时光深处 / 003
春天的脚步 / 006
多彩的季节 / 008
飘入岁月里的雪花 / 019
夏日的记忆 / 022
在雨中 / 032
秋语谁人知 / 035
月饼的味道 / 038
冬日的温馨 / 041
岁月剪影 / 043
过年的往事 / 054
日报伴我走过人生路 / 065
邻居忆旧 / 068
我与那座公园 / 070
相逢是首歌 / 073
飞越漫漫人生旅途 / 077
烛光里的母亲 / 086

卷二

书中的味道

读些经典 / 095
名著的比较 / 096
卢梭的真诚 / 097
托翁的困惑 / 099
帕慕克的忧伤 / 101
一部融入音乐的小说 / 103
静静的瓦尔登湖 / 105
永不言败的硬汉作家 / 107
落在记忆中的牛虻 / 109
真正的英雄 / 111
守望精神家园 / 113
遗编一读想风标 / 115
诗豪的境界 / 117
走进梁山读水浒 / 119
读『活水浒』 / 123
静下心来好读书 / 125
闲暇时光读闲书 / 126
穷读与富读 / 128
书的轻与重 / 129
可以坐拥书城 / 130
沉重的『花冠』 / 131
相伴一生的朋友 / 133
读书的快乐 / 134
读书使人深刻 / 135
读小说与读历史 / 136
读书与交友 / 138
看书的『错觉』 / 139
阅历的深浅影响着读书 / 140
精读与博览 / 142
地要深耕，书要精读 / 143
苦乐在书中 / 144
引领写作的阅读 / 146
精读之妙 / 147

卷三

岁月的回声

黄河之水天上来 / 151
长城依然在诉说 / 155
寻找『飞天』的梦 / 160
风雨雁门关 / 164
遥望黑水城 / 170
刻在石头上的王朝 / 176
神垕访钧瓷 / 182
北固山上觅英雄 / 186
走进碑林里的故事 / 190
汉柏森森武侯祠 / 194
屯堡访古 / 198
诗文闻酒香 / 201
寻访林语堂故居 / 205
文人的丰碑 / 208
呼兰河畔忆萧红 / 212
寻迹涅瓦河 / 216
一座城市的记忆 / 220
苦难铸就辉煌
——访贝多芬故居 / 224

卷四

随意的笔触

但得酒中趣 / 231
善意的谎言 / 234
这就是岳飞 / 237
足球的力量 / 239
戴口罩想起的 / 241
『宅』在家里的日子 / 243
那些负重前行的人 / 246
春天正向我们走来 / 250
手机指挥自驾游 / 253
朋友的故乡 / 255
厦门的冬天 / 260
泉州的记忆 / 264
澳洲行 / 268
追梦的路上洒满阳光 / 275
神奇的网络时代 / 278
为中华崛起而读书 / 280
纪念碑前的沉思 / 282
意风区的华丽转身 / 284
宁园的夏天 / 287
映日荷花别样红 / 289
咫尺天涯 / 293

卷一

生命的温度

走进时光深处

走进时光深处

总期待着，在我步入人生晚景的时候，能够给我一段时间，让我整理好思绪，背上记忆的行囊，如同远行，独自走进时光深处，去寻找那些往事和熟悉的身影……

不久前，我离开了工作了几十年的职场，像一只归巢的倦鸟，回到了家，从此过上了慢节奏的生活。我开始整理着思绪，让自己那颗躁动的心慢慢静下来。找出了那些年代久远的日记和有些发黄的照片，看着这些伴随我多年的“老朋友”，颇感亲切，仿佛打开尘封的记忆，慢慢地沿着岁月的小路前行……那些儿时玩伴、少年同窗、部队战友携着往事带着微笑一步步向我走来，和我无拘无束地聊着，我沉浸在往日快乐的时光里……想起作家伍尔芙的那句话：“一个写作者，必须要打开自己的记忆之河，并且以最为恰当的方式还原自己的梦境。”我徜徉于昨日的河畔，回味着梦中的情境。用思维的笔触搜寻覆盖在光阴里的往事，用记忆的网打捞着遗失在岁月里的欢笑……

尽管有些事情已漫漶不清，但仍有许多身影清晰可见。想起了一句诗：“人似秋鸿来有信，事如春梦了无痕。”有人说，童年是我们灵魂深处最柔软的地方，不管何时触碰，都会让人心醉。一直以来，让我挥之不去的，是关于儿时的那些往事，它藏在记忆的深处。特别是那间让我魂牵梦绕的“老屋”，它虽被拆除了，几乎没留任何痕迹，但我每次路过这里，都要停下脚步。轻轻抚摸路边那棵比我还要“年长”的白蜡树，望着它粗糙的树皮和我曾攀爬过的树干，我的眼睛竟有些潮湿。几十年了，它一直在这里等我，仿佛就是为了提醒：这里是我的出生地，我有儿时的记忆。我想起了给予我生命的父母，想起身边的亲人和朝夕相处的邻居们。他们是那样淳朴、憨厚，影响着一路走来的我，音容笑貌早已定格在记忆中。还有那段青葱的年龄，我投身部队火热的生活，用青春和汗水书写着人生。巍巍太行山，涓涓漳河水，已深深印在我心灵的底片上。正如那句话所说：人当了一回兵，就像土烧成了陶，即使后来破成碎片，每个颗粒依然坚硬，依然散发着特殊的光彩，因为他经过了一次“淬火”，再也无法还原成泥土了。十年的军旅生涯，给我生命打下深深的烙印。我想起几年前，曾无数次远足他乡，行走于天地之间。雪域高原上的圣湖，大漠深处的雄关，群峰连绵中的茫茫云海，让我流连忘返……于是，我将这些从时光深处采集来的往事，敲打在键盘里，将记忆变成一个个鲜活的文字，把梦境还原成一段段耐人寻味的故事……

我在忘情于书写往事的时候，也在问自己：在互联网高速发展的今天，“碎片化阅读”已成为人们“文化餐桌”上的标配，纸质文字的生命力还能有多久？是的，我从不否认“碎片化阅读”的存在和它带来的便利，但我也坚信，纸质文字的魅力，特别是那些有温度的文字……如果说生命是脆弱的，那么灵魂会让她变得坚韧；如果说生命是悲凉的，文字则会给生命以温度。自然，我们并不能把握生命的长度，但可以驾驭生命的厚度和宽度。我们需要做的是：不仅仅是给生命以岁月，还要给岁月以生命……

面对着周围的喧嚣，我常常停下探寻的脚步，向窗外伸出好奇的目光。但我深知：唯心灵的安宁，才能造就人性的优雅。作家周国平曾说：“我写作从来就不是为了影响世界，而只是为了安顿自己。”讲得多么精彩，灵魂是需要安顿的。人生是单程的旅行，一路上风雨兼程，步履匆匆，有艰辛也有快乐，有苦涩也有甘甜，把这些点点滴滴的感受刻录下来，由“生活层面的记录变为生命史的抒写”，以此来安顿自己那颗躁动的心。我从未想过要

“立言”，只是想把自己几十年来经历的事和对生活的思考，用朴实的文字描绘下来，将其呈现在众人面前，不负身边朋友们的期待，也不负我为之付出真情的那些岁月。

走进时光深处，与往事拥抱，当我想到这些从记忆河中打捞起的文字，是对时间长河的注目，也是对生命过程的礼赞时，心里除了忐忑还有一丝丝的慰藉……

春天的脚步

如果说，四季是一首诗的话，那春天应该是最精彩的部分。可在北方，春天的脚步总会姗姗来迟，而人们像等待一个经常爽约的“情人”，伫立于寒风中，向着天边望眼欲穿……

数九寒天的冬季里，人们就期盼着春天的到来，能够脱下这厚厚的冬装，走进温暖的阳光里。那些日子，我时常想起英国诗人雪莱名句，“冬天到了，春天还会远吗？”是的，只要有日月轮回，就没有送不出去的严冬，也没有走不来的春天……在漫长等待中，终于见到日历上那两个绿色的字——立春，我眼前一亮，如沐春风。不过，谚语有“春打六九头”的说法，即使立春，依然在“九”里，还不是气象意义的春天。前些天，气温忽然飙升，一些盼春心切的人，急忙换上春装，小区里的迎春花也“冒冒失失”地开了，在第一时间报告春天的消息，给人一份惊喜。可没过几天，一场雨夹雪，让人们一下子又回到严冬。不解风情的春天，“翻脸”比翻书还快，使人感到春天的脚步不仅是缓慢的，而且有些迟疑……

其实，这春是有早春、仲春和暮春之分的，就像人们的祈盼之心有迎春、探春和惜春一样。早春时节，大地开始回暖，一些冬眠的动、植物，渐渐地苏醒过来，在泥土和洞穴里伸伸懒腰；河水开始融化了，总能见到鱼儿顶着碎冰在水里游动着。这春寒料峭的日子里，尽管天气依然寒冷，却挡不住春天复苏的脚步。我总爱想起，每年春暖花开时节，与爱人去公园和郊外踏青时的情景，细细地观察花蕾在枝头上含苞待放时那羞涩的样子，闻着扑鼻而来的芳香。想起那句话：没有哪一朵花，因春天短暂而拒绝绽放。春回大地的时候，人们会忘掉严冬里的一切不快。每每想到此处，便充满了温馨，期待春天的手翻阅着心中的等待……

总觉得大自然更偏爱南方，春天的脚步，总是先叩响江南的那片土地。想起几年前春寒料峭之时，我携着一丝寒意乘高铁去南方，列车在平原上疾驰，一路向南。我注视着外面的田野和村庄，明亮的车窗像一幅幅不断变换颜色的油画，随着车轮的转动，由黄渐变为绿色，由单调变成五彩缤纷，让人目不暇接。当列车跨过长江，到达终点站的时候，我脱去棉服，一下子投入已是春意盎然的江南怀抱里。想起宋代诗人王观在初春时节，写给一位去南方朋友的诗："……才始送春归，又送春归去，若到江南赶上春，千万和春住。"是啊，此时的江南是个"多情"的季节……

我想，无论什么时候，在唐诗宋词里，总能找到春天摇曳多姿的身影，听到她轻轻的脚步声。这些作品里，从不同角度描绘春天，表达诗人的感受，其中许多都是传世之作，让人百读不厌。杜牧的《江南春》："千里莺啼绿映红，水村山郭酒旗风……"这首诗千百年来素有盛誉，既写了江南春景的丰富多彩，也描绘了它的广阔、深邃和迷离，给人美的享受。而苏轼笔下的早春是另一番景象："竹外桃花三两枝，春江水暖鸭先知，蒌蒿满地芦芽短，正是河豚欲上时……"在这首诗里，作者给我们描绘了一幅春意浓郁的图画，既看到稀疏竹子后面的桃花和满地的蒌蒿，也从水中游动的鸭子和跃跃欲试的河豚，感觉生机勃勃的春天正向我们"走"来，让人触手可及。每当读起这些优美的文字，仿佛听到诗人们跨越了千年来讲述那时的春天，我们不仅看到季节的清新舒畅，也触摸到诗人愉悦的心情。

当我们怀着一份善意和美好的心情品味春天的时候，内心的小草已经开始发芽，春天的脚步悄然临近，尽管偶尔会有些"春寒"袭扰，可当你推开门窗时，蓦然发现，一个姹紫嫣红的春天已在外面等候多时了……

多彩的季节

醒来的大地

“忽如一夜春风来，千树万树梨花开。”这两天一阵阵微风，牵着春天的衣袖悄然来到我们身边。于是，在那个阳光明媚的清晨，大地醒来了，露出了久违的微笑……

我换上轻便的衣服走出家门，走进了春天，同大地一起舒展着蜷缩了一冬的身躯，在放飞思绪的同时，也放飞了心中的那一份轻松……小区里有了些变化：花坛和绿地里那板结土地被疏松了，走近了可以闻到一股泥土的芳香。看着松软的土地，仿佛听到下面汩汩的流水声，我在想，那些蛰伏了一冬的昆虫就要醒来，用不了多久就会随着嫩绿的小草露出地面，而后用惊喜的目光打量着眼前多彩的世界。

小区里的人渐渐多了起来。孩子们迫不及待脱下厚厚的棉衣，和小伙伴们相约，在小区里踢球、跑步、放风筝，尽情地玩耍。年轻人，似乎对渐渐上升的气温更为敏感，在那个略带寒意的早晨就脱去了棉衣，早早穿上舒适活泼的春装。特别是爱打扮的女孩子们，换上色彩鲜艳的时装，像春天里绽放的花朵，在“争奇斗艳”中展示生命和青春的魅力。老人们如枯木逢春的老树，谨慎地换下厚重的棉衣，太阳升高后，他们三三两两来到楼下，坐在长长的木椅上聊天，微笑比冬季里又灿烂了许多。在这阳气不断上升的季节里，阳光在带来温暖的同时，也为所有生命带来了希冀。

城市里的公园，也在同一时间从沉睡中慢慢醒来。摩肩接踵的游人，在寻找着春天的身影和心中的那份期盼。春风和着细雨，为树木和草地涂上一层淡淡的绿色，那是一种“草色遥看近却无”的意境。而枝头上的花骨朵正在孕育着一份惊喜，用不了多久，盛开的花朵会为单调的公园增添一抹靓丽。来到湖边，杨柳依依垂落在湖畔，那曾经覆盖在湖面上的冰雪，已然化作一池春水，里面的水草清晰可见，当初躲在冰层下的鱼儿，聚集在水面上，大口大口吸着新鲜空气。头上的蓝天白云，清晰地映在水面上，组成一幅亦动亦静的画面。鸟儿比平时醒来得更早一些，它们在树枝上不停地啁啾鸣叫，彼此交流着对这个季节的感受。

穿城而过的河水，作为这座城市的母亲河，舒展着“腰身”，那曾经厚厚的冰层已然化作清澈的春水，向着下游缓缓流去。阳光在水面上泛着温暖的光亮，吸引着老人和孩子们来此驻足玩耍，岸边的人渐渐多了起来。喜欢垂钓的人，坐在河边，把鱼竿伸向水中，想钓出已经走近的春天。不远处，一群漂亮水鸟在空中盘桓着，而后轻轻落在水面上，它们在河里嬉戏、觅食，享受春天带来的喜悦，看来河水逐渐上升的温度，水鸟们一定是感觉到了……

报春的花

当大地慢慢地苏醒，气温回升，我们总会发现，最早向我们“转达”这初春信息的，是那些不畏严寒的普普通通的花儿……

大自然虽说进入了春天，可小区里的植物却依然保持着“沉默”，绿地里的颜色是单调的。前些天，我从一片依然“默默无语”的迎春花前走过，发现那一根根变绿的枝条上，鼓起了许多紫红色的花苞，里面孕育着一个又一个的“惊喜”。我在浓密的枝条中细细地寻找，忽然发现一朵刚刚开了的迎春花，它像耀眼的火星，瞬间点亮了我的目光和心中的希望，让我的心为之一震。这是我在室外、在依然寒冷的春天里见到的第一朵花，它在“第一时间”告诉我春天到来的消息，慰藉了我心中多日来的渴盼。

迎春花与梅花、山茶花和水仙并称为“雪中四君子”，然而梅花和山茶花生长在南方，而水仙虽说在冬日里开放，但那是在室内，与迎春花不能比。我在心里暗暗称赞这并不名贵的迎春花，它在春寒料峭中悄然开放，让所有的花都为之“汗颜”。

在寒风凛冽的冬季里，我曾穿着厚厚的棉衣走过这里，当我看到那一根根干枯的枝条时，曾想，这弱小的生命，能否抵御这刺骨的寒风？其实植物有冬眠的习性，冬季来临时，它们进入漫长的休眠期，以保存“体力”，当大地回春，它们开始恢复生命的活力。尽管如此，我还是被迎春花的执着与坚韧感动了。

迎春花开过，紧接着是“临水枝枝，妆点春光如许”的桃花，在人们稍不注意的时候，枝头上已爆满了花朵。它在春天最明媚耀眼，烂漫嫣红如云霞般美艳，占尽了春光。特别是沾了雨意的桃花，水淋淋地湿，收敛起轻薄的野性子，沉静温婉起来；浅浅的粉，酿成春天里最美的“一盅酒”，让人陶醉……古来描绘桃花的诗有许多，但我独喜欢清代诗人袁枚的那首《题桃树》：“二月春归风雨天，碧桃花下感流年。残红尚有三千树，不及初开一朵鲜。”一贯主张诗歌要写出自己个性的袁枚，在诗中刻画出早春风雨中，桃花盛开嫣然的样子，给人留下了美的感受……

桃花开过，紧随其后的是玉兰、杏花、梨花、紫叶李等，还有许多叫不出名字的花来。这些花虽不及牡丹、月季、玫瑰娇艳，但它们依然在装扮着春天，为大自然增添了活力，让人赏心悦目。这时海棠虽未盛开，但枝头上的花蕾已含苞待放，这正是“花看半开”的最佳时机，与花朵盛开时相比，我更喜欢它此时的样子，显得那样文静、清纯和内敛，好一个“绿肥红瘦”，让赏花人驻足凝视，流连忘返……

江南春来早

与南方相比，北方春天的脚步总是有些迟缓。为了早日一睹春天的芳容，我会选择这个季节“下江南”……

去年三月，我和几位朋友，在北方还是春寒料峭的时候，驱车一路南下，追寻着春天的身影。随着车轮的转动，高速公路两边田野的颜色，由单调渐渐变得有些绿意，麦苗虽有些低矮，但呈现出深绿色，显示出植物的生命力。当我们驶入苏北大地的时候，路两边的树，已发出嫩绿的新芽，大地呈现出勃勃生机。

“烟花三月下扬州”，想起李白的这句诗，我们还是决定先到扬州。这座古城位于长江北岸、江淮平原的南端，阳春三月应该是扬州最美的季节，袅袅的青烟与丝丝细雨，吸引着游客的脚步。堤岸的垂柳，映衬着盛开的琼花，如一幅着了色的水彩画，令人惊叹。来扬州必到瘦西湖，这是乾隆皇帝几次下江南到过的地方。瘦西湖不单单是一个“湖”，它是由桥、亭、花、草、树构成的“湖上园林”，每个角度都是用心雕琢过的。堤岸春花缤纷烂漫，柳丝婀娜多姿，飞扬如烟，让人感觉连呼吸都饱含着浓浓的春意。

如果说扬州的春天是杯酒，那不知要喝醉了多少文人墨客。写扬州的诗不胜枚举，但我还是比较喜欢唐朝诗人徐凝，“天下三分明月夜，二分无赖是扬州”。在《忆扬州》这首诗中诗人把扬州明月写到出神入化的地步，这虽是一首写人的诗，却让喜欢扬州春天的人爱不释手……

离开扬州，我们继续向南行驶在江浙大地上。这里地处长江下游，是典型的河网平原地区，水系发达，为江南最为富庶的鱼米之乡，也是吴越文化的代表之地。坐在车里，映入眼帘的是：田野里绿油油的稻田，还有那一块块宛如镜子般闪亮的池塘，偶尔看到自由自在的鸭子浮在水上，我想，那里的河蟹、鱼虾也开始生长了吧。当我们驾车驶过长江大桥时，烟云笼罩着江水，那浩瀚的气势让人惊叹！长江的南岸似乎春意更浓，从窗外吹进的微风，仿佛在向我们低语：人在路上走，神在画中游……脑海里浮现出王安石的“春风又绿江南岸”的名句。

车继续行驶，前方隐约见到一片片金黄色的油菜花，我们到了江西的婺源，大家下车后，迫不及待走进油菜花地里。那漫山遍野金黄色的花朵已经从零星开放进入到盛开期，吸引着蝴蝶、蜜蜂在花间飞舞。除了油菜花，四周还有粉红色的桃花和洁白的梨花点缀其间，与远处白墙黛瓦的徽派建筑融合一起，构成一幅江南早春图。置身于油菜花中，被浓浓的春意包围着，如同小酌后的微醺。想起宋代诗人王观写给去南方友人的佳句：“才始送春归，又送君归去。若到江南赶上春，千万和春住。”是的，与江南春日相伴，我们决定在此多逗留几日……

春天的野菜

野菜是春天对人们的馈赠，它不仅可以装点着初春的大地，还可以食用，特别是过去饥荒的年代里，能帮助人们度过那个青黄不接的日子。

我儿时常听母亲提起，她童年的时候在农村的老家，到了春天常常去地里挖野菜的事情。母亲说：那时候，开了春家里的粮食所剩无几，需要每天挖野菜来充饥。因为家家户户都在找野菜，附近的都被挖光了，所以每天要早早起来到更远的地方去挖。野菜拿回来以后，简单地清洗一下，放在大锅里煮，熟了以后放些盐就可以吃了，也有时把野菜与玉米面合在一起蒸饽饽吃。这些野菜要吃很长一段时间了，直到地里打下新的粮食。别看野菜不起眼，但它让人熬过了饥荒。听了母亲叙述，对于这种身处“卑微”的植物，我心里充满了敬意……

如今这日子衣食无忧，到了春天，有些老人仍然喜欢吃些野菜，我想，他们这样做，除了保健还多少有些“怀旧”的情结。这几天，随着天气的暖和，特别是在一场春雨后，小区里裸露的泥土上，长出一茬茬荠菜。于是，每天清晨，有些上了年纪的人，拿着小铲在绿地里寻找。我听爱人说：荠菜可以凉拌，也可以清炒，还可以做馅蒸包子或包饺子。这菜里含有丰富的维生素，号称“养生之王”。民间有俗语：“三月三，荠菜做灵丹。”中医认为：荠菜有清热解毒、利尿止血和益胃的功效。许多地方，仍然保留着，三月三吃荠菜煮鸡蛋的习俗。春天，是吃野菜的最佳季节，错过了就要等明年。

除了荠菜，还有许多对人体有好处的蕨菜、小根蒜、蒲公英等。到了春天，人们往往还会把眼睛描在那些刚刚发芽的树。比如：柳树芽、榆树叶还有香椿等。

其实，我吃过最多的还是香椿芽。香椿也被称作“春苗”，人们食用这种菜，已经有些历史了。每年春天，香椿树就会长出鲜嫩的芽来，而此时，将其摘下，洗干净后和鸡蛋一起炒，吃起来很爽。香椿刚吃的时候，有种独特的味道，有些人可能不习惯，不过吃上几次，就会喜欢上这种味道。每年春天，农贸市场上都能见到香椿，只是刚刚上市，价格不低，可是对于喜欢香椿的人，是不会放过这一饱口福的机会。一位喜欢吃香椿的朋友，在郊外买了房子，并在空地上种了几棵香椿树，到了春天，树上的嫩芽让他喜不胜收。除了自己解馋外，有时也会送给大家分享。

除了这些野菜，我还清楚记得，儿时吃槐树花的情景。到了春天，院子门前那棵老槐树，就会开满一嘟噜一嘟噜的槐花，我们会用竹竿将它钩下来，然后放进嘴里嚼，那种甜甜的带着一股清香的味道，至今还留在味觉中……

诗人笔下的春天

春天，大地从冬眠中慢慢醒来，一派欣欣向荣的景象，这多情的季节，会触动诗人的灵感，让春天成为诗人笔下描绘最多的季节，也让那些优美的诗句穿越时空，被人们吟诵至今……

被后人称为“诗圣”的杜甫，他的诗以描述史实见长。不过，他笔下的春天，也让人领略了一个忧国忧民的诗人，其内心独有的情怀……

面对如此美妙的春天，杜甫一改忧郁的性格，从“沉郁顿挫”之风，转为明媚轻快之色。“两个黄鹂鸣翠柳，一行白鹭上青天。窗含西岭千秋雪，门泊东吴万里船。”诗人在春日里，坐在窗前向外望去，只见两只黄鹂鸟在绿色的柳条中婉转鸣叫，白鹭排成一行直冲云霄，远处的西岭上积雪千年不化，门前依然停泊着远道而来的东吴船只。这首童年时就耳熟能详的诗，每次读起来，都别有一番感受，诗中虽未写“春”字，但春天的气息在字里行间弥漫着。诗所营造的画面，有动有静，动静结合，我们依稀感到浓浓的春意……

在杜甫表现春天的诗中，最具代表的还是那首《春夜喜雨》：“好雨知时节，当春乃发生。随风潜入夜，润物细无声……”一千多年前的那个晚上，这场迟来的春雨让诗人非常兴奋，这雨仿佛心有灵犀，体贴入微，来得正是时候，降临在万物萌生的春天，落入干涸的大地，也滋润了诗人心中的那份渴望。它让我们相信，春天到了，一切都会重新开始，正如我们期待的那样。其实，那场雨，已经穿越了千载，在我们的春天里依然下着……

如果说杜甫诗中下的是“喜雨”，那宋代秦观笔下的雨，则多少有一丝伤感。“晓色云开，春随人意，骤雨才过还晴。凭栏久，疏烟淡日，寂寞下芜城。”雨过天晴，燕子轻飞，一片生机盎然，在这雨后的春光里，回想起往日与情人在一起游乐的情景，宛如一梦。凭栏而立的诗人，感到孤独与寂寞。“有情芍药含春泪，无力蔷薇卧晓枝。”秦观的这句诗，绵绵的春雨依然带着忧伤，伴随着轻微的雷声，飘洒了一夜，清晨已经停息了。雨后的芍药花犹如多情的少女，泪光闪闪，蔷薇花斜躺着身子，伸出嫩枝，显得娇慵无力。秦观的情感是那样的丰富，有情趣的诗人，生活处处都能令其回味……

敏感多愁的秦观，笔下也有闲适轻松的春天。他曾这样描述游览一座村庄的感受："树绕村庄，水满陂塘。倚东风，豪兴徜徉。小园几许，收尽春光。有桃花红，李花白，菜花黄……"质朴自然的村野风光，让诗人目不暇接。沐浴着东风，他带领着我们信步而行，园子虽然很小，却收尽春光。桃花正红，李花雪白，菜花金黄。诗人好像在告诉我们，大好的时光，尽情地游览，才是对春光最好的答谢……

诗人这些优美的诗歌，为春天讴歌，并将我们带入千年以前的春天，让我们不仅触摸到古时春天的模样，感受着那里温润的空气，也领略了当时诗人的心境……

倒春寒

春天是草木萌生，繁花似锦的季节。但这时候天气有时却像孩子的脸，说变就变。本来是微风和煦阳光温暖的日子，可一阵冷空气袭来，气温骤然下降，持续低迷，一下子出现了"倒春寒"的天气，让人不知所措。

"倒春寒"是指在初春时气温回升得较快，而到了春季后期，气温较正常年份偏低的天气气象。而长期阴雨天气，或频繁的冷空气侵袭，也容易造成"倒春寒"天气。就在不久前，白天阳光明媚，气温一路飙升到二十多度，人们期盼的春天似乎已经到了，许多人纷纷脱下厚重的棉衣，迎接着"提前"走来的春天，可谁知，"老天"忽然变脸，一股自北向南袭来的寒流，让气温出现"大跳水"，一夜之间将我们带回严冬。全然不知"沾衣欲湿杏花雨，吹面不寒杨柳风"的春天哪里去了？

春寒料峭，是古人用来形容初春寒冷的词汇。一些多愁善感的诗人写了描绘"春寒"的诗，让人读起来，颇为伤感。骤然变冷的天气不仅让人身体不适，也会影响情绪，特别是思虑过多，身体羸弱的人，更容易伤情，随着气温的下降心情也降至冰点。其实，在北方，刚刚从寒冬里走来的春天，依旧带着严冬的“余威”，出现了春寒也在所难免，应该学会适应。

春寒的天气，看起来扑朔迷离，来去无踪，但它还是有些“征兆”的。根据民间的经验，每年春天是否有极寒天气，要取决于“惊蛰”这一天的气候如何？民间有谚语：“惊蛰刮北风，从头领过冬。”如果“惊蛰”这一天，北风袭来，天气骤变，那么很有可能会出现“倒春寒”的天气，需要我们做好物质准备和心理防范的。

不管是否出现“倒春寒”，棉衣还是不能过早脱下放起来的，要根据气温变化随时增减。那时，常听老人们说：“春捂秋冻，老来不得病。”而且要做到：“早晚捂，变天捂。”当时并不理解这句话的含义，只是觉得上了年纪的人思想过于保守。如今觉得这话很有道理，人应该顺应天气变化和大自然规律，违背了，是要吃亏的。身边一些“勤快”的朋友，见到天气暖和了，就将棉衣、棉被清洗干净，放到柜子里，可是天气一冷，又嫌麻烦，不愿意穿棉衣，挨冻的只能是自己。小时候，到了春天，气温稍稍上升，我就会脱下棉衣，而这时母亲总会以命令的口吻让我穿上。如今虽然听不到母亲的叮嘱了，但随时增减衣服的意识已经根深蒂固了。

这段日子里，虽说常常有春寒来袭，但毕竟是万物复苏，大地回暖的季节，无论天气多么寒冷，也阻挡不住春天的脚步。正如那句话所说：没有送不走的严冬，也没有迎不来的春天……

春天的节气和节日

春节过后是立春，标志新的一年开始了。随着气温的回升，春天一个又一个的节气和节日纷至沓来。在提醒物候和气候变化的同时，也告诉人们开始着手农事活动了。

一年之计在于春。春天的这些节气是在指导着人们适时耕种劳作。比如，表示冰雪融化，雨量逐渐增多的“雨水”；春雷始鸣，昆虫萌动，开始耕种的“惊蛰”；气候温和，雨量充沛，越冬作物进入生长期的“春分”等。一年二十四个节气，这流传已经两千多年的历法，今天仍然在农事活动中发挥着重要作用。俗话说：人误地一时，地误人一年。如果春天错过播种的时间，到了秋天要影响收成的。父辈们用经验在告诉我们，不要辜负春天大好时光。

除了节气，在春天里也会有一个个“小节日”的闪亮登场，为这个季节增添了文化内涵。这些节日是几千年慢慢流传下来的民间习俗，寄托着国人美好的愿望，也有代代相传，口传心授的禁忌习俗，在人们的意识里已经深深扎下了根。比如惊蛰前的“二月二，龙抬头”，就是一个很有趣的“小节日”。龙是华夏民族古老的图腾，后以龙来比喻中华，这传承，诉说着祖先对于自然的敬畏之心。在“二月二”这一天，每个人都要理发，让我们抬头，向天空仰望，鸿运当头，提升信念，这是一个奋发有为的好日子！

提到春季的节日，无论如何也绕不过清明这个话题，它既是节气也是个重要节日。清明是反映自然界物候变化的节气，这个时节，阳光充足，草木萌动，自然界呈现出生机勃勃的景象。清明节又被称作：踏青节、三月节、祭祖节等，节期在仲春与暮春之交。清明兼具自然与人文两大内涵，既是自然节气点，也是传统节日。清明节是传统的重大春祭节日，扫墓祭祀，缅怀祖先，是华夏民族几千年的传统。不仅有利于弘扬孝道、亲情，唤醒家族的共同意识，还可以促进家族成员乃至民族的凝聚力和认同感。体现了华夏民族祖先追求“天、地、人”和谐统一，讲究顺应天时，遵守自然规律的思想。

清明是一个扫墓祭祖的肃穆节日，也是人们亲近自然、踏青游玩享受春天乐趣的欢乐节日。每到这个时候，我和家人带上鲜花和供品，来到郊外祭扫已经仙逝的父母，缅怀老人的恩情。回来后我们到附近的公园里踏青，赏花，我们在感受着春天，也在感受这个季节给我们带来的不一样的心情……

过了清明就是谷雨了，这是“雨生百谷”的意思，降水开始明显增加了。此时，春天的节气已经在大自然的舞台上完美亮相，展示着它的魅力。我们从盼春到迎春，从探春到惜春，内心经历了一个漫长的过程。春天的脚步在我们心中走过，那充满魅力的身影，已深深留在我们记忆中……

飘入岁月里的雪花

据说，冬天遇到了雪就有了灵魂。可眼下已经立春了，仍没见到一场像模像样的雪，为我们留住这个冬天的记忆……

这几天，大地渐渐回暖，雪的影子更难寻觅，看来对春雪的期盼已是奢望。不过“天有不测风云”，失望的心，还是从气象预报中受到了鼓舞：未来几天要有一场大雪莅临。于是，人们开始期待着，在感知气温变化的同时，将目光投向天空，盼望着那漫天飞舞的精灵……这一天，气温开始下降，而且天空中聚集了浓密的云，到了晚上，天上飘下零星的雪花，一场大雪正在悄悄走来……

雪整整下了一夜，第二天早上，拉开窗帘一看，天地白茫茫一片，松软的大雪覆盖了整个世界。雪能给人带来惊喜，不单单是孩子，就是大人此时也难以抑制内心的激动，会想起儿时玩雪的情景，仿佛一下子回到了童年。我怀着几分喜悦，穿上厚厚的羽绒服，走出屋门。小区里静静的，像安徒生笔下的童话世界。因为一场雪，世间的每一个角落都变得可爱起来。我捧起厚厚雪，闻了闻，感到有一种“清香”的味道，沁人心脾。踩在厚厚的积雪上，身后发出“呵哧……呵哧……”的声响，这悦耳的声音，如美妙的音乐，我们从心里感激这大雪馈赠。身后留下了自己清晰的脚印，回头望去，很快就被雪覆盖了，如同被时光覆盖住了记忆中的那些往事一样，令人回味……

来到小区的那片树林，低矮的灌木上，落着松软积雪。那高大的树木静静站立着，依然保持着沉默。我抬头望去，满天的雪花穿过粗细不一的树枝，纷纷扬扬地落下，扑面而来，刹那间，我觉得它像多姿的花儿一样在空中开放。这不正是唐朝诗人韩愈在《春雪》里描绘的情景吗？“新年都未有芳华，二月初惊见草芽。白雪却嫌春色晚，故穿庭树作飞花。”仿佛一下子回到了大唐：在新年（春节）里，人们都在盼望春天的身影，就连雪都嫌春天来得太晚，装作落花的样子，从树上飘落下来。冰冷的雪花本无生命，可在韩愈的笔下，却成了富有灵魂的花朵。盼望春天的诗人，面对冰雪的世界，幻化出一片春色来，这穿树而过如飞花一样的春雪，给人带来了春天的信息，让人陶醉。我依然站在树下，思绪弥漫于雪中，体会着当年诗人的心情。伸出手来，迎接着一片片落入怀中“花瓣”……

雪依然在下着，虽不是鹅毛大雪，却非常浓密，依稀感到是片片相连，哦，好大的一片雪啊！让人想起立春这一天在北京冬奥会开幕式上，匠心独具的导演张艺谋，引用了李白《北风行》中的“燕山雪花大如席”诗句。他以大如“席”的雪花作为艺术造型，呈现出美轮美奂的精彩场面。北京北倚燕山山脉，冬奥会就是在这里举办的冰雪运动盛会，这句诗，把传统的诗歌元素与现代奥林匹克运动连在一起，宛如神来之笔，让世人再次领略华夏悠久的历史沉淀和传统文化恒久不息的魅力，为冬奥会增添了浪漫的诗意。遥想当年站在燕山脚下的李白，见到又大又密的雪，用“大如席”来比喻，意境壮阔，气象雄浑。我们感叹李白的想象力，那场大雪穿越千年，不仅在冬奥会的开幕式上，也在我们记忆中一直飘落着……

雪渐渐地停了，为今年的冬天缓缓拉上帷幕。气温迅速回升的大地，让雪慢慢地融化，在裸露的地面上，留下了一片片残雪。如果说当初，见到天空飘下雪花是激动的话，那么如今，看到地上的残雪则不免有些惋惜。天气暖和了，我们无法留住地上的皑皑白雪，如同我们留不住那曾经有过的美好时光和青春的容颜一样，但我们却留住了那段美好的记忆。

残雪在视线中慢慢消失，融化的雪渗入地下，化作汩汩清泉，慰藉着干渴的土地。当飘入新春里的雪化尽，暖阳尽出，温暖的春天就会来到身边。要不了多久，枝头上重新吐出新芽，到那时，我们会在田野里蓦然开放的花朵中闻到雪花的芳香……

夏日的记忆

凉爽的感觉

夏天的到来，像一页无法翻过去的文字，迫使你手拿扇子，流着汗去“阅读”。随着伏天的临近，那种溽暑熏蒸的日子会慢慢向你靠拢，如同钻进“火炉里”，无处躲藏。但儿时的夏天，也总会有一些关于“凉爽”的记忆萦绕心头，每每想到此就像有一丝凉风徐徐吹来……

那时候没有空调、电扇、冰箱，凉爽的感觉，只能在冰、冰棍和冰镇饮料中去寻找。吃冰棍是最惬意的事情，尽管那时“小豆冰棍”“奶油冰棍”只要三五分钱，可囊中羞涩的母亲却仍然无法满足我们的要求。我们在一旁看着邻居小朋友吃冰棍的样子，很是羡慕，垂涎欲滴。有时母亲会掏出那个“干瘪”的钱包，从买菜的钱里拿出一点硬币，交给我和弟弟。当我把冰棍拿在手中剥去上面那层油纸的时候，内心的喜悦是无法形容的。我并没有急于去吃，而是看着冰棍上散发着乳白色的寒气，在空气中弥漫，心里顿觉凉爽了许多。等到冰棍快要融化时，才轻轻吮吸上面的汁液，然后一口一口咬着冰，慢慢咀嚼着，嘴里融化的冰，一点点驱散着身体里的暑气，全身顿觉凉爽了许多。当我吃完以后，见弟弟手里的冰棍才刚刚吃，可我仍然是意犹未尽，就和弟弟商量，能不能让我“品尝”一下，他勉强同意了，于是我“当仁不让”，上去就是一大口，直咬得弟弟心疼，差点哭了出来，在一旁的母亲用嗔怪的眼神看着我，可我依然沉浸在那一刻的清爽之中……

天天吃冰棍是一种奢望，炎热的夏季，如果能有一块“天然冰”在手中“把玩”，那也是很爽的事。“天然冰”顾名思义，就是在最冷的冬天，把从河里“窖”上来的冰，存放在冰窖里，铺上厚厚的稻草保温，到了夏天再拿出来使用。那时，经常有拉着冰的马车或三轮车从我们院子门前通过。于是我和小伙伴们商量准备“伏击”拉冰的车。我们常常躲在院子里，等拉冰的车辆出现以后，迅速冲出来，悄悄跟在车的后面，然后用手中早已准备好的工具——改锥，使劲朝冰上戳，这时会有巴掌大小的冰掉落下来，我们拿起“战利品”迅速跑回院子里，用自来水冲洗干净，然后含在嘴里慢慢地享受，尽管大人们常说，那冰里有细菌，但是无法抗拒凉爽的诱惑，只是吃冰的事不能让家长知道，否则会挨打的。

如果说吃冰会让人觉得凉爽，那么喝冰镇饮料会给味蕾留下甜美的记忆。那时，这种被称作“清凉饮料”的液体是用白糖、山楂和开水冲泡而成，晾凉后再用冰镇。这是伏天里工厂为职工们准备的防暑降温饮品，也是一种福利。那时下班后，父亲总会用水壶给我们灌一些来，我早早在门前等着他下班，然后从父亲手中接过带着“露珠”的水壶，一口气喝下半壶，那种“爽”劲，就别提了。至今我记忆中还留着那种酸甜又凉爽的味道……

学会游泳

喜欢水似乎是人的天性，炎热的夏天里，见到水我总会有一种跃跃欲试的冲动。

这座城市里，除了有穿城而过的海河，那时周围还有许多大大小小的“湖”，为我们游泳提供了方便。不过每年夏天都会有人溺水，所以父母千叮咛万嘱咐，不让我们随便“下水”。每天放学回家后，母亲都要用指甲在我腿上轻轻划一下，如果出现明显的“白道”，说明“下水”了，要免不了一顿打。所以，每次和同学来到“湖”边时，我不敢下水，只是在岸边给他们看着衣服。

好在过了“六一”，学校就会组织我们集体上游泳课。于是我们天天盼望着。那时室内游泳池几乎没有，室外的也不是很多，所以每周也只能上一次游泳课。上课时我们整队，来到校园附近一座公园里的露天游泳池。换好游泳裤后，体育老师在池子边上给我们讲游泳的基本动作要领，我们在池子边上反复练习。其实，看着那清澈的池水，在阳光下闪着波光，我的心早已按捺不住了，恨不得跃入池水中……“理论课”终于讲完了，随着老师的一声哨音，我们各个像鸭子一样，纷纷跳入水中，池水很浅，只到胸口。对于不会游泳的我们来说，在浅水池里只能“打水仗”玩，老师和工作人员过来制止，我们才认真地练了起来。别看同学们都喜欢水，可会游泳的人不多，而想学会游泳并不那么容易。为了练习基本动作，我不知呛了多少次，“喝”了多少口水。功夫不负有心人，经过苦练，终于掌握了要领，在池子中游了起来。但要进入“深水区”，必须经过正规测试。于是，我向体育老师提出测试要求，我和另外几名同学被带到“测试区”，这里水有一人深，刚跳下来，水就没过了头顶，有些紧张，但游起来就轻松了许多。经过 100 米蛙泳和 1 分钟“踩水”的测试，我“合格”了，上岸后，老师发给我一根蓝色的塑料带子，戴在脖子上，那是进入“深水区”的标志，我很神气地戴着它，一猛子扎进很深的水里，一口气游出很远，在水里慢慢睁开了眼睛，原来水下这无声的世界是这么奇妙！我像一条鱼儿，游进了童话世界……游泳不仅锻炼了身体，也增强了自信。

从那以后，我从游泳池游到了海河，从海河游向大海。尽管大自然的水域与游泳池不可同日而语，但毕竟是游泳池让我掌握了最初的技能，让我懂得了水性，我想无论“游”到哪里，那年夏天，游泳池所给予我的快乐与自信是无法忘记的……

盼望下雨

人生中最美的珍藏，就是那些往日的时光。儿时，在炎热的夏季里，总祈盼着下雨。从天而降的雨水，不仅能带来凉爽，也会捎来一份惊喜，那透明的雨滴一下下敲打着我们的快乐，淅淅沥沥，在那个炎热夏天和儿时的记忆中下个不停……

每到阴天的时候，在地上会见到许多蚂蚁在忙碌着，它们仿佛听到什么指令，肩上扛着“重物”，排成一队疾驰在回家的路上。我好奇地蹲在地上，细心观察这些小动物们忙碌的样子。这时天色越来越暗，风力在加大，大有“山雨欲来风满楼”气势，我暗暗佩服这些“小家伙”对大自然的感知能力。

阵阵凉风，从远处调来大片乌云，为雨造势。紧接着一道闪电，划过天空，照亮了院子里的每个角落，随后就是一个闷雷仿佛在耳畔炸响，我浑身打了一个冷战。这时母亲将我一把搂进怀里，抚摸着我的头，我渐渐恢复了平静。稀疏的雨点不请自到，落在地上，瞬间就消失了。雨越下越密，越下越大，这时我惊喜地见到了许多晶莹剔透的雹子在院子里滚动着，我趁母亲不注意，急忙跑过去，和院子的小朋友在地上捡起雹子，放在手中摩挲着，又偷偷搁进嘴里，享受着冰雹给味蕾带来快感的瞬间。雨越下越大，地面上有了积水，落入水中的雨点，泛起一个又一个水泡，母亲说：这雨下“醉”了，恐怕一时半时停不了。院子里的积水越来越深，邻居家的小伙伴用纸叠成船的模样，放入水中漂浮着，蛮有意思。这时我想起自己曾坐过的那条“小木船”，从家里拿出来，放入水中。在小船的尾部用木片当螺旋桨，以橡皮筋为“动力”。只见小船在水中“突突突……”向前行驶，上面的帆鼓得满满的，船的尾部带起了一阵阵浪花，引来了小伙伴们羡慕的眼神。望着自己的“杰作”，心里很得意，我觉得，这“船”一直载着我的快乐及梦想驶过了漫长的童年和那个饥馑的年代。

雨停了，马路上的积水很深，整个城市变成一片“泽国”。我们蹚着水，在追逐着，从未感到如此的凉爽。而这时的大人们，忙着用盆去接从屋顶上漏出的雨水。而住在低洼处的人家，赶紧将屋里的水向外“淘”，这时会有拖鞋、塑料盆等物从屋里漂出来，我们非常兴奋，急忙追着“打捞”，而全然不顾大人们如同天气一样阴沉的心情……

但无论如何，雨天是个凉爽的季节，留下快乐的记忆，直到如今，我对雨天仍然情有独钟……

让我着迷的昆虫

儿时常听大人们说：昆虫有上百万种，而且数量也大得惊人。在自然界里它们扮演着传授花粉，让植物结果并繁衍生息的重要角色。大部分昆虫，在夏季里度过自己的一生，与它们相伴，为我们童年带来了许多快乐。我想，昆虫的生命是短暂的，可留给我们的记忆是很深的……

最令人难忘的是，暑假里和小朋友们捉蚂蚱的那些趣事。那时的郊外是蓝天白云，水草丰茂，也是昆虫们栖息的乐园。那片绿色的池塘里，除了浓密的芦苇还有刚刚露出水面的荷花，偶尔可以看到蜻蜓在上面伫立。就像宋朝诗人杨万里描绘的那样：“小荷才露尖尖角，早有蜻蜓立上头。”真似一幅画！只是那时还不太懂什么叫诗情画意。我们沿着湖边走，这里是蚂蚱出没的地方，走进一尺多高的草丛里，我们的脚步声，惊扰了它的梦，这看似“平静”的草丛里，有蚂蚱突然跃起，一下落在不远处的草叶上，我慢慢接近它，伸出手正准备捉拿，它又跳了起来，落到更远的地方，我并未灰心，又靠了上去，迅速出手，将它捉住，然后装进早已准备好的瓶子里。还有一种身子又细又长的绿色“蚂蚱”，隐匿在草叶里，让人很难辨认，只有走近时，它会腾空而起，等你再一次靠近时，它跳起后，展开透明的羽翼飞向远处，我感到失望……不过总能捉住一些动作慢的，不一会儿，瓶子里的蚂蚱就装满了，这些“战利品”往往会成为家中饲养的那只老母鸡的美味佳肴。

许多昆虫都有“趋光”的习性。每到晚上，在路灯周围，会有许多昆虫，不停地飞舞，展示着生命最绚烂的时刻。吃过晚饭，我和小朋友们来到路灯下，抬头看着这些飞舞的小精灵们，心里有说不出的喜悦。天越来越黑，灯光周围的昆虫也越聚越多，不一会儿，有些昆虫飞累了，落在地上，走上前去一看，是一种样子像“蟋蟀”的昆虫，身后拖着又薄又长的翅膀，大人们管它叫“飞蜂”。它身体敏捷，想要捉住是很难的。但也有一种被称作“油壳螂”的昆虫，好捉一些。它身体滚圆，又黑又亮，行动缓慢。当它落地时，总会伴随着沉重的声响，然后在地上慢慢爬行。我上前一把抓住它，不过它的爪子坚硬，抓一下很疼。

更具挑战性的一种昆虫，是“蝲蝲蛄”，它身子细长，在空中可以做短距离飞行，飞累了就会落下，凭借着一副锐利的牙齿和坚硬的爪子，可以肆无忌惮。我不敢抓它，邻居小伙伴胆子大，出手很快，一把掐住它的腰，使它动弹不得，听说这种昆虫咬合力很强，小伙伴会将自己的衣服角放在它的嘴里，它会死死咬住，宁可将头扯断，也不会松嘴。大人们说，蝲蝲蛄是害虫，专门吃庄稼。雄性蝲蝲蛄在夏天会发出叫声，于是民间有谚语：听蝲蝲蛄叫还不种庄稼了……

饲养热带鱼

一个人的兴趣越广泛，他拥有快乐的机会就越多。那时物质生活很贫乏，可童年的我们却总是感到很快乐，也许就是因为对许多事物“饶有兴趣”吧。

到了夏天，院里的邻居家养起了热带鱼，我看了以后心里“很痒痒”，也想养几条。养鱼先要解决鱼缸的问题，那时没有卖鱼缸的，只能自己想办法。按照邻居家鱼缸的模样，我准备“自制”一个。我先按尺寸把铰好的铁片围成“角钢”形状，然后用铆钉将其连接好，再镶上玻璃，用水泥将玻璃固定好，抹上防漏的油灰。经过一番精心制作，鱼缸总算做好了，把经过晾晒的水倒进去，然后在里面铺上一层沙子，上面种上水草，透过清澈的水，可以看到水草在鱼缸里轻轻飘动着，宛如海底世界，令人神往。这鱼的“家”就算安好了，我想，鱼儿一定会喜欢。我从邻居和亲戚家要来几条小小的热带鱼，有“燕鱼”“孔雀”“黑玛丽”，还有大了后长出又长又尖尾巴的“红剑”等，这些处于“幼儿时期”的热带鱼在缸里快乐地游来游去，仔细观察，每个品种的鱼都有自己的习性，比如，“燕鱼”显得端庄稳重；“黑玛丽”高贵典雅；“红剑”灵巧敏捷；“孔雀”则活泼奔放。他们有的藏在水草后面，有的静静地卧在沙子上，也有的在水中互相追逐嬉戏，我无法感知鱼的精神世界，正如庄子所说：“子非鱼，安知鱼之乐？”

在这些鱼中，我最喜欢的还是“孔雀”，这种鱼虽说不算名贵，但是好养也漂亮，特别是雄鱼，长大后身上拖着一条色彩斑斓的“长裙”，在水中翩翩起舞，一副无忧无虑快乐的样子，就像我们这些“散养”的孩子。邻居小伙伴嘱咐我：养热带鱼，除了掌握水温外，就是食饵。热带鱼喜欢吃“活食”。于是每天清晨我都早早起来，到郊外的池塘里去捞“鱼虫子”。其实这种鱼食的学名叫——水蚤，天气炎热它们一团团在水面上簇拥着，不一会儿，就捞了一瓶子。我带着喜悦回到家里，把鱼食放到水里冲洗干净，开始投喂。淡红色的“鱼虫子”在水中上下跳跃着，饥饿的鱼儿快速游了过来，张开嘴大口大口吃着，不一会儿，鱼食被吃得一干二净。鱼儿们有些意犹未尽，只是不能再喂了。

鱼儿渐渐长大了，那种被称作“红剑”的鱼，尾巴上的“剑”，越来越长，威风凛凛，像一位将军；燕鱼的两条“胡须”变长了，游起来更加“稳重”；而身材苗条的“孔雀”，显得更可爱，雄鱼总是抖动着“长裙”，衣袂飘飘，在水中尽情展示它的美丽多姿。而这时雌鱼的肚子渐渐地大了，快要当“母亲”了。我用纱布做了一个小渔网，耐心守候在鱼缸旁。这一天，一条“小孔雀”团着身子，从母鱼的肚子下面滚落到水中。接着它舒展开身体，在水中缓缓游动起来。一条又一条，七八个小生命来到这个世界，鱼的家族“添丁进口”，我非常激动。为了不使这些小家伙成为大鱼的美餐，我将它们捞出放进一个瓶子里，然后把早已准备好的鸡蛋黄碾碎，放进瓶子里，“小孔雀”开始进食了，我细心观察着，心里有一种成就感……

消夏晚会

夏天不仅在南方，就是北方的城市里也是漫长的，尤其是在那个没有空调和电扇的年代里。因此，人们称之为“苦夏”。可是，对于放了暑假的孩子们来说，这是大自然发来的消息——一个快乐的季节，有许多事情可做。我们居住地附近的那座公园里，到了夏天会经常举办“消夏晚会”。

当炽热的太阳渐渐西沉，随之暑气也慢慢消退了。吃过晚饭，我们跟在大人的身后，来到这座公园，参加“消夏晚会”。此时，这里早已是人头攒动。公园里的树木花草繁茂，还有许多成片的湖水，这里不仅空气新鲜而且要比外面凉爽许多。我们来到放映露天电影的空场上，只见那高高的架子上，已经挂上了白色的银幕。虽说我们来得很早，可这里已是“座无虚席”了，好在我们自带马扎，在后面找了个位置坐下。我一手拿着扇子轻轻地摇，另一只手举着冰棍不停地吮吸，对于我来说，这是一天最快乐的时光。天渐渐黑了下来，微风吹来，又觉得凉爽了许多。放映机的灯光投放在银幕上，场内一片欢呼雀跃，紧接着银幕上出现了电影的名字，观众更加激动了。故事片开始了，大家全神贯注，场内慢慢静下来了。尽管这影片曾看过几遍，里面的台词几乎能脱口而出，但我们还像第一次观看那样认真。演员们塑造的英雄人物让我们钦佩不已，在幼小的心灵里潜移默化，而那些年轻、帅气、漂亮的演员，更是让我们心甘情愿地成为他们粉丝。还有影片中的有些插曲，已经成为当时的流行歌曲，至今我们还能唱出来。观影时，我们的心会随着主人公的命运而起伏，看到激动人心的时刻，我们会情不自禁地鼓掌，而出现悲伤的画面时，会落下泪水，我们已经完全沉浸在影片的故事情节中。散场了，还依然恋恋不舍……

除了看露天电影，公园里还会有文艺节目和“样板戏”的演出。只是这些演员多半是业余的，艺术功底参差不齐。演出时有的忘了台词，也有的用错了道具，闹出很多笑话，好在这些并未影响我们观看的热情，反而带来不少乐趣。

在露天中观看是很凉快的，不过“天有不测风云”。有时会让突然降临的雨水，弄得很狼狈。有一次，我们正在观看电影，天气忽然阴了下来，紧接着豆大的雨点落在身上，放映机关了，四周漆黑一团，我们没带雨具，只能往回跑，到了家里，已经成了“落汤鸡”，这场雨真的很“凉爽”，湿润了整个夏季……

夜色凉如水

夏天的夜色很美，热气随着阳光一起退去，清爽的晚风哼着小曲来到我们身边，送来丝丝凉意。劳累一天的人们，洗洗身上的汗，穿着大裤衩和拖鞋，走出低矮闷热的小屋，来到院子或空场地上乘凉。

其实每天我都期盼着这个时刻。吃过晚饭，我会和邻居家的小朋友们相约一起玩。我们有的穿着短裤背心，也有的干脆光着背拿着自家的躺椅、马扎或是板凳来到院子里，放上小饭桌，一起打扑克。我们通常玩的是“大跃进”，将六个人分成两队，看哪一队先将手中的牌出净，为胜方。这种打法看似简单，其实需要队友之间的密切配合、协同作战，才能赢得对方。玩牌时大家都很认真，有时因为出错一张牌，彼此埋怨，争得面红耳赤，但一会儿就过去了。

除了打扑克，我们还在一起下象棋、军棋和跳棋。和围棋相比，这些棋简单易学，但里面的招法也很多。如不谙此道，就会“一着不慎满盘皆输”。所以下起来要步步小心，通盘考虑。尽管有“观棋不语真君子”的说法，可有时候在一旁观棋的人，未必都是“真君子”，他们往往比下棋的人还要“累”，总是控制不住自己，在一旁“支嘴”，弄得对方不高兴，便说：“河边没青草，哪来的多嘴驴？”于是，便争吵起来，不过到了第二天，又会和好如初。

到了晚上，有时我们会和大人们待在一起，听他们聊天、摆龙门阵。父亲经常把家里的凉席拿出来铺在地上，让孩子们在上面玩耍。有道是：心静自然凉。躺在凉席上，如同躺在自家的床上，心里有一种亲切感，很舒服。我们望着深邃的夜空，数着那一颗颗眨着神秘眼睛的星星，幻想着天空和宇宙的模样。想起唐朝杜牧的诗句，“天阶夜色凉如水，卧看牵牛织女星。”坐在身旁的父亲，一面喝着茶水，一面摇着大蒲扇为我们驱赶蚊虫。我们磕着自家炒的西瓜子、南瓜子，有说有笑。在我的央求下，平时沉默寡言的父亲，会给我们讲段故事。别看父亲的文化水平不高，可“肚子”里装了许多东西，他通晓民国的掌故，但最熟悉的还是《三国演义》《水浒传》和岳飞的故事等。平时看起来有些木讷的父亲，讲起故事来却口若悬河，惟妙惟肖，语言的节奏感很强，我们听得入神了。故事中精忠报国令金兵闻风丧胆的岳飞，伸张正义拳打镇关西的鲁智深，当阳桥上一声大喊喝退曹兵的张飞，这些赫赫有名的历史人物栩栩如生，仿佛站在我们眼前一样，让我们睁大了好奇的眼睛，凝神谛听。

那一刻，我们忘了季节，忘了时间，天已经很晚了，不知什么时候，月亮已经升起来了。夜色如水，我们久久沉浸在凉爽的夏夜里……

在雨中

夏季高温、闷热的天气里，一场意想不到的雨水，会给人带来一份惊喜。每到此时，我会毫不犹疑放下手里的事情，拿起雨具，匆匆走入雨中。而此时老伴儿免不了会调侃一句：又和“老情人”会面去啦！

夏天似乎多为大雨。如果说：春雨细腻，秋雨缠绵的话，那夏天的雨就显得非常慷慨大方，说下就下，给你来个酣畅淋漓，当看到低洼处存满积水你想叫停的时候，任性的雨也不会理会你。夏日的天气，总像孩子的脸一样说变就变，让人捉摸不透。前些日子，气象部门预报：有一场大雨，要“光临”这座城市，并发出暴雨蓝色预警，于是，有关部门严阵以待，做好防范的准备。可谁知，这场大雨，活脱脱一个淘气的孩子，虚晃了一枪，从城市的上空匆匆而过，没有留下任何痕迹，和所有等待它的人，开了一个玩笑。于是人们在微信里整出搞笑的段子来形容这场雨：说突如其来的雨，像个去赴约的莽撞小伙儿，而人们等待这场雨的心情，则像第一次和男朋友约会的妙龄少女，既怕他不来，又怕他乱来。这个比喻，把这场爽约的雨，描绘得惟妙惟肖，淋漓尽致。

每到夏天，北方进入雨季，雨水是非常充沛的，好像一年的雨，都要在这个季节里下完，而且是常常不按“套路出牌”。前两天预报，本市又将迎来一波强降雨过程，而且伴有短时雷电大风。可人们有了上次被大雨失约的感受，这次放松了警惕。尽管气象部门一再提醒，可人们却不以为然。不过，这次大雨真的来了。那天早上，天空骤然间黑了上来，乌云密布，然后是清脆的雷声，接着瓢泼的大雨自天而降，雨借风势，风仗雨势，给那些出门忘关窗户、没带雨具的上班族来了个措手不及。倾盆而下的大雨，一下子打湿了人们对夏雨的美好记忆，尽管雨下的时间不长，可低洼处的雨水却没过了汽车轮胎。看到排水工人和交警兄弟蹚着水，在路边不停地排水和疏导人流，人们少了一份对大雨的嗔怪，而多了一份对这些默默奉献者的敬佩。隔着窗户看到这情景，让人颇为感动。想起那句话：哪里有什么岁月静好，只是有人愿为我们负重前行。

这样的天气，无论如何也无法在露天里行走。不过，这种雨持续时间不会太长。不一会儿，雨势渐渐地小了，风也弱了许多。我有些按捺不住，拿起雨伞，走入雨中。小区里安静了许多，平日里乘凉的老人和孩子们都躲进了屋里。凉爽的风和着细雨吹拂在脸颊上，非常舒服，让我忘了这是四季中最热的季节，真是“身在伏中不知伏”。周围细细的雨丝，像绣花针一样插进周围的绿地里，蒙蒙的湿气，蕴染了小区的每个角落，地上的青草、灌木和不同树种的叶子，如刚刚清洗过了一样，那是嫩绿、翠绿和青绿的颜色集合，非常爽眼，富有生气。像一幅水粉画，浓彩淡描，勾画出小区此时的样子。我举着伞，在小区的青石板路上踽踽独行，想起戴望舒的《雨巷》：依稀记得诗人撑着油纸伞，在悠长寂寥的雨巷里徘徊，他希望遇到一位有丁香一样的颜色和芬芳的姑娘……时隔多年，我才慢慢体会到诗人当年的那种寂寞惆怅的心境。然而时过境迁，在这样的雨天里，我忽然发现遇见了一个依然“芬芳”的自己，心情是那样的舒畅！

我举着伞走在两边是梧桐树覆盖的小路上，雨滴落在硕大的树叶上，而后又滚落在伞上，发出阵阵声响，如美妙的旋律，清脆悦耳。想起广东音乐《雨打芭蕉》那清新流畅的旋律，表达了人们听到淅沥的雨声那种欣喜之情。雨声依然在响，如我真实的心跳……

不知什么时候，雨渐渐地停了，我收起了伞。这时看到有麻雀和斑鸠之类的鸟儿在树与树之间开始忙碌，它们浑身湿漉漉的，在空中不停地扇动那双“沉重的翅膀”，比平时要付出更大的力气。它们急急忙忙出来做什么，令我不解。也许是在寻找食物，补充体能；也许是把昆虫及时送到鸟窝，那里有嗷嗷待哺的孩子……看来，为了生存，有责任感的鸟儿也要付出艰辛和努力。雨后，小区里有许多槐花被吹落在地上，花瓣上沾满了泥和水，失去了往日的风姿，但仿佛依然闻到它的清香，正像陆游笔下的梅花，“零落成泥碾作尘，只有香如故……”也有些树叶，被刚才的那阵风雨打落在地上，过早结束了自己的一生，这是大自然无情的法则，不过生命是倔强的，那一棵棵树木，无论经历怎样的考验，都会长出新的希望……

有时候，雨会在夜里下，让人多少有些遗憾，不过它能给这个闷热的夜里，带来凉爽，睡个好觉。“一夜雨声凉到梦，万荷叶上送秋来……”是的，夏末与秋相连，这凉爽，让人感到丝丝秋意……

我坐在家里，开始回味着雨中的感受，依然沉浸在夏日凉爽的快乐中，这时外面又下起了小雨，我走到窗前，望着外面的蒙蒙细雨，心里在跃跃欲试，仿佛见到自己拿起雨具，又一次走入雨中……

秋语谁人知

凉爽的风，送走了暑热，一个转身，夏天已然成了故事。秋天在不经意中悄然而至，季节的变换常常不留痕迹，悄然无声，让人想起朱熹的那句诗："未觉池塘春草梦，阶前梧叶已秋声……"

前些天，我在小区里散步，林荫道上梧桐树的叶子已经变得苍绿了，也有的已渐渐枯黄，开始簌簌地落着，觉得有许多神秘的美感一起飘进心里来。我顺手在地上捡起一片落叶，仔细端详，如久别重逢的老友，为我捎来岁月深处的问候。如果说当初枝头上嫩绿的树芽在向我们传递春天信息的话，如今这饱经沧桑的梧桐叶，在告诉我秋意正浓……

我想起多年前的一个深秋，在香山见到的情景：漫山遍野的黄栌、红枫的叶子红得像火焰一般，点燃了我心中的激情。每一片叶子，仿佛都写满了对秋天爱的誓言。当时我觉得自己那颗年轻的心，已经化作无数的红叶，在这充满爱意的秋天里尽情飞舞。

如果说红叶让人相思的话，那金黄的颜色作为秋天的主旋律会让人心醉，忘记了来时的路。在秋天的公园里，我曾见过成片的银杏树，上面的叶子仿佛一夜之间全都变成了金黄色，像无数小扇子在秋风中挥动着，为这个季节喝彩；在茫茫的戈壁滩，我曾见过"生而不死，死而不倒，倒而不朽"三千年的胡杨林，它的叶子，在初冬的前夕，变成了金黄色，随着大风的到来，叶子会轰轰烈烈地全部脱落，铺满大地，落入尘埃，它以此诠释生命的全部意义。看后，让人心里为之一震……

说到秋天，那淅沥的秋雨似乎是一个绕不过去的话题。和夏天那充满“激情”的雨水相比，秋天的雨显得更“沉稳和缠绵”一些。有人说：秋雨是一把钥匙，带着清凉和温柔，趁你不留意，开启了秋天的大门。不过，缠绵的雨水，也会让人有“一场秋雨一场凉”的凄楚。我喜欢雨中在小区里那片梧桐树下停留小憩，听着雨点敲打树叶的声音，感觉它好像在拨动着我的心弦，触动了情感的世界里最敏感、柔弱的神经，偶尔会有些雨滴从叶子上滚落下来，落在头顶和身上，心中不免涌起一丝丝的惆怅……

对于秋雨，不同的心情和处境总会产生不同的感受。“君问归期未有期，巴山夜雨涨秋池。何当共剪西窗烛，却话巴山夜雨时。”在李商隐看来，这每一滴秋雨都浸满了相思，绵绵秋雨中，让他更加想念远在家乡的妻子，无奈只有等到重逢时，两人坐在窗前，边剪着烛花边叙述这段离别思念之情。而王维笔下的秋雨最为闲适，显得那样可爱，“飒飒秋雨中，浅浅石溜泻。跳波自相溅，白鹭惊复下。”在淅淅沥沥的秋雨中，浅浅的溪水跳过石沙滩，白鹭站在水中等待着鱼儿，急流溅起的水珠让白鹭受到惊吓急忙飞走，而后又缓缓飞回，小溪恢复了平静。诗人在这里塑造出了极具张力的听觉意境，反衬出秋日的宁静和秀美。不过，秋天多少带有悲凉、寂寥的色彩，于是有“春女思，秋士悲”的说法。被人们称作鉴湖女侠的秋瑾女士，在乌云密布秋风萧瑟的刑场上，吟诵出了“秋风秋雨愁煞人……”的诗句，这既是对悲凉肃杀秋天的感叹，也是对黑暗的封建统治和吃人的礼教愤恨，她拼尽全力向那个“风雨如磐”的旧时代发出最后一声呐喊，惊醒无数国人，也令摇摇欲坠的清王朝胆战心惊！

然而秋天毕竟是一个丰收的季节，人们翘首企盼这个沉甸甸的日子。近几天，我在小区里看到，山楂树上挂满红扑扑的果实，虽没有摘下品尝，但好像有一种酸甜的味道入口，让人甘之如饴。我不禁想起乍暖还寒的春天时，在枝头上盛开的白色山楂花，想起了炎热的夏季藏在绿叶中那青涩的果实，想起它在风雨摇晃中坚挺的样子。经过阳光的抚摸和风雨的洗礼，它渐渐丰满成熟起来。成熟是需要付出努力的，而不努力的时光，是对生命的辜负。

我想，在生命成长的季节里，需要付出艰辛和努力，才能获得硕果的甜美和丰收的喜悦，也能收获一份人生的淡定和内心的充实，这就是秋天所给予我们的启示……

月饼的味道

我记得儿时，每到秋天天气转凉后，就开始盼着中秋节。因为在这个节日里，可以吃到母亲烙的月饼，那味道让我至今不忘……

中秋节，人们也叫它八月十五，是一年中仅次于除夕的重要节日，家家户户都很在乎。即使家里的日子再拮据，也要让孩子们吃上月饼。那时，糕点店里卖的月饼一般是买不起的，所以家家都备有木质的模子，自制月饼。

临近中秋，母亲提前积攒些面粉、红糖、食用油和瓜子仁之类的东西。到了八月十五这一天，母亲早早起来，开始忙碌着。她先用油和糖把面和好，而后开始调馅。只见母亲抓些面粉放在锅里炒熟，而后放进糖、果脯、瓜子仁、核桃仁、芝麻和猪油之类的东西，搅拌均匀，手里拿起一块面，擀成圆片，将和好的馅放在里面，慢慢地包好后，放在月饼模子里轻轻地按压，而后把模子反过来，在面板上轻轻地磕，月饼就落在了面板上。母亲的手真巧，这些普通的食材，在他手里很快就变成一块块式样精美的月饼。那是一块有着荷叶图案的月饼，边角分明，花纹清晰。母亲在上面刷了一点点油，然后就放在刚刚烧热的饼铛上，不一会儿，月饼的颜色开始慢慢变黄，一股香味从饼铛里飘出来，那味道很诱人，弥漫在整个院子里。这真是：人间烟火气，至味是清欢。母亲把月饼翻过来又翻过去，不一会儿，把烙好的月饼拿下来，放在我眼前。我瞪大了眼睛，真佩服母亲那双魔术般的手。没等月饼晾凉，我就掰了一块放在嘴里，口感松软，味道是那样的香甜，我一连吃了好几块，那味道在嘴里久久不肯散去……

中秋节的这一天，院子里家家都在烙月饼，做法大致相同，只是烙出的月饼花纹不同：有表现玉兔、嫦娥、月宫图案的，也有表现月圆、中秋等祥瑞喜庆之意的，那是物质匮乏时代人们对美好生活的向往……全家人围在一起吃月饼的时候，父亲给我们讲中秋节的来历和民间习俗，特别是嫦娥奔月的故事让我听得入神，我望着天上那一轮清冷的月亮发呆，我想，困在广寒宫里的嫦娥一定很寂寞。后来，我读到李商隐的"嫦娥应悔偷灵药，碧海青天夜夜心"的诗句，从那时起，嫦娥的故事与月饼的味道让我难以忘怀……

长大后，我参军来到部队，每逢中秋节连队都要发月饼，改善伙食。不过这是个团圆的日子，特别是远离故乡的人更是深有体会："海上生明月，天涯共此时……"那时远在千里之外的我，只能望着连绵起伏的太行山和天上一轮圆月默默思念着家乡。记得有一年中秋，妻子为我寄来了月饼，我慢慢打开包裹，里面是传统的"五仁"和"百果"月饼，我咬了一口，慢慢地咀嚼，味道那样香甜，细细品味，那是一种爱与思念的味道……我拿着月饼慢慢走出宿舍，营房里灯火闪烁，浑圆的月亮挂在深邃的夜空，我望着天上的月亮，眼前出现妻子熟悉的脸庞，我想，今晚月亮是很美的，而妻子是镶嵌在我心中的月亮。这时耳边传来那首十分熟悉的歌曲，"十五的月亮，照在家乡照在边关，宁静的夜晚你也思念我也思念……"这首歌，颂扬了卫国戍边的军人和妻子为大家而舍小家的奉献精神，听后让人为之动容。我抬头望着天空，见缓缓升起的圆月更亮了，于是我朝家乡的地方极目望去，想起白居易的那句诗，"西北望乡何处是，东南见月几时圆……"我手里拿着月饼，心里咀嚼着浓浓的爱意和绵长的思念……

随着时间的推移，物质生活水平的提高，中秋节吃月饼已经不是难事，但月饼在这传统节日里，依然扮演着重要"角色"，特别是机制月饼取代了传统的手工月饼以来，月饼那漂亮的外包装和形状各异的式样，伴随着网络平台和广告，让人目不暇接。不仅如此，月饼馅也有许多种，除了传统的以外，还有各种特色的馅和改良后的无蔗糖月饼等，做工精良，不仅外观很美，里面的馅，也是丰富多彩，咬一口，会让味蕾“醉倒”……

不过，我觉得，如今的月饼虽是好吃，但很难找到从前的感觉了，特别是童年月饼的味道，总让人挥之不去，我知道，它已藏进记忆的深处……

冬日的温馨

不知是那阵凛冽的寒风，还是那场如期而至的雪，把冬天带到了身边，心里有一种说不出的滋味。找出过冬的棉衣，也准备了一份坦然的心情，迎接这已然到来的冬天。

阳光开始变得懒洋洋的，和我一样，每天“起”得很晚，不过它总会在冰冷的窗上露出温馨的笑脸，驱赶着室内的寒意和我心中的落寞。小区里，一些老人穿着厚厚的棉衣，相约来到楼下，边聊天边晒着太阳。相对于夏天的烈日，冬季的阳光是暖融融的，那是一种诗意的温暖，透过棉衣，在全身弥漫着，抚摸着肌肤，如浸泡在温泉里。沐浴在冬日的阳光里真是一种享受。我想起父亲在世时候，到了冬天总要坐在院子里晒太阳。他说：“给身上补些阳气，好抵御寒冷的冬天。”每当我搀扶他回家时，总能闻到他身上散发出的阳光“味道”，让人感到惬意。冬天是那样的平淡，其实生活本身就是平淡不断地重复，让自己尽最大努力开心。如今，我也学着父亲的样子，开始“晒太阳”了，眯上眼睛，静静地享受阳光的抚慰。想起那句话：人活到了极致，一定是素与简……

冬天在北方，虽是冰天雪地，但也有温馨的一面，让人久久怀念。我曾在炎热的夏季里，躲在树荫下，回忆着冬天的情景：想起温暖阳光下空气里的那份安宁，想起没有蝉鸣和蚊虫飞舞的那一份寂静，顿时觉得一股凉风扑面而来，沁人心脾，也许这就是怀念的力量吧！其实，人生就是一场修行，苦乐全由心境。我望着眼前那棵挂着枯叶的树，偶尔会有叶子依依不舍从树间滑落下来，带着岁月浸染的痕迹，又回归了泥土，完成了自己“悲壮”的使命。看着地上散落的叶子和枯黄的草，总在想他们春天返青时的样子，想起夏天葳蕤茂盛的情景。树上传来几声鸟叫，我循声望去，有个鸟窝，像一团黑色的悬念，挂在树顶的枝杈处，在风的吹拂下，似乎摇摇欲坠。曾听人说过：鸟是天才的“建筑师”，不要担心鸟巢的质量。这用树枝搭成的窝就是鸟儿温暖的“家”，它们要在这里生儿育女，并等待春天的到来。等待是我们与时间的一场博弈，凭借着智慧和耐力，与不远的明天做一个交换。我想，那生机勃勃的春天会出现在小鸟今晚的梦中……

那一天早上，我来到离家不远的公园。进入冬季，这里的人影变得稀疏了，金黄色的叶子，覆盖在静静的甬道和草地上；干枯的柳枝，在微风中舞动，如鞭子在空中不停地抽打；湖面上，已经结了一层薄薄的冰，像镜子反射着淡蓝的天空，隐约见到有些鱼儿在冰层下缓缓游动。我拿出手机，拍了几张，发到朋友圈里，谁知，得到了远在南方朋友的称赞：真想不到，北方冬天的景好美呀！其实，眼下这冬天的样子，我们已经习以为常了，可在南方朋友的眼里却是“好一派北国风光”。朋友的夸奖，倒让我这个地道的北方人，在心里对故乡的冬天多了几分亲近和自信。

我想告诉朋友，北方下雪的时候会更美。纷纷扬扬的雪花，从遥远天空走来，覆盖了大地和每颗躁动的灵魂，天地洁白。我喜欢在这时走出家门，融入漫天飞舞的雪中，踩着厚厚的积雪，听着脚下发出“咯吱”的声音，像天籁之音，使脑海里一片空灵，思维在奔跑着，感情却沉淀下来。

无论如何，冬天在北方是一个“严肃”的季节。它走过了四季，体验了大地的“世态炎凉”。那些五颜六色的花朵、嫩绿的叶子和金黄的果实，都已成为美好的回忆。多少繁华一转身，都成了断章残句。我想起马尔克斯在《百年孤独》中说的那句话，“生命中曾经有过的灿烂，终究都需要寂寞去偿还……”

是的，冬日寂寞漫长，我愿与其深爱……

岁月剪影

童年的回味

孩提时的往事，就像放飞的纸鸢，虽然渐行渐远，变得模糊，但是，只要轻轻一拉，就会浮现在记忆的天空……

那是一个物质与文化极为贫乏的年代，从我记事起就看到父母整天为生计而奔波。然而，面带菜色的孩子们整天过着无忧无虑的日子，陶醉于自己的快乐里……

喜欢小动物是儿童的天性。法国昆虫学家法布尔童年时酷爱昆虫，他曾长时间趴在地上，看蚂蚁搬家。我也曾有过类似的经历。

记得夏天的时候，我常与小伙伴们来到郊外，在树坑和草丛里捉蛐蛐。过了白露，蛐蛐会在晚上不停地鸣叫，每到这时，我和小伙伴们带着手电筒，在院子里的犄角旮旯或有砖头的地方寻找。捉回来的蛐蛐，要单独放到用泥烧制的罐里。蛐蛐生性好斗，两只蛐蛐放在一起，就会张开锋利的牙齿，然后撕咬在一起，打得难解难分。每当这个时候，我和小伙伴们，会围在四周，攥着小拳头，瞪大了眼睛，为自己的蛐蛐加油助威，当看到自己的蛐蛐战胜对方时，脸上会露出胜利者的微笑。与现在孩子们众多的娱乐内容相比，那时的“玩”多么廉价，几乎没有任何成本，可享受到的快乐都是一样的，让我们乐此不疲，……

除了逮蛐蛐，我们对树上的蜻蜓、知了也很感兴趣。夏季的到来，我和小伙伴们冒着酷暑，头顶着湿毛巾，手里举着长长“粘杆”，在树下寻找。蜻蜓是复眼，视觉好，触觉也很灵，有一点动静它就会飞走。所以发现以后，要慢慢接近它，用粘杆轻轻粘住它的翅膀，取下后夹在手里，直到满载而归。后来，当我听说蜻蜓是喜欢吃蚊子的益虫时，我扔掉了那粘杆。可依然喜欢它在空中起舞的样子，是那样轻盈。直到现在，见到蜻蜓，我仍会目不转睛。我想，这蜻蜓早已不是当年羽化的它了，可几十年以后的我，依然带着那颗童心欣赏着它，它扇动翅膀，仿佛吹起了我缥缈的思绪……

炎热的夏天，知了在树上不停地鸣叫，这似乎成了盛夏天的‘标配’。每到这时，我和小伙伴们，手举着粘杆，在树下仔细寻找。别看知了身子重，可动作敏捷，需要心细才能粘到。知了拿在手里，听它不停地鸣叫。原来知了从卵到幼虫，需要在泥土里“熬”上四五年，春天的时候，它钻出泥土，爬上了树，经过蜕皮变成了会叫的知了。可它在阳光下生活只有一个月左右的时光。它把几年积累下来的能量，在几十天里淋漓尽致地释放出来。古人认为：蝉是靠饮食露水生存，非常清高。唐朝诗人虞世南写了一首咏蝉诗：“垂緌饮清露，流响出疏桐。居高声自远，非是藉秋风。”这首诗赞美了蝉的高洁和远大的志向，这让我对蝉开始肃然起敬……

当年，是那些可爱的小生命，伴随着饥荒年代的我一路走来，在给予我欢乐的同时，也将我一步步引进大自然，感知生命的魅力。随着年龄的增长，我带着童心开始走进生活，用善良与纯真感知这复杂多彩的世界，越发觉得童真的可贵……

漫漫求学路

那一年的秋天，我和邻居小伙伴，背着新书包，朝着学校走去，我回头望时，见妈妈站在门前不停地向我挥手，从这一刻起，我告别了无拘无束的孩提时代，走上了漫漫的求学之路。

我们像一群被关进“笼子里”的小鸟，学校的围墙、教室和黑板……对我们来说都是好奇和陌生的，特别是上课的铃声响起，让一直处于“散养”的我们颇为紧张，坐在椅子上，双手背在身后，心突突……直跳。不过，当留着齐耳短发的女班主任走进教室，用和蔼的目光看着我们并露出微笑时，同学们的脸上也有了笑容。老师的话语和黑板上娟秀的板书，像一粒粒饱满的种子，撒进我们的心里，慢慢地生根发芽，在未来的岁月里会结出丰硕的果实。正像那首歌唱的一样：“小时候我以为你很美丽，领着一群小鸟飞来飞去。长大后，我就成了你，才知道那块黑板写下的是真理，擦去的是功利……”

不久，“文革”开始了，没有停课的我们，每天课前，大家都要集体背诵“老三篇”，然后老师再讲课。虽然不考试了，可老师依然很认真。上课要听讲，放学回家要完成作业，这是对学生基本的要求。可贪玩的我，回到家里总是把写作业的事忘得一干二净。有一次睡觉前，母亲检查作业时，发现我没有写，她很生气，向我举起了巴掌……我边擦眼泪，边补作业，直到后半夜。从那时起，我知道学生与学龄前儿童的区别……

不知不觉中，我上了中学。那时，我在一所九年制（小学、初中、高中）的学校里读书，在这所学校待了许多年，那时总觉得时间很漫长，像凝固了一样。于是我们盼望着下课，盼望着放学，在操场上与足球狂奔，用汗水浇灌着欢乐。

进入“魔鬼年龄”的学生，身体和心里都发生了很大的变化。课堂上，大部分同学都是认真听讲的，但是也有故意捣乱的，给班里同学起了许多“外号”。班主任在教学的同时，总是要拿出很多精力管理学生。那时，我虽然不知道自己毕业后要干什么，但是课堂上还是认真听讲的。每次考试成绩也都不错。在几门功课中，我更偏爱文科，语文课上老师经常读我的作文，这让同学们很是羡慕。为了鼓励，老师让我当了学习委员。

上学读书的日子总是觉得枯燥而漫长，渐渐长大的我们，期盼着毕业分配。尽管那时毕业后等待我们的是：下乡、参军或留城当工人，可我们依然期待着，至于老师教给我们的那些知识，总觉得，还没出校门，又“还”给了老师，其实，那些知识已经融进了我们的血液里，在以后的日子里渐渐释放着“能量”。更令人难忘的是班主任的音容笑貌，还有班里的调皮男生和“同桌的你”，都已经印在记忆深处，让人挥之不去……

别样青春

青春是梦想的年龄，望着头顶的蓝天，总会产生飞翔的欲望……

十九岁高中毕业的那一年，我怀揣着当将军的梦，从学校来到山西上党老区。20 世纪 70 年代，那是一个崇尚英雄与军人的时代。我们是在老师、家长及同学们期盼的目光中走进军营来到“大熔炉”里锻炼。火热的部队生活，点燃了青春的豪情，也沸腾了周身的血液。从城市来到山区，从家乡来到军营，没有出过远门的我们，一下子来到千里之外的黄土高原，为祖国站岗放哨。艰苦的环境，紧张的训练不仅锻炼了体魄，也磨炼了意志。那时，每天训练回来，不管多累，我都要写日记，将自己一天学习训练的感受记录下来。同时也写下了理想和奋斗目标。入伍第二年我就当上了班长，接着很快又入党提干，任命为坦克射击专业训练教官。工作的繁忙，训练的紧张，并没有让我停下追求的脚步，反而以更大的热情投入到教学训练和学习中去。

20 世纪 70 年代末，是一个全社会都在学习文化知识和追求进步的年代。在部队的教学工作中，我感到自己知识的匮乏，有一种紧迫感。自己虽然不能参加地方的高考，但是读书学习的机会是不能错过的。不久，部队所在的地方一所大学，根据当时的情况，办起了“刊授大学”，我和身边的战友报名参加了这所没有“围墙”的学校的刊授学习，校方定期向我们邮寄教材、思考题和课外读物。在这段时间里，我系统地学习了汉语言文学专业里十几门课程，做了许多读书笔记，阅读了大量的中外名著。在这个基础上，我正式报名参加地方大学汉语言文学专业高等教育自学考试。从那时起，业余时间里，我全力以赴“备战”考试，制订作息时间表，我常用名人发奋读书学习的故事来激励自己。晚上经常挑灯夜战。不懂的地方，向身边的战友请教。经过三年多的不懈努力，我的十几门专业考试全部合格，获得了汉语言文学专科毕业文凭，终于圆了大学梦。学习不仅增长了知识，也增强了自信。我张开并未丰满的羽翼，准备在文学的天地里飞翔……

在业余时间里，我还开始练习写诗，重温我上中学时就做过的文学梦。记得我的第一首诗《青春的雕塑》是以对越自卫反击战牺牲的战士为题材的。写好后我将诗稿悄悄寄给军区《战友报》。过了一段时间，这首小诗发表了，当同宿舍的战友拿来这张散着油墨香味的报纸时，我抑制不住内心的喜悦。尽管发表的只是一首小诗，但它是我业余文学创作迈出的第一步，给予了我自信。从那以后，我陆陆续续写了一些诗歌和散文，有的发表在地方和部队的报刊和杂志上。

业余时间的写作，给我带来了快乐，让我感到充实。如今每当我想起那段没有虚度的岁月，心里感到一丝丝的慰藉……我想，既然青春是爱做梦的年龄，那就踏踏实实地把“梦”做好，不负韶华。

而立之年的转身

如果说：一个人在三十岁的时候，应该在人格、学识和事业都要自立的话，那么，我在而立之年的时候，刚刚脱下军装，回到了地方，重新确立自己的努力方向……

转业是人生的一次“转身”，意味着要告别过去的一切，也包括所有的荣誉和军功，重新回到了原点。重要的是要找到一份适合自己的工作，重新设计未来。

回到地方，工作由组织负责安排。也许是命运的使然，我被安排在党委的宣传部门。记得第一次到单位与部门负责人见面时，心里有些忐忑不安。领导问了我一些基本情况和爱好，我拿出在报纸杂志上发表过的文学作品，他们看后很高兴并决定将我留下……我开始从事宣传报道工作。每天要到基层单位了解情况，然后写成简报印发全区和基层单位。要想胜任这份工作，公文写作是离不开的。自己虽说喜欢文学，但这与公文写作是两回事。我知道公文写作是自己今后安身立命的技能，于是我暗暗下决心，要尽快掌握写作方法和技巧。除了多看和多思考以外，我不停地写，虚心向别人请教。过了一段时间，我渐渐摸索出一些规律。

回到地方，对于结束了两地生活的我来说，意味着对于家庭要承担着一定的责任，这对我来说，是个新课题。那时，孩子刚上小学，而且，学校离家比较远。担任学校班主任的妻子，每天下班除了接孩子，还要买菜做饭，而早晨送孩子的任务由我承担。每天早上，闹铃一响，便把睡梦中的孩子叫醒，然后穿衣服，吃早点，一番紧张地忙碌后，我骑车带着孩子去学校。穿过窄小的胡同，来到车水马龙的大街，要走四十多分钟的路程。求知欲极强的孩子，在车上总是向我提出一些问题，我一一解答。我想，何不利用这段时间，教孩子背诵唐诗宋词。于是，每天孩子坐上自行车，我就开始教她背，先从短一点绝句背起，然后再背诵稍长一点的。聪明的女儿，教上几遍以后就会背诵了，尽管她不知道那诗词中的含义和背景，可背得朗朗上口。转过天来，一坐在车上，我让她把昨天的复习一遍，再教新的，就这样，一个学期下来，她居然能背下来几十首诗词，还在作文里巧妙地引用了精彩的诗句。直到现在她都没有忘记那些诗，这让我颇感自豪，而且也巩固了我对这些诗词的记忆。

与此同时，业余时间里，我依然在自己喜欢的文学天地里耕耘着。每天晚上，当妻子与女儿熟睡以后，我拿出纸笔，在灯下不停地去写，然后寄出去，当报纸刊发了我的稿件时，心里美滋滋的，和爱人孩子一起分享着快乐。

我做过诗人的梦，幻想着有一天能出本诗集，记录下我青春的足迹。时光在慢慢流逝，我在悄悄编织着而立之年的梦想，我相信，梦想的岁月，即使在艰难中跋涉，也会找到信仰的方向……

人到中年

日子总在平淡与忙碌中重复着，蓦然回首，已经到了中年，这是一个实实在在有规律的年龄段。都说：中年是人生的一道坎，这一边是昨天的青春年少，而那一边隐约见到的是两鬓斑白……少了几分曾经的年少轻狂和血气方刚，多了一些成熟与自信。身在职场的我，一路走来，虽已近不惑之年，但我深知此时的脚步还无法慢下来，而且一步步更加坚实……

我在机关工作了近十年的时候，被调到了街道工作，这是直接面向群众的基层单位。如果说，当时职务的晋升让我兴奋轻松了一天的话，那么接下来的十多年里，我一直在负重前行。

来到基层，我全身心投入到工作中。这毕竟是一个有着几平方公里、居住六万人口的区域，作为主政一方的"父母官"，我把"为官一任，造福一方"视为自己的座右铭。当我得知这个辖区内下岗的群众比较多时，心里感到格外沉重。坐在办公室里，望着窗外居民区一排排平房，看着那些生活依然窘迫的居民，我想起了郑板桥的那首诗："衙斋卧听萧萧竹，疑是民间疾苦声。些小吾曹州县吏，一枝一叶总关情。"我知道自己的"官"不大，但所做的一切，总关乎于老百姓的一个"情"字。但如果通过自己努力，能使周围的人境遇有所改变，那胜似许多的奖赏。

那时，我经常到居民区困难群众的家里了解情况，尽最大努力解决他们生活上的难题。每次回来，我的心里都能得到些安慰。有一年，初冬季节，下了一场大雨，低洼处的居民区里都积满了水，我和同事蹚着没膝盖的水，挨家挨户去了解情况。当我们走进一个“五保户”的家中，只见一位年迈瘦弱的老太太坐在冰冷的积水中，浑身瑟瑟发抖。我们急忙将她抱在床上，围上被子，并给她送来热热乎乎的饭，老人激动地流下了泪水。这一幕让我十分难忘。后来经过多方协调，低洼片积水的问题得到解决，从群众的微笑中，我看到了自己每天忙碌的意义。

人到中年，在人生的路上跋涉，肩上是家庭与事业的两副重担。但此时的我，对于家中的事情无暇顾及。买菜做饭照顾孩子，都是由妻子承担，我几乎每天都是披星戴月。对于体弱多病常年卧床的母亲，我只是忙里偷闲去看望，她每次见到我都很高兴。有一次，我去看望她，临走时她对我说：“好好工作，别惦着我……”不承想这是母亲对我说的最后一句话，几天后她静静地离去了，我后悔没能多陪陪她。真应了那句话：“子欲养，而亲不待。”看来忠孝不能两全。

在街里工作了十几年以后，我又调到其他单位。尽管工作环境和职务都有了变化，但是我始终没有忘记在基层工作的这段时光。体力和精力都很充沛的中年，因有这样一段经历，而变得更加充实和有意义。于是我相信一个砥砺奋进的中年，是可以到达智慧快乐的晚年……

品味花甲

在我正式退休的时候，迎来了人生的花甲之年，这是人生一个重要节点。此时，不知是兴奋还是失落？工作几十年的巨大惯性，让我心中一时还刹不住车。每天清晨还是准时起来，洗漱完毕，换好衣服，准备出门，但猛然间想到，不用再上班了。这时手机又响起，还以为是通知开会，赶紧去接，一看是广告推销电话。后来明白了，自己已经正式退休了，应该是："自此光阴归己有，从前日月属官家。"

我慢慢地让自己静下来，思考着未来的岁月该如何度过？我寻找曾经写过文学作品的那支笔，轻轻拂去写字台上那层浮土，找出几本我喜欢的书，在窗前读了起来，将自己的所思、所想诉诸笔端。我走出房门寻找那些儿时的伙伴和相处了几十年的老同事。作为同龄人，我们共同见证了时代的发展和岁月的足迹，相同的经历与相通的感受，让我们成为老友"闺蜜"。

我坐上高铁，到千里之外寻找当年的战友，见面后令我们激动不已，千言万语不知从何讲起。我们当年经历了一段难忘的岁月，那时意气风发的小伙子，如今已两鬓白，让我们感慨万分。似乎也只有饮下眼前这杯醇香浓烈的老酒，才能表达我们彼此的情意。

我在寻觅往事的同时，也在调整心情，开始放慢了自己的脚步，充分享受这段时光带来的惬意。我想：刚从工作岗位上退下来，这是一段非常美好的时光，也被称作是人生的第二"青春"。我们何不利用这段时间做一些自己喜欢的事情，放松心情而不是放纵自己的行为；过慢生活而不是过懒散的日子。让阳光洒进生活的每个角落，去体验温暖中的寂寞时光。想起马尔克斯的一句话："生命中曾有过所有的灿烂，终究都需用寂寞去偿还。孤独前是迷茫，孤独后是成长。"

在我走进花甲之年的时候，小外孙出生了，他的到来，给我带来了不可名状的喜悦。有了隔辈人，生命有了延续，这似乎是命运的最高奖赏。他的出现，打乱了我原有的生活节奏，每天变得忙碌起来，但我却乐此不疲。给他买来许多玩具，陪他在地上一起爬，甚至让他骑在我的背上，感受着他给我带来的快乐。我终于理解了"含饴弄孙"的含义，这是我当年做父亲时从未有过的感受。我知道随着时间的推移，他会慢慢长大，而我会慢慢地老去。我真想拉住时间的车轮，延长这段幸福时光……

花甲之年是每个人与时间的一次等待了六十年的邂逅，它注定要给我们带来许多惊喜和快乐。我们何不好好地享受，人生这本书，翻开是故事，合上就是回忆……

笑对黄昏

“夕阳是晚开的花，夕阳是陈年的酒。夕阳是迟来的爱，夕阳是未了的情……”当我伫立于花甲岁月的岸边，遥望古稀之年或更遥远的“黄昏”。耳边总会响起那浑厚的男中音。不过，此时，我的内心已经变得十分平静，不仅看到了夕阳的静美，也触摸到了它的波澜不惊……

当年，迎着太阳的我们一路走来，如果说，那时的蓝天白云让我们流连忘返，那不期而遇的风雨让我们倍感艰辛。我们曾怀揣着信念，一路跋涉，像逐日的夸父，如今当我们两鬓染霜的时候，终于“追”上了天边的夕阳。面对未来的岁月，慢慢静了下来，心似乎有一份归属，让我们沉浸其中，享受岁月的静好。有人说：“人生最大的痛苦，是心灵没有归属。”当我们静下心来面对晚霞中的夕阳，回忆着如烟的往事，遥望着岁月之河的静谧，似乎找到了那“快乐的老家”……

理想的晚年生活是拥有一份闲适的心情。把一切看得很淡，追求内心的一种平和。有这样一种心态，可以从容面对未来那些孤寂的日子。就像晚年的李清照，尽管遭遇了许多不幸，但她一直感受着生活的美。“人间有味是清欢”，这句哲理性的诗句，是苏轼在心中为自己绘制的蓝图与梦想。他所追求的是一种远离城市喧嚣和名利诱惑的清茶淡饭的生活，一种至高的精神生活。正是因为有了这样的一种豁达，所以在他晚年的时候，仕途不顺，屡遭贬谪，最后被贬到了蛮荒之地的海南。面对这些不幸，苏轼以平和的心态接受了，不但没有沉沦，而且还有所作为，并写下了许多传诵至今的诗句。把别人眼中的苟且，活成自己潇洒的人生，以最低的境遇活出最高的境界来，这就是苏东坡。

一位作家说过：人类全部智慧体现在五个字里，“等待和希望”。在未来的日子里，虽然“天黑得很慢”，可我们还要点燃心中的希望，照亮平凡的生活。把每一个不起舞的日子，都看成是对生命的辜负。我想起那位活了105岁的著名学者、作家——杨绛先生，晚年的时候老伴钱锺书和女儿相继过世，对她打击很大，但她心中因希望之火依然闪烁，很快从悲伤中解脱出来，每天坚持读书写作。在她鲐背之年，出版了散文集《我们仨》和《走到人生边上》。直到去世之前，她的写作从未间断，令后人惊叹不已。我想，生命本来无所谓意义，但它一旦被确立了目标并为之努力奋斗，这个生命就有了非凡的价值。人的一生除去睡觉和吃饭，只有一万多天，不同的是你真活了一万多天，还是只活了一天，重复了一万多次？

面对未知的岁月，依然活出自己的风采，因为努力是一种生活态度，与年龄无关。

过年的往事

爆竹声中的快乐

儿时，我最盼望的是过年，因为过年时，不仅能穿上新衣服，吃到妈妈炖的红烧肉，还可以痛痛快快地燃放鞭炮。那时候过年放炮，是男孩子们的“专利”，每次听到那熟悉的声音，我都会兴奋不已。

进了腊月，人们便在零星的鞭炮声中，首先“闻”到了年味。每到这时，我总会缠着母亲要钱，尽管她手头并不宽裕，但会把春节的压岁钱提前“预支”给我，并嘱咐不要乱花。我拿着钱，到外面就把炮买了回来。手里有了鞭炮，过年就有“着落”了，仿佛一下子成了天底下最“富有”的人。打开那印着“浏阳鞭炮”几个字的包装后，里面是一个个排列整齐的小炮，看到这红色的“小精灵”，像见到久违的“老朋友”，心里非常激动。我知道如果把这二百头的鞭炮拿出去放，瞬间就会放完，那样虽然过瘾，只是太“奢侈”了。于是，我小心翼翼将它们一个个拆解下来，装在纸盒里。而后，抓一把放进口袋，约上小伙伴在院子里玩了起来。开始我们将鞭炮放在地上，用火绳点燃后赶紧躲开，然后捂住耳朵闭上眼睛等待着那清脆的响声。后来我把小炮插进墙缝或者放进自制玩具手枪管里，觉得这样更有意思。不过真正感到特别“爽”的还是把小炮拿在手里，点燃后，稍等片刻扔出去，聆听它在空中炸响，那是最美的声音。沉浸在快乐中的我们常常忘记了天气寒冷，也忘记了自己已饥肠辘辘。有一次，邻居小伙伴正在放炮，家里人招呼他回家吃饭，他将火绳摔打几下后放进口袋里，其实，火绳并未捻灭，点燃了口袋里的炮，噼噼啪啪地响了起来，吓了他一跳，再看新衣服已被烧了一个洞……

随着年龄的增长，我在试着燃放“个头”更大一点的炮。记得那时有一种很有意思的炮仗叫“黄烟带炮”，它个头粗壮，放在地上点燃后，会冒出一股浓浓的黄烟，而后就是一声巨响，很刺激。当然最具有挑战的还是放“二踢脚”，这个也被称作“两响”的家伙，身材短粗，裹着“红袍”，却“底气”十足。一开始，我学着别人的样子，把它立在地上，点着后赶紧跑开，一声响后，它上半截被送上天，接着空中又传来声响，很有意思。后来我看到哥哥把“二踢脚”拿在手里放，动作十分潇洒。我也学着他的样子，将炮拿在手中，点燃后闭上眼睛把手伸得老远，静静等待着，只听“咣”一声，炮响了，我的手感到一阵火辣辣的疼，抬起头来，紧接着空中传来第二声响，在一旁的哥哥为我竖起大拇指，那一刻，我觉得自己是一个真正的男子汉了……

燃放鞭炮为过年增添了喜庆的气氛，是那时春节的“标配”。近几年许多城市，为了保护环境，净化空气，禁止了燃放烟花爆竹，春节显得“清静”了许多。不过，每到过年我都会想起儿时放炮的情景，那清脆的鞭炮声依然在记忆中回响着……

穿上了新衣服

小时候过年，一定要穿身新衣服来迎接新年，这像是“约定俗成”的事情，人人都在“遵守”。很难想象要是没有新衣服，如何过年?

那是一个使用“票证的年代”，买棉布是需要凭“布票”的。为了在春节时能让我们穿上新衣，母亲平时将“布票”节省下来，集中在年关使用。

有一年，进了腊月，母亲领着我来到附近的小百货店，随着春节的临近，商店里的人也渐渐多了起来，而棉布柜台更是挤满了人。走到跟前，看到一匹匹各种颜色的布，被售货员整整齐齐码在柜台上。他手里拿着竹尺和剪子，按照顾客买布的大小，用尺量完后，一块块地往下“扯”，动作十分娴熟。母亲并不急于买，而是在一旁等着，她要买这匹布剩余的一小部分——“布头”，这样可以节省“布票”，这“布头”虽说不大，但想办法拼接一下，就可以为我们做件衣服。等待是有收获的，半天下来，母亲买了几块“布头”，回家后，为我们每人做了一身衣服。

母亲没有专门学过裁剪和缝纫，但她的手很巧，衣服不仅裁剪得合体，缝纫的活计也很细致。总有些邻居到家里来找母亲做活。特别是临近春节，除了给家人做衣服，还要给邻居们帮忙，白天做不完，她常常会“开夜车”……

记得，有一年临近春节，我看到母亲为哥哥姐姐都做好了新衣服，唯独我的衣服还没有着落，而且连布料还没买了，情急之下我哭了，母亲摸摸我的头说：儿子，别着急，过年准让你穿上新衣服。我问：明天就是三十儿了，怎么能不着急呢？母亲笑了笑，没有说话。到了晚上，我躺进被窝里，带着疑惑慢慢地睡着了……夜里，我梦见妈妈为我做了一件漂亮衣服，我穿着它，在院子里和小朋友们一起放炮。忽然，我被一阵缝纫机轮子转动的声音惊醒，揉揉惺忪的眼睛，只见灯下的母亲，正伏在缝纫机前不停地忙碌着，墙上映出母亲微驼的身影，如一幅剪纸“定格”在我脑海里……我说：妈妈，您快睡觉吧！妈妈回过头来，冲我笑了笑，轻声地说：你先睡吧！我迷迷糊糊地又睡着了。第二天早上，我刚起床，母亲拿出一件小夹克来让我试，我惊异地看着这件衣服，它是用不同颜色布料拼接而成的，而且颜色搭配得非常协调，穿上后，人显得格外精神。母亲见我高兴的样子，会心地笑了。那一刻，我见到母亲眼里布满血丝，一脸疲惫的样子。我穿上这件与众不同的小夹克，到院子里和小朋友们一起玩，大家都说我的衣服好看。

这个春节，我过得很开心。多少年过去了，那件小夹克上拼接的图案，一直印在我脑海里……

“小年”的喜悦

每年的腊月二十三，人们俗称：“小年”。这一天，像是春节的前奏曲，“年味”一下子就浓了起来。家家户户除了采买，就是做卫生，忙得不亦乐乎，好像进入了春节的“倒计时”。快乐写在每个人的脸上，暖流在人们心里涌动着，就连寒冷的空气里也弥漫一种平时未有的喜庆。

“小年”这一天，要做的事情很多，但我记得那时，父亲总是要早早起来，带领全家人“扫房”。他说：“一年了，房间中的犄角旮旯积攒许多灰尘，要把它清扫走，干干净净地迎接新年。”父亲说话时脸上带着微笑，身上充满了年轻人的活力，我觉得他也把自己的心灵“打扫”干净了，迎接即将走来的春节。

“扫房”是一件很麻烦的事，需要动员全家的力量。父亲给我们做了简单的分工，就干了起来。先把屋里的床铺拆了，那些小件家具和坛坛罐罐都要搬到院子里来，实在无法搬动的大件家具，就在上面蒙上一层布帘。只见父亲把新买来的笤帚绑在一根长长的竹竿上，然后在屋顶和墙壁上用力地去扫，每一个角落里都留下了扫把的痕迹。我只是干点力所能及的，除了搬一些小点的物件外，就是用抹布擦洗家具上的灰尘。擦玻璃是一件细活，要反复擦上几遍才能见到效果。当门窗上明亮的玻璃照见了人影，我心里也像这玻璃一样透亮了许多。大扫除是很累的活，但一想到春节前清扫掉一年的灰尘，浑身又觉得轻松了许多。

俗话说：“二十三，糖瓜粘。”按照民间习俗，“小年”这一天是“祭灶”的日子。城市里生活的人家，虽没有农村人使用的灶台，但也还是要祭拜“灶王”的。这一天，人们拜托“灶王”，总在重复着那句话：“上天言好事，回宫降吉祥。”这也是民间祭灶、扫尘、吃灶糖时常贴的一份对联。意思是，希望“灶王”上天后在玉皇大帝那里多讲点人间的好事，以博得上天神仙的欢心，待到新年来临时多降吉祥喜事给人间。

这一天，一向虔诚的母亲，再忙也要放下手里的活，准备一下祭灶的东西。她把麦芽糖放在锅里掺进点芝麻粒做成了灶糖，而后摆在碟子里，端到院子里的小厨房中。其实祭灶的程序并不复杂，但母亲做起来非常认真，没有半点马虎。她似乎没有说什么，我觉得，母亲在用自己行动，来拜托这位马上就要到天宫去汇报的“灶王”。

祭灶后，母亲总会把灶糖拿出来让我们品尝，这糖做得味道香醇，酥而不腻，非常好吃。不知“灶王爷”上天后是否为我说了好话？但我还是从心里感谢“他”，因为这么多年了，那灶糖的香甜味儿，不仅留在了味觉里，也留在了我记忆中……

准备年货

民以食为天。尽管春节的内涵很丰富，但那时候，它体现更多的还是舌尖上的“享受”和味蕾的“快感”。在那个物质贫乏的年代，温饱是每个家庭的头等大事，而到了春节大人们会想尽千方百计让孩子们能够吃饱、吃好，“安慰”一下平时受了许多委屈的肠胃。所以，春节前要采购大量的年货，还要提前把食物做熟了，加工出来，这是家家户户的首要任务。

我稍大点的时候，承担了家里节前的采买任务，虽然辛苦，却乐此不疲。春节前买东西往往需要排长队，尤其是购买用票证的肉、鱼还有一些平时见不到的副食品，人会更多。在零下十几度的室外站上一两个小时，手脚和耳朵都冻木了，我不停地向手里哈着气，然后把手搓热捂在耳朵上，两脚原地踱步驱赶着寒气。虽然很冷，可一想到马上就是春节了，全家可以吃一顿丰盛的团圆饭，身上似乎有一股暖流在涌动。像安徒生笔下“卖火柴的小女孩”，寒冬里，那颗心被希望和温暖的梦点亮着……

年货买到家，母亲非常高兴，她会把这些东西慢慢加工出来，在过年的时候吃。我不会做饭，但是炒炒花生和瓜子“手艺”还是不错。花生是需要放在有沙子的铁锅里去炒。于是，我找出了夏天用的煤球炉子，在院里生着了火，把沙土放进铁锅里炒热后，再把花生放进去，不停地翻炒。花生在滚烫的沙土里，慢慢地被焙熟了，花生皮的颜色渐渐地有些微黄，一股香味从铁锅里飘出来，我剥开一个尝了尝，还真香，心里美滋滋的。

按照“老例儿”，正月里是不做饭的，节前要蒸出许多面食。母亲用只有春节时粮店才供应的“富强粉”发面，然后蒸出枣馒头、糖三角、豆馅包子等，放凉后装进面口袋子里，留着正月里慢慢吃。母亲还蒸出了形状如“刺猬”一样的面食，两颗小红豆做成的眼睛，显得“炯炯有神”。母亲说：“刺猬身上的‘刺’可以给家里带来滚滚财源。”我把“刺猬”摆在桌子上，看着它可爱的样子，我真不忍心张嘴……平时很少做饭的父亲，节前这几天也要“大显身手”，他为我们做油炸食品。他把平时省下来的一瓶子花生油，倒进锅里，油在里面翻滚着，父亲炸出的油饼、麻花散发着诱人的香味。

其实，过年最让我盼望还是母亲炖的红烧肉。每到此时，我会好奇地站在旁边观看。只见母亲把切好的肉放进锅里，用开水焯一下，然后开始“炒色”，这时白色的肉变成了紫红色，那是我们都很熟悉的颜色，非常好看。锅里放进水后，肉在里面慢慢炖着，不一会儿，锅里散发出肉的香味，那是一种颇具诱惑的味道，和院子里邻居家的肉香交织在一起，是一种春节的“味道”。我掀开锅盖看到满锅的肉真是垂涎欲滴，母亲给我盛了几块，我大口大口地吃了起来，啊，真香！后来，无论在哪里，只要吃到炖肉，我就会想起母亲过年时做的红烧肉……

贴春联挂吊钱

俗话说:“二十八把面发,二十九贴倒酉。”听老人们说:倒酉就是春联,是“新桃换旧符”意思,以迎候“五福临门”,把福、禄、寿、喜、财和充满希望的春天一起迎进家门,意为幸福年年降,好事天天有。随着除夕的临近,家家户户开始忙着贴春联、窗花、吊钱、福字和年画等,这看似“仪式感”很强的事情,其实是过年很重要的内容,每一家都把它作为节前“重头戏”。

那时,大街小巷到处都是卖吊钱和窗花的。母亲总是觉得,娘娘宫(今文化街)的窗花和吊钱更精致些,颜色也鲜艳。于是母亲领着我来到这里,只见娘娘宫前人山人海,摩肩接踵。虽然天气很冷,可大家的兴致不减,脸上都挂着笑容,好不热闹。店铺一家挨着一家,春联、福字、剪纸、年画一应俱全,特别是吊钱引人注目。吊钱也叫“挂钱”,有祝福吉庆之意。柜台上的吊钱有大有小,有一部分被商家贴在门和窗户上,上面有各种吉祥的花纹和祝福的文字,都是“手艺人”用锋利的刻刀在优质的彩纸上制作出来的,图案清晰绚丽,细腻精美。吊钱在风中飘动,摇曳着春节的喜庆,似乎在向我招手,我带着好奇,走上前去,仔细地去看那一张张漂亮吊钱,沉浸在“年味”之中,如沐春风……

我和母亲带着从娘娘宫买来的这些纸质“艺术品”回到家里,开始忙碌着粘贴。我先打开年画,在屋里选择适当的位置用图钉钉上去。我把母亲最喜欢的“杨柳青年画”贴在最醒目位置上,画中“胖娃娃”手握莲蓬坐在金色的鲤鱼上,样子活泼可爱,寓意“莲年有余”,一眼望去是那样的喜庆,屋里弥漫着一股清新的气息。我最为喜欢的还是母亲精心挑选的那两只“肥猪”,这是一种剪纸艺术,样子十分可爱。母亲告诉我,民间有谚语:狗来贫,猪来富。“肥猪拱门”是大吉大利,把财送上门的意思。我按照母亲说的,把猪小心翼翼贴在门上,把“聚宝盆”贴在猪背上,让猪把财“驮”来,上面是一个大“福”字，意思是：猪在下面站着，福从空中而来……

春联是父亲手写的。小时候上过私塾的父亲，写了一手漂亮的毛笔字，颇具功底，常常得到邻居们的夸奖。只见他把刚刚买来的红纸裁成条状，我在一旁用力研墨，父亲略做思考，凝神屏气，挥毫写下了几副春联，内容各不相同，我挑了一幅贴在大门的两侧，大红纸配上父亲端庄的楷书，非常醒目。春联的旁边是刚刚贴上去的吊钱等，家里这扇普通的门，经过精心“打扮”，焕然一新，一股节日的气息扑面而来。让人感到寒冬就要过去，暖风拂面的春天正在走来。

我至今还记得，父亲写在春联上的那句王安石的诗：“爆竹声中一岁除，春风送暖入屠苏……”

除夕之夜

春节被人们称为“百节之首”，而除夕之夜又是辞旧迎新最重要的时刻。一年三百多天中人们翘首企盼着这一天，远隔千山万水的游子，也要在这个时候回到家乡与亲人团聚。我记得那时“上山下乡”的哥哥和姐姐，春节前会坐上几天几夜的火车，回到家中与亲人团聚。这传统的节日与浓浓的乡愁交织在一起，人们沉浸在亲人团圆与节日喜庆之中。

这一天，孩子们早早起来换上新衣，在院子放着鞭炮。而大人们似乎还在忙碌着，虽然节前的准备工作都已就绪，但此时要着手准备“年夜饭”——这是一年之中的团圆饭，也是最令人难忘的一顿饭。父亲说：“吃年夜饭是一辈辈传下来的，年终的时候祭拜神灵和祖先后，大家在一起团圆聚餐。”那时候，年夜饭谈不上丰盛，但比平时要“硬核”了许多。母亲对于这顿饭“很重视”，像变魔术一样，很快就能弄出几个菜来，把平时舍不得吃的东西拿出来，摆到桌子上。饭前，父亲总会说上几句祝福之类的话，勉励孩子们新的一年里取得更大进步。年夜饭是很讲究寓意的，吃的是喜悦，品的是亲情，缕缕饭香中，闻到了家和万事兴的味道。

每次准备“年夜饭”的时候，母亲总是忘不了蒸一碗年糕，寓意为“年年高”意思，而后用红色的京糕条在上面摆成一个“福”字，烘托着节日的气氛。不过年夜饭里的“重头戏”还是包饺子，虽说以肉馅为主，但母亲总要包上一盘子素饺子，把香干、豆芽菜还有红粉皮等调成馅，包出“白里透红”的饺子。母亲会自言自语地说：“让全家这一年过得‘素素静静’的。”包饺子的时候，母亲把一枚崭新的硬币包进饺子里，说谁要是“吃”到了就会有好运，会有钱花。每次吃饺子时，我都会在碗里细心寻找，但总是找不到，也许不该我“发财”。

吃过年夜饭大家围在炉子旁，一起嗑着瓜子，吃着花生和糖果来“守岁”，守着团圆的梦和古老的传说。这时母亲会嘱咐我们，今天晚上说话有很多忌讳，比如，“没有”“少了”“死了”这类的话是不能说的。平时爱说话的我，这时只能保持“沉默”了。而沉默寡言的父亲会讲起，关于“年”的来历，春节时为什么家家户户都要贴吊钱、春联和燃放爆竹等，原来古人是为了驱赶那个叫“年”的怪兽。父亲还讲起他小时候在农村过年时的情景，我听得入神，脑子里浮想联翩。这时院子里忽然响起了密集的鞭炮声，看看桌子上的表，已经是午夜12点了。母亲急忙去煮饺子，不一会把热气腾腾的饺子端上来，让我们每人吃上几个。原来饺子是“交子”的谐音，意为“时交子时”，大吉大利。

我急忙抓了一把鞭炮放进口袋里，拿上点燃的炮绳来到院子里和小朋友们一起玩。鞭炮点燃了孩子们的笑声，大家尽情地玩。这普通的夜晚，成了一年中最令人兴奋的，也是最长的一个夜晚。寒冷的夜沉浸在古老的欢乐中，久久不肯睡去的，是我们手中举着的小小灯笼……

正月拜大年

正月里拜大年，是民间特有的传统习俗。

大人们尽管熬了一夜，但是初一还要早早起来，因为这个时候邻居们已经推门而入，拜年来了。其实，邻居们天天是低头不见抬头见，可是到了初一早上，男人们还是要穿上一身新衣服和擦得铿亮的皮鞋来家里拜年。而女人们，除了穿上鲜艳漂亮的衣服，还要在脸上涂一层粉，头上戴着“聚宝盆”之类的花，喜气洋洋地来拜年，坐在屋里聊起天来，直到又有邻居来家里拜年，她们才起身告辞。母亲平时待人热情，又乐于助人，在邻居中人缘好，所以到家里来拜年的人比较多。拜年，能够增进邻里之间的感情。有的邻居之间，平时为了一点小事争吵起来，彼此不说话了，但这个时候见面互相拜个年，打个招呼，也就算和解了。

接下来就是亲戚之间拜年，表哥、表姐来我们家里给父母拜年，如果带着孩子，母亲就会拿出用红纸包好的压岁钱给孩子，尽管钱不多，可对于孩子们来说，是一笔“可观”的收入。那时的我，在过年这几天也会收到不少的“压岁钱”，我舍不得花，然后就被母亲“借”走了，再也不还了，这是后话。亲戚们走后，母亲会打发哥哥和我到亲戚家拜年，而且要带着糕点和水果之类的礼物。食品店过节期间是不休息的，在外面买东西也很方便。但也有的时候为了省钱和省事，就把亲戚们刚刚送来的礼物，拿起来后“转送”给另外一家。春节时，往往是糕点“大串联”，这都是心照不宣的事情。

初二对天津人来说，是“法定”的姑爷节。这一天，姑爷们要早早起来，备上一份厚礼，带着媳妇和孩子来到岳母家。而在这一天，岳母家也不再接待外人了，而是不遗余力准备一桌子菜，岳父也会拿出平时舍不得喝的好酒来款待姑爷。在这一天，姑爷再忙也是不能“缺席”的。记得有一年，初一的夜里下了一场大雪，第二天早上，马路上的雪半尺多深。公交被迫停运，自行车也无法上路。尽管如此，姑爷们没有放弃拜年的想法，而是领着媳妇和孩子，踩着厚厚的积雪去往岳母家，一路上也不知摔了几个跟头。马路边有人堆起憨厚可爱的雪人，身上挂着一块牌子，上面写道：“姑爷们，辛苦啦！”逗得路人捧腹大笑……

按照习俗，拜年要在初五之前，这叫拜早年，而过了这一天就是“拜晚年了”。也有的实在忙不过来，过了初五去拜年。正应了那句话：有心拜年，十五不晚。不过出了十五，也就不能拜年了……

不知不觉中，年就过去了，在岁月的长河中，春节像一朵欢乐的浪花。接下来人们会在甜甜的回味中，期待着下一个年的到来……

日报伴我走过人生路

岁月如梭。在风风雨雨中,《天津日报》走过了70年不同寻常的路,我心里不禁感慨万千。伴随着她的成长,我也走过一段不平凡的文学路。这期间,有汗水和艰辛,也有成功和喜悦。

近日,退休赋闲,在家中整理着一张张发表过我的诗歌、散文作品的《天津日报》,尽管有些报纸已经泛黄,但依然散发着墨香。每一段文字,酷似久别重逢的老友,让我感到是那样的亲切。仿佛打开一段尘封的历史,如烟的往事又清晰地浮现在眼前……

那是20世纪70年代我上中学的时候,有一天,在医院工作的姐姐拿回一份《天津日报》,喜欢文学的我认真地读了起来,很快就被上面的内容所吸引,特别是副刊上的散文、诗歌,让我爱不释手,沉浸其中。我在想:将来有一天,我也要让自己的文章在上面发表。从那时起,我心里已悄悄种下一粒种子……

后来,我参军来到部队,怀揣着当将军的梦想和献身国防的豪情,投入部队火热的生活。当除夕之夜,我站在山头上的哨所,遥望天空一弯冷月的时候;当营房里熄灯号吹过,独自坐在油灯下写家书的时候,浓浓的思乡之情在心中油然升起。于是,我将这种情愫倾注笔端,写下了一行行稚嫩的诗句,寄给了远在千里之外家乡的《天津日报》。从此,我天天期盼着,不过没有等来惊喜,却收到一封封编辑寄来的退稿信。我没有气馁,而是利用业余时间不停地写。日复一日,年复一年,心中那粒文学的种子在沉默中等待着……苍天不负有心人。终于，在一个春暖花开的季节，我接到妻子寄来的信，她告诉我：《天津日报》上发表了我的一首诗——《手——致远方的母亲》，并寄来了剪下的样报。第一次见到报纸上自己铅印的名字，我不敢相信自己的眼睛，把上面的诗读了一遍又一遍，然后递给了身边的战友，让他们和我一起分享着快乐。妻子在信中告诉我：年迈的母亲读了这首诗以后，激动得流下了泪水。她既想念千里之外的儿子，也为我感到自豪。

处女作发表以后，点燃我写诗的激情，训练之余和节假日里，我阅读了大量中外名人的诗歌，做读书笔记，随时记录下脑海里一闪而过的“灵感”。接下来，我又陆续在日报上发表一些诗歌作品。20世纪80年代初，回家探亲的时候，我身着崭新的军装，来到当时位于鞍山道上的天津日报社，走进文艺部，我见到了之前从未谋面的编辑宋老师，我们的手紧紧握在一起，虽是初识，但仿佛神交已久。我向他谈起部队的学习、训练、生活的情况，他嘱咐我：要多读、多写、多思考，还给我讲了新诗的写作技巧等，让我受益匪浅，增加了写作的信心。回到部队后，我仍然坚持读书、写作，跋涉在文学的路上。后来，我又陆续在部队的一些报刊、杂志上发表了反映战士生活的作品，得到部队首长和战友们的称赞。

十年后，我转业回到家乡。为了能够继续写作，在安排工作时，我向组织提出去宣传部门。面试时，心里不免有些紧张，我鼓足勇气，拿出多年来，发表在《天津日报》上的一些文学作品，部门领导看后，满意地笑了，同意将我留在宣传部。我非常高兴，日报不仅圆了我的文学梦，也为我找工作，助了一臂之力。

回到地方工作，我似乎更忙了，除了上班以外，回到家里，还要做家务、照看孩子。每天晚上，等家人都入睡后，我拿出稿纸，在自己喜欢的那片“苗圃”里耕耘着。一年四季，寒来暑往，从未间断。这期间，我还参加了天津日报组织的诗歌征文比赛，并获得了奖。这些活动的参与，开阔了视野，认识了更多的诗友，也提高了写作的能力。后来，组织上安排我到基层担任行政领导，工作压力大，每天忙得不可开交，我无奈地放下了手中的笔。尽管如此，只要有时间，我都要翻阅日报，特别是副刊，我留心版面上推出的新人新作，感受着每一篇文章给我带来的精神愉悦，同时，在字里行间，寻找着自己往日的身影。我常想：什么时候自己才能够重新拿起笔？

“洞中方七日，世上已千年。”当我重新调回机关时，已经过去了十几年。流逝的岁月，紧张的工作并未泯灭心中对文学梦想，而萌动的心，像三月的大地，春风吹过，绿草摇曳，清泉汩汩。有一次，在日报社组织的活动中，我见到副刊的编辑和一些文友，他们鼓励我接着写，不要放弃。我梳理着思绪，重新收拾那片荒芜的“园子”，悄悄地去磨手中那只已生锈的“笔”……

不久，我又写出一些散文和随笔，陆续刊发在日报上，其中发在“文艺周刊”上的散文——《想起父亲》，引起家人和周围朋友们的关注，特别是耄耋之年的老父亲，听我给他读了报上的文章后，激动得把报纸捧在手里，老泪纵横……后来，我把这些年写的诗歌，包括发表在日报上的作品，结集出版了诗集——《走在春天的路上》，受到大家的热情关注。同时，我写的二十万字散文集——《秋语》，也已经付梓，很快就能出版。这两个集子是我几十年辛勤耕耘的收获，她与《天津日报》有着千丝万缕的联系，为此我常常感恩于日报副刊那片“沃土”，让我心中的文学种子生根、开花、结果……如今，我已告别了工作岗位，那颗躁动的心，已渐渐恢复了平静，每天过着读书、看报、写作的生活。我真切地体会到：文学虽不能养家，但可以“养心”。

几十年来，在文学的道路上我愉快而行，日报作为我灵魂栖息的家园，引领着我走在这条洒满阳光的路上。在未来的岁月里，我将与“年届七旬”但依然充满朝气的日报携手前行，一起收获明天的希望……

邻居忆旧

徐二爷是我儿时住的大杂院里的老邻居。在我印象中，他是一个勤快、古道热肠的老人。

他个子不高，背有些驼。见到我们，总是微笑，讲些他童年的事。他脸上布满了皱纹，像纵横交错的沟壑，记录着他所走过那些不同寻常的岁月。出生于民国时期的徐二爷原本是乡下人，很小就没了父母。那一年，家乡闹大水，只有十几岁的他和村里乡亲们逃荒来到旧时的天津。他对我们说：在老家时曾听人讲，天津卫富得很，马路上“洋钱没腿肚子”。可是进了城里，并未见到“洋钱”，看到只是富人的“白眼”和路上乞丐的窘迫。他知道，要想在天津卫里混下去，就要靠自己这双勤劳的手。于是，他开始学着“拉胶皮”（洋车），到饭馆去学徒，还在街头摆过地摊……

经过几年的打拼，他有了些积蓄，娶了一位同村的姑娘，为他生了两个儿子，每天虽然很辛苦，可日子过得有滋有味。谁知媳妇在生第三个孩子时遇到难产，弥留之际，媳妇握住他的手嘱咐一定要把孩子拉扯成人。悲痛欲绝的他，送走了妻子，从此，带着三个孩子，既当爹又当娘，每日为生活奔波。

徐二爷虽说“斗大的字认识不了一筐”，可脑子很聪明，干什么像什么。他对“红白喜事”也很在行，许多时候“大了”是非他莫属。院子里不论谁家办喜事，都要让他“掌勺”，我们这些孩子们在一旁看热闹。只见他围裙一系，炒勺一抖，俨然一位资深大厨，不一会儿酒菜、饭菜陆续端上桌来，地道的“川鲁”菜，色、香、味俱佳。干完活一般主家要给他一份“喜钱”，而且剩下的“折箩”，让他打包回去给孩子们吃。

徐二爷最拿手的是“白事”。周围邻居家要是有老人“倒头”（过世），马上会请他过去。那时，充满好奇心的我总会跟在他身后去看看，天津卫办“白事”的程序和禁忌，通过徐二爷让我知道了一些。从给死者穿“装裹”开始，到入殓、送路、出殡等，每一个环节他安排得非常细致，没有纰漏，让主家满意。更让人惊诧的是，夜深人静的时候，他往往一个人替主家守灵，一连几天，直到将死者送到公墓，他才拖着疲惫的身子回家。主家给的那些报酬，他除了留一些买酒喝，其他都贴补到日子里。

后来，孩子们渐渐长大了，参加了工作，也有的上山下乡离开了他，在感到轻松的同时，他心里也有些失落。忙碌的脚步渐渐慢下来，每天下午他拿着马扎坐在大门口，望着远处，直到天黑，他依然坐在那里，有人出入，他会轻轻咳嗽一声……

出身贫寒心地善良的徐二爷，在“文革”中，也经受一次“考验”。一天，自称是“专案组”的两个人带着介绍信来到我家，对担任“街代表”的母亲说，要核实有关情况，把徐二爷“请”了过来，当面询问他个人一些情况：什么时候来的天津，新中国成立前参加过什么反动组织等。我见徐二爷当时吓得浑身如筛糠一般，一边擦汗，一边回答。“专案组”的人走了，徐二爷还惊魂未定，浑身颤抖……

从那以后，他好像一下子老了许多，背显得更驼了，走起路来有些蹒跚。他像往常一样，每天下午依然坐在院门口，只是很少说话，咳嗽声也略显无力。后来，听说他病了，我跟着父亲去看望时，他已枯瘦如柴，食水不进了。不久，他带着遗憾离开人世。我学着大人的样子在灵前给他鞠躬，泪水悄悄落下。我想，徐二爷生前风风光光给别人料理“后事”，现在轮到他自己竟有些凄凉……后来，每次路过院门口他坐过的地方，我眼前仿佛出现他佝偻的身影，朦胧中听到他轻轻咳嗽声……

我与那座公园

真没想到，这大半生竟与宁园结下了不解之缘……

这些日子，每到清晨，我都会随着三三两两的人群走进公园。有一种久违的感觉，这几年经过整修，公园的面貌已焕然一新，但我还是在一花一草似曾相识的微笑和一山一石稔熟的注视中，看到了她昔日的身影。只是园中的杨树更加粗壮，湖边的垂柳更加浓密了。沿着湖畔，踏着儿时的足迹，我缓缓而行，寻找着往事……

小时候，家就住在宁园的隔壁，父母有空就领着我们到这里来玩儿。对这个公园最初的记忆，还是从家里一张泛黄的黑白照片上找到的……那是物质极度贫乏的20世纪60年代的一个春天，父母领着我们兄妹几人游园，而后留下了这张珍贵的照片。只有两三岁的我，羞涩地趴在母亲的怀里，眼神躲着镜头，身后的那座木桥、远处高大的杨树和平静的湖水依稀可见。从那时起，我慢慢成了这园子里的常客，不仅喜欢这动物园里调皮的猴子、憨态可笑的狗熊，更喜欢树上的知了和草地里的蚂蚱。公园好像有巨大的“魔力”，一直吸引着我，成了我和小伙伴们的“伊甸园”。我的脚印曾遍布园子的每个角落，欢笑声在树林里回响……

听老人说：这公园在清末民初的时候，是一片种植园，后来挖湖，疏通了水系，建成公园。取自诸葛亮“宁静致远”之意，叫宁园。新中国成立后，政府几次修葺才有了现在的样子。园中长廊里，有块字迹模糊的石碑，上面介绍了她历尽沧桑的往事，抚摸这块“会说话”的石头，我仿佛看到她从民国走来时的身影……相对于过去，我还是喜欢这公园现在的样子……

园中的建筑和布局十分讲究，既有南方园林的小巧妩媚，也有北方山水的大气庄重。穿过蜿蜒曲折的长廊，不远处就是一片蓊郁的果树林，与之相邻的，是这片园中面积最大的湖水。记得小时候，每到春天，我们用欢快的脚步，把公园从睡梦中吵醒，当湖畔的柳枝抽出嫩芽，果树林里的桃花、海棠、李花、杏花次第开放，用不同的颜色，打扮着公园里初春的模样。大自然在这里敞开了门，我们像一只只小鸟，走进春天的怀抱，放飞蛰伏一冬的梦，在园中无拘无束地奔跑。然而，最难忘的还是夏天——一个真正属于我们的季节，这里成了快乐的天堂。躺在草地里望着湛蓝的天和洁白的云，憧憬着未来；在蜻蜓和蝴蝶后面追逐着，多少落寞惆怅，都随微风飘散，遗忘在园中那条小路上……还清楚记得划船的经历，小木船在清澈水中悠悠而行，穿走在拱桥下与亭亭玉立的荷花中。想起那首古诗所描绘的情景：“江南可采莲，莲叶何田田，鱼儿戏莲间……”船桨轻轻撩起水，笑声在湖面上荡漾开。最惬意的还是过了“六一”，在知了不停地叫声中，走进园中的游泳池，享受着水带来的凉爽。不知在水中“泡”了多长时间，终于能够漂浮而后又慢慢游了起来，水是这样的神奇！老师说：陆地上所有的生物都是从水里走来的，水是生命之源。我开始喜欢上水，相信自己的前世是条鱼。以致后来，无论是见到河还是大海，我总想展示一下曾在游泳池里练就的“水性”。

在果树林旁边一个僻静的角落，有座土山，上面立着由汉白玉雕刻成的烈士纪念碑。每次走到这里，我都会放慢脚步，心生崇敬之情。想起莫斯科红场无名烈士墓前的那句话：“你的名字无人知晓，你的功绩与世长存。”上学的时候，学校经常组织我们到这里来祭扫先烈。记得我第一次戴红领巾就是在这里。那是清明节前夕，在烈士纪念碑前，我们举手庄严宣誓，老师为我系上红领巾。从那以后，红领巾一直在我胸前飘动着，伴随着我的成长和青春的梦，后来，这领巾变成我军装上的两枚红领章和帽子上五角星。这红色成了我一生抹不掉的记忆……

清静的公园，早晨最为热闹，兴致勃勃的晨练者，活动在园中各个角落里。这些已走进“夕阳”里的人，每天与黎明为伴，尽情地享受生活带来的欢乐。在那片郁郁葱葱的荷花池边，有许多拿着相机的发烧友，他们认真记录着荷花、睡莲美丽的瞬间；长长的林荫树下，精神矍铄的老者们，伴随着悠扬的旋律，打着舒缓的太极拳……许多人，在散步和慢跑中延长着人生之路，在唱歌与跳舞中与快乐和健康相逢，在与老友的交谈和感慨中，寻找着昨日的记忆和远去的童年，用欢乐和希望填补平平仄仄的人生。“莫道桑榆晚，微霞尚满天。”看来，与快乐者同行，是我必然的选择。

迎着渐渐升起的太阳，我漫步在铺着鹅卵石的小路上。环视着周围，脑海里总会出现一幅图画：在高高的“致远塔”映衬下，微风里轻轻摇曳的芦苇，晨雾里水面上缓缓游动的鱼儿，还有那伫立于岁月中古朴典雅的亭廊。这里好静！已然成为我身心依赖的家园。四周的围墙和浓密的草木，不仅挡住外界的喧嚣，也过滤了那些看不见的欲望。我对自己说：放下疲惫的身躯，等一等还在路上的思绪……我开始放慢了脚步，回头望望已然走过的路；揉揉疲惫的眼睛，打量一下红尘中那颗躁动的心。几十年了，如所有的人一样，当我走过了漫长的职业生涯和人生之路，如今又回到了这里，俨然当年的哥伦布，完成一次“环球旅行”。我惊奇地发现，自己的心境如眼前的湖水——安然平静，波澜不惊。不远处，那刻在石头上“宁静致远”四个字，在注视着我，像在微笑。是啊，只有静下来，心才能到达更远的地方……不承想，这当年让我流连忘返，给予我许多快乐的公园，今天仍让我如此依恋，已成为我心中的“朝圣之地”——灵魂的故乡。

我想，在未来的岁月里，我会依然行走在这园中的小路上，穿过春夏秋冬，去寻找儿时的足印和心中那份自信与安宁……

相逢是首歌

“你曾对我说：相逢是首歌，眼睛是春天的海，青春是绿色的河……”我喜欢这首歌旋律，也爱品味这歌词的内涵，它真切地表达了，我和分别多年战友们相聚时的情感。

退休后，有了闲暇，喜欢回忆几十年过往的人和事。总觉得，往事像一部厚厚的书，有些精彩的片段，让我们爱不释手，不停地翻阅。人生如同一次远行，每一个小小的驿站，都会留下温馨的记忆。过往的岁月，特别是十年的军旅生活，让我时常梦牵魂绕，回忆起那些曾经在军营里一起生活多年的战友，会捂住跳动的心音，让我想起“醉里挑灯看剑，梦回吹角连营……”那些慷慨激昂的诗句。军旅生涯虽然早已画上句号，但总期待着能够与战友相逢，重温往日之梦。但回到地方后，彼此都忙忙碌碌，疏于沟通。自从有热心的战友帮助建了微信群以后，仿佛一下子缩短了我们之间的距离，不仅见到战友近日的容颜，也听到那熟悉的声音……

不久前，应嘉兴战友的邀请，我和爱人及朋友决定自驾到南方与战友相聚。嘉兴对我来说，既稔熟又陌生：熟悉是因为这座城市里有老战友，在看地图的时候，我会时常将目光停留在这座城市，仿佛有一个无形的纽带，将我和这座城市连在一起。尽管我从未到过这里，脑海里总是出现着它的模样。于是我想，对于任何一座你不曾去过的城市，只要有你熟悉的人或故事，那么它仿佛像“老朋友”，徘徊在你的记忆中，在心中铺展的地图上离你最近。于是我怀着期待走进这座城市……

初春三月，当北方大地还是“素面朝天”的时候，江南已是一片郁郁葱葱，盛开的花朵和嫩绿的小草，早已把南方打扮成一位亭亭玉立的少女。从北方到江南，一路南下，我们“追赶着”春天，体会着当年王安石内心“春风又绿江南岸”的那份喜悦。当我们长途跋涉赶到这座城市时，老战友——我们当年在部队的文化教员冯女士和她的丈夫（也是我们战友）以及从郑州特意赶来的另一位老战友一同在这里等候多时了。尽管多年未曾谋面，当我们见到时，还是一下子认出了对方。我们握手、拥抱，刹那间好像又回到那青葱的年龄，回到几十年前火热的军营。此时心中有千言万语，但一时又不知从何谈起。彼此望着对方额头上的纹路和鬓角露出的白发，感慨万分，看来岁月不曾“饶”过谁，好在我们内心依然“滚烫”，青春不老……

冯教员还是我记忆中的样子，脸上虽然也留下岁月“走过”的痕迹，但温婉中依然透着青春的活力。她出生在北方，长在军营，也许母亲是江浙人的缘故，她身上有着江南女子的韵味。我想起她在部队时秀外慧中、青春活泼的样子。在部队的宣传队里，作为小提琴手，她能拉出优美的小提琴曲。那时，我们虽是同年兵，可她比我们小几岁，不过那时身着军装的她，站在讲台上，显得落落大方，俨然一位资深女教官。她讲课深入浅出，循循善诱，很难理解的数学公式，经她讲解，我们很快就记住了。机关每次上文化课，我都早早来到教室，坐在前排，她讲课的时候，我会全神贯注，目不转睛……时光匆匆，一晃几十年过去了，我们一起回忆着在部队时彼此的样子，谈论着那些熟悉战友，在记忆的每一个角落里搜寻着那有些模糊往事。不由得想起苏轼那句诗：“人似秋鸿来有信，事如春梦了无痕……”心中虽有一丝无奈，但更多的是暖暖的亲切。让我感到，生活里有了战友，才值得回忆和品味……

晚上，老战友在一家颇具江南风味的饭店为我们接风洗尘。服务员端上嘉兴特色的饭菜，让我们一饱口福。酒是神奇的液体，三杯下肚，刚见面时的拘谨变得无影无踪，这让我们一下子拉近了距离。仿佛又回到了几十年前的部队，在彼此的目光中，都看到了曾经的自己。大家无拘无束地聊着，提起往事的时候，都是那样的兴奋。我们为逝去的岁月唏嘘不已，为曾经懵懂的年龄而感到羞涩，也为自己能在“大熔炉”里锤炼的青春而骄傲和自豪。我们真实感觉到，相聚是那样的美好，像一首动听的歌，让我们找到了花甲之年的快乐……

第二天，在老战友的陪同下，我们游览了这座城市。嘉兴是地处“长三角”经济带的现代化城市，自古就是繁华富庶之地。三国时期，属于吴国的嘉兴，因盛产稻子，被称作禾兴，后改名为——嘉兴。我们来到了南湖，这里是集旅游观光和历史教育为一体的综合性文化景区。自古就因风景秀丽而闻名遐迩。它虽不及杭州西湖浓艳鲜丽，但也是秀姿天成，自有一番得天独厚的动人气韵。南湖还因中共“一大”在这里召开，成为革命的红色摇篮，我们在那艘红船前合影留念。下午，我们来到被称为江南三大名镇之一的乌镇。来自北方的我们，被眼前这秀美的水乡所迷住，古老的街巷被绿水环绕，让人浮想联翩。夜幕降临，河水里反射出朦胧的月色，迷离的灯光，给人以梦幻般的感觉。我们的心情，因为眼前的美景而变得更加美好，从而忘记了疲劳和心中的落寞。极尽地主之谊的老战友为我们每个人拍照，把美丽的瞬间留在照片里，也留在了记忆中。他们夫妇还在乌镇里一处临水而建的酒馆里定下了单间，我们边喝酒，边欣赏窗外水乡的夜景，大家陶醉在美食、美酒和美景之中的同时，也享受着主人款待客人的盛情与美意。

快乐的时光总是美好和短暂的，给人留下长长的思念空间。转过天的早上，我们要离开嘉兴。老战友和我们依依惜别，相约再来嘉兴。车子缓缓开动，驶出了我们下榻的梅湾客栈，隔着车窗，我依然看到三位老战友伫立在那棵海棠树下，不停地向我们招手。我的眼睛有些潮湿，想起了《相聚是首歌》的后面的几句歌词："分别是明天的路，思念是生命的火。心儿是年轻的太阳，真诚也活泼……"

如果说，当年我曾经因战友记住了嘉兴，如今，又因嘉兴而记住了战友……

飞越漫漫人生旅途

一

让人高兴的是，飞机正点起飞了。在跑道上，它以最快的速度向前滑行，引擎发出巨大的低吼声，我觉得它很吃力，心里有点紧张，快到跑道尽头，它终于离开地面，那一瞬间，我揪着的心也摇摇晃晃随着起飞了……

这是我和妻子一次漫长的飞行，也是人生一段重要的旅程，飞机要穿越茫茫的大海，飞到地球的另一端。透过小小的舷窗可以看到，外面的天很蓝，一缕缕云彩从银白色的机翼下掠过，而后又飞向远处，如我缥缈的思绪在空中弥漫。飞机还在向上爬升，让人感到有些眩晕，耳朵也有鼓胀的感觉，于是我闭目养神……要说这些天也是够忙的，没有休息好。为了这次远行，我和妻子提前一个月就开始准备，两个超大的行李箱，不仅装满了我们要带的衣物、药品等，她还为小外孙带了玩具和小食品。就在几个小时前，我们还在驱车开往机场的路上，到了这里我们开始办理登机牌、托运行李、排队过安检而后登机，一环扣一环，非常紧张，直到坐在自己的座位上，才稍稍喘了口气。虽然很辛苦，但是两人一起出门旅行，心里觉得很踏实。

飞机慢慢进入“平流层”，飞得开始平稳了。我解开安全带，感到一阵轻松。想到十几个小时后，就可以见到女儿、女婿和小外孙，心里非常激动。我和妻子小声谈起一年前小外孙来国内时的情景，觉得时间过得很快，小外孙应该长得很高了，我想象着他调皮的样子和见面时的激动情景。飞机在平稳地飞行，我们刚刚用过了飞机上提供的“精致”晚餐，还有茶水和饮料，吃饱了准备休息。当我将目光投向舷窗外时，见远处的天色慢慢暗了下来，白天与黑夜在这里做最后的交换，飞机马上就要进入夜间飞行了。天色已经完全黑了下来，机舱内的灯光也变暗了，周围安静了许多。飞机在夜色中匀速向前飞行，奔向它的目的地，机翼上的灯光在一闪一闪，那一刻，我觉得它好像悬浮在夜色之中，一动不动，一切都是静止的，只有时间在慢慢向前飞行着……

一阵困意袭来，我还是努力睁开眼睛，但见机舱里的人大多都已经昏昏欲睡。我身旁的妻子，看来已经十分困倦，打起了瞌睡，把头靠在我肩上。都说男人是女人的靠山，她这样似乎睡得更安稳些，我尽量保持自己的坐姿，一动不动，让她多睡一会儿。妻子已是第三次来美国了，记得她第一次来时，我还没有退休，她只身前往异国他乡是身负重任的——伺候女儿的月子。生孩子对于女人来说，是人生中的一件大事，而且有一定的风险。为了缓解女儿怀孕和生产的压力，那一年冬天，她在女儿预产期前两个月，飞到了她身边。妻子的到来，让女儿心里有了底，同时也感到母爱的厚重与无私。妻子陪着怀孕的女儿在小区里散步，做一些心理疏导，她还每天做一些可口的饭菜，增加营养。在女儿生孩子和照顾月子那段时间里，她和女婿轮流值班，每天只睡两、三个小时觉。可在视频中，她从未向我抱怨，这让我想起那句话：女本柔弱，为母则刚。等到她返回国内，我去机场接她时，见她瘦了许多，让我惊讶！她告诉我，在不到半年的时间里，瘦了十多斤。我们紧紧拥抱在一起，我说：你很“骨感”，是累的。她笑着说：她们母子健康平安，我累点算什么！

二

飞机在夜色里不知疲倦地飞行，引擎单调的声音在机舱里回响着，让人无法摆脱，感到有些烦躁。妻子睡意正浓，我的肩虽然有些酸，但身子没有动，我瞥了一眼熟睡中的妻子，她五官轮廓还是年轻时的样子，只是眼角上多了一些鱼尾纹，头顶上也露出了白发，不免心中感叹！我想起，三十多年前那个春天，在公园里和妻子第一次相见时的情景：那时二十多岁的我，在部队刚刚提干，春节回家探亲，在我返回部队的前一天，姐姐为我介绍对象，说是她同事的妹妹。约好在离家不远的一个公园里见面，当时对于从未谈过恋爱的我来说，既兴奋，又不好意思。那天午后，刚刚下过了雪，天空开始放晴，不一会儿，地上的雪慢慢融化了，让人依稀看到了春天的身影。姐姐带着我，早早来到公园。不一会儿，她们姐俩也来了，见了面，双方都做了介绍。那时的妻子高高的个子，衣着很朴素，一身学生蓝色的衣裤，脚下穿着雨鞋，举止大方，白皙的皮肤散发着青春的活力。我们简单聊了几句，她说下午还要上班，不能迟到，姐姐让我送送她，我们慢慢骑着自行车，边走边聊。我穿着军装和一陌生女子在一起骑车，有些拘谨，但我还是极力掩饰自己内心的不安，向她介绍自己在部队和家里的一些情况。紧张和激动的时光总是显得非常短暂，不一会儿，就到了她们学校门前，我看了看手表，只有二十多分钟，我觉得她们学校的距离太近了，要是远点多好啊！不知她是否同意？心里不免有些忐忑不安。我们下车握手告别，望着她颀长的背影，心里有一种说不出的滋味……

第二天，我乘火车回部队了。一到营房，我又投入紧张的训练之中，不过工作之余，我一直在期盼着来自家乡的消息，几天后姐姐来信告诉我，对方同意了，你们可以书信联系。于是我按照姐姐提供的地址，很快就寄出了第一封信，然后开始数着天数盼望着回信。几天后，我终于收到了她的回信，看着她娟秀字迹，心里非常激动，我把信拿在手里一连看上几遍，那一夜我躺在床上翻来覆去睡不着……“一纸家书报平安，红笺说尽相思意！”就这样，信笺像勤快的鸿雁，来来往往，为我们传递着信息和情感。也许是命运的安排，也许是前世的缘分，这短短相处的二十分钟，决定了一世的姻缘，而那一封封小小的书信，帮助我们搭起了一座情感的桥梁，让我们牵手走在人生漫长的路上……

如果说结婚是让两个相爱的人朝夕相处，那对于军人来说，就意味着两地生活的开始。从此，我们开启了牛郎织女般的生活模式。虽说有“金风玉露一相逢，便胜却人间无数”的浪漫，但现实的无奈和家庭的琐事总会取代花前月下的卿卿我我，海誓山盟已渐渐成为遥远的回声。那一封薄薄的书信，除了传递彼此思念之情，仿佛也在承载着婚后生活的重负。年轻的我们，并不清楚那张红色的结婚证意味着什么，也无法掂量出婚姻两个字的分量。后来我们有了女儿，小家伙在给家庭带来快乐的同时，也给妻子增加了“工作量”，她每天除了上班、带孩子，还要照顾我年迈有病的母亲，而远在千里之外的我，只能在信中安慰妻子。相对于其他的人，妻子付出了更多的艰辛。可她在信中很少提及家里的事情，总是让我安心部队工作。但我深知妻子在家的不容易。有时，我总会望着窗外连绵起伏的太行山，而内心，也是像那山一样起起伏伏，向前延伸着，直到遥远的家乡……记得那时，我曾写了一首诗——《妻子的雕像》，其中有几句是这样写的：

真的，等我脱下这身戎装

一定到罗丹的门下学艺

而后，倾出我后半生的心血

塑一尊雕像

为含辛茹苦的你

身后，镂一方

像我胸脯一样敦厚的墙壁

让你纤弱的脊背

在上面斜倚

目光，应该凝视着远方

像无数次相聚后的分离

里面闪烁着

苦涩的谅解和深情的希冀

让微微翘起的嘴角

抿着昨日的艰辛

和一个女人特有的刚毅

在你大理石般光滑的额头上

我将为你添上

十几个春秋的风痕雨蚀

一缕岁月漂染的银丝

最后，我将郑重刻上你的名字

——以一个丈夫的身份

——以所有军人的名义

不久，妻子来信告诉我，她从《天津日报》“文艺周刊”上读到这首诗时，已是泪水涔涔……她把这首诗，从报纸上剪下来，放进自己的笔记本里，闲暇的时候，她总会拿出来看一看，如今那张剪报已经发黄，如同久远的记忆一样，可她依然保存着……

三

几年后，我转业回到阔别已久的家乡。整整 11 年，像梦一样，我又回到了这里。这座城市，让我既稔熟又陌生，既亲切又异样，那是一种怎样的感受。三十岁的我，刚刚脱掉军装，走在大街上，不仅想拥抱身边的妻子和女儿，也想把这座城市和那条日夜流淌的海河搂在怀里。这些年，成长的不仅仅是身高，健壮的也不仅仅是肌肉，还有许多说不清楚的东西。依然年轻的自己，充满着自信，对未来的生活踌躇满志……我转业回家，最高兴的是母亲和妻子，那时没有房子，只能和父母家人住在一起，我在家“待业”将近一年，然后就到机关上班去了。从此，生活掀开了新的一页，从日夜思念，变成了长相厮守，从浪漫的“鹊桥相会”，慢慢变成生活的锅碗瓢盆交响曲。生活恢复了它原本的样子。

按照分工，每天早上，我骑着自行车到幼儿园送孩子，妻子下班买菜、接孩子，而后回到家里做饭，日复一日，那时，年轻的我，并不知道这是多大的工作量。后来，我在基层担任了领导的职务，晚上经常加班，等我回到家时，女儿早已熟睡，妻子在灯下备课，而有几分困意的我，躺下就睡着了。家里的事情我过问得很少，我一直笃信“男主外，女主内”，时间长了，妻子对我有些意见，偶尔也有过小小的争吵。但是两天过后，又会是风平浪静，也许这就是生活本来的样子。不过，这样的日子是我当年在营房里望着窗外的秋雨，默诵着“何当共剪西窗烛，却话巴山夜雨时”那首诗的时候所没有想到的，生活总是在不经意间向我展示它的另一面。日子就像桌上的那只小闹表，在一分一秒地向前走着，不断重复着一个节奏，每一分一秒之间并没有多大差别。我觉得，这平平淡淡的生活就像粗糙的砂纸，那些美好的东西在它的打磨下，会变得面目全非，这何尝不是对人的一种磨砺和考验呢？

我们之间那些年来往的书信，厚厚一沓，此时静静躺在抽屉里，我轻轻拂去上面的灰尘，清晰地看到上面每一个令我熟悉的字迹，这一封小小的书信，曾经的爱情信使，越过千山万水，传递着信息与情感。每次见到时都是激动地将它捧在手里，读上几遍。还会想起李清照的句子：“云中谁寄锦书来，雁字回时，月满西楼……”

四

飞机突然一阵颠簸，打断了我的沉思。妻子从沉睡中醒来，不知发生了什么，有些惊恐，我一把抓住她的手，似乎在告诉她，有我在这，不要惊慌。飞机抖动得越发厉害，忽上忽下，有一种失重的感觉，让人觉得不舒服。看来飞越大洋并不是简单的事，不仅大海深处暗流涌动，就是在万米之上的平流层，稀薄的空气里也是神秘莫测，波诡云谲。机舱里传来了空姐的声音，告诉大家不要惊慌，待在自己的座位上，系好安全带，不要走动。又持续了一会儿，飞机渐渐恢复了平稳，应该是飞出了那个巨大的气流漩涡。一切都正常了，大家都长长地舒了一口气，妻子和我对视了一下，露出甜甜的笑容，她握着我的手，接着她又慢慢合上眼睛，继续她的美梦……

我在想，人人都预祝旅途一帆风顺，也在预祝人生之路平平安安，但顺利与否和预祝没有直接关系，那是由诸多因素来决定的。有时并非如此，其实旅途并非都是一帆风顺的。这正如几十年夫妻相伴的漫长人生，一路上风风雨雨。有平凡岁月的心心相印，有共克时艰的心灵默契，也有吵架拌嘴的怒目圆睁。但总的来说，还是岁月静好。夫妻的感情还要经历人生“晚年”的考验。一起生活几十年的夫妻，真正朝夕相处还是退休以后，夫妻每天待在一起，成了真正的老伴，这是一个重新审视彼此和调整心态的过程。携手走在慢慢老去的路上，还要面对以后“腥风血雨”的日子。只有到了这个时候，才真切感觉到：“愿有岁月可回首，且以深情共白头……”

飞机继续前行，不断穿越浓浓的夜色，我隐约觉得机身下面应该是美洲大陆了，很快就要到达目的地。说来也奇怪，飞行十几个小时，虽有些疲劳，可我现在却很留恋这机舱所营造的空间和这次漫长旅程的氛围，就像留恋那些逝去的岁月和过往的人生。不过那都是稍纵即逝的存在，逝去的岁月无法追回，我们只有在梦里回到从前。即使我们坐在飞机上，继续重复上一次的航线，那飞机经过蓝天，所穿越的白云，也不是从前的，而机舱里的人，曾经熟悉的脸庞又能有多少呢？还是珍惜眼下吧，就像珍惜今生今世，珍惜身边的人，特别是和你一路相伴走来的人，如果有下一辈子的话，恐怕也很难再遇见了……我轻轻推了一下妻子，她从熟睡中慢慢醒来，揉了一下惺忪的眼睛，感到意犹未尽。

飞机开始下降了，飞行了十几个小时，地球的另一端，天依然是黑的。机身钻进厚厚的云层中，窗外什么也看不清了，仿佛处在天地初开的混沌状态中，耳朵里像被塞进东西，刹那间进入一个无声的世界，机舱里人们说话的声音几乎听不到，而扩音器里空姐的声音仿佛来自遥远的天边。不一会儿，隐约看到机翼下城市的灯光，那是人间的烟火，虽说是异域的一个陌生城市，但依然感到可亲。妻子显得有些兴奋，她的心好像已经开始“着陆了”。

飞机像一艘在海上漂浮的大船，摇摇晃晃，寻找着“港口”。机舱里静静的，其实大家都在默默祈祷。前面就是飞机跑道两侧明亮的指示灯，夜色下显得非常醒目，我非常激动，不亚于当年哥伦布见到美洲大陆。飞机似乎离地面更近了，起落架早已放下，能够听到有降速功能的副翼慢慢打开的声音。看来着陆的准备工作一切就绪，飞机已经进入机场，就在期待的时刻，忽然听到飞机轮胎着陆的沉闷声音，妻子紧紧攥住我的手，每个人的身体都向前晃动了一下，但瞬间有了踏实的感觉，那颗悬着的心也随着飞机庞大的身躯落了下来。飞机呼啸着，巨大的惯性，让这庞大的躯体继续高速向着前方冲去，不一会儿，飞机的速度慢慢降了下来，这时机舱里响起了欢快的音乐，妻子露出会心的笑容。接着传来了空姐亲切的声音，座位上的人也如释重负，浑身轻松，为下飞机开始做准备。飞机滑行了一段时间后，稳稳停靠在停机坪前，那一刻，漂泊的心和纷繁的思绪仿佛也停靠在机场上……

跨越了太平洋，终于结束了这次不同寻常的旅程，但我想，人生的旅行还在继续，还有风雨、阳光和未知的一切在前方等待着……我们取下行李，随着人流走出机场。女婿早早等候在那里，见了面，我们都很激动，他急忙接过了行李，推着车子走在前面。短短的十几个小时旅程，如同经历了几十年的人生，让我想了许多许多，我和妻子拉着手，缓缓走出了机场……

烛光里的母亲

每次想起母亲，眼前总会出现那支燃烧的蜡烛和烛光里母亲的微笑。二十多年前的那一天，母亲静静地躺在床上，像每一次的安然入睡，只是这一回，无论怎样呼唤，她再也无法醒来……那支通体透亮的蜡烛，在母亲的灵前寂静地燃烧着，火焰中映出了母亲慈祥的微笑，我眼里的泪花在烛光中闪烁着，一滴一滴随着浑浊蜡液悄悄流淌，慢慢地冷却，濡湿了心中的那些往事……

一

母亲是在刚刚跨进七十二岁本命年的时候，离开了我们，属牛的她，最终没能走出那个青黄不接的春天，生命永远定格在乍暖还寒的季节里。黑色的忌日，烙铁般给我心里留下了深深的印记……

记得和母亲最后“分手”的时候，是她去世的前两天。我像往常一样，下班后，去家里看望她。那时因为平房拆迁，父亲和母亲临时借住在一处楼房的单元里。母亲有病已经卧床十几年了，但她每次见到我们都极力掩饰病痛的折磨，露出一副若无其事的样子。我像往常一样将母亲慢慢地扶起来，坐在床上，边聊天边给她轻轻地捶着背，然后为她剪指甲。临走的时候，母亲说：你工作忙，不用总往我这跑，自己要多注意身体。当我起身告辞时，母亲努力地冲我摆摆手，露出会心的微笑……但我无论如何也想不到，这竟是我与母亲今生的诀别，以这样一种普通的方式。死亡的神秘，也许就是在它之外永远让人无法预测……

听父亲说：母亲是在后半夜的睡梦中悄然离世的。母亲的“谢幕”，像一枚飘落的树叶，那么轻盈，又那么猝然，让人感到生命的脆弱和无常。在后来的日子里，我总想，母亲为何会突然离去？是不是操劳了一生的她太累了，要好好休息一下；也许，母亲再也无法忍受疾病痛苦的折磨，早点离开人世也是一种解脱吧。我在心里安慰着自己，但无论如何，母亲的“不辞而别”，让我无法接受，心痛难忍！我觉得，性格爽朗的母亲一定有很多话要说，一定要有事情向我们做“临终”交代。这也许永远是个谜了，让我终生找不到答案。母亲会把这些话带到另一个世界吗，她会向谁诉说？

其实，我内心也有许多话要对母亲倾诉。就像我儿时一样，每次放学回来，都要围在母亲的身后，把学校里的事情向母亲讲述。即使后来当兵离开家乡，也要把部队里出操、站岗、训练的情况写信给家里，除了介绍了部队紧张的训练生活，还将自己夜晚在哨所站岗时如何想家向母亲娓娓道来。母亲再忙，也要给我回信，嘱咐我安心部队工作，照顾好自己的身体。看到她那熟悉的字体，真是“见字如面”了，那封巴掌大的信一下子拉近了我和故乡的距离，心里总是感到踏实和温暖！我总在想：自己从孩提开始一路走来，有话总愿意向母亲倾诉，母亲是我最“忠实”的倾听者。即使她什么也不说，我心里也会感到莫大的安慰。想起冥冥之中的母亲，多想告诉她，如今，我已经退休了，完成人生的又一次转折，进入花甲之年的我，更能理解她晚年的所思所想，假如她健在，我可以天天陪着她，听她絮絮叨叨地回忆往事；我想告诉母亲，我已经有了外孙子，见到“隔辈人”，生命的延续，让我体会到人生的又一种快乐；我想告诉母亲，我和妻子与兄弟姐妹时常聚在一起，回首逝去的岁月，常常忆起当年母亲为我们含辛茹苦、辛勤操劳往事；我想告诉母亲，自己写的那些怀念母亲的文章，经常见诸报端，让身边的人们唏嘘不已；我还想告诉母亲，现在已进入网络时代，如今的物质生活，是过去无法想象的，请母亲不要惦念了……遗憾的是，母亲再也听不到我的诉说了，她已经“走”得很远了……可我还是相信冥冥之中的母亲，会知道这一切的，她在天国里保佑着我们。于是，我常常走进梦里，与母亲彻夜长谈，告诉她近来发生的一切。黎明时分，我依稀见到她踽踽独行的背影，任我怎样呼唤，她还是头也不回地走进一片氤氲弥漫的晨雾中，我醒来时，发现枕巾已经湿透了……

二

我常常后悔，当年为什么没有拿出更多的时间，好好陪伴着母亲，而落下了“子欲养，而亲不待”的心痛……尽管父母终将老去，总有一天会离开我们，但陪伴的时光总是美好的，慢慢地回味，可以慰藉以后的日子和那颗空落落的心。母亲离世后，我常常独自落泪，然而，就是这一次次落泪让我渐渐成熟，一下子明白了人生的许多事情……“最是人间留不住，朱颜辞镜花辞木……”

我想起母亲晚年时说的话：人老了，每天就要靠回忆来度日。我在想：那时病在床上的母亲面对空寂时光，就像卧在夕阳中无法耕种的老牛，时常望着天边反刍着如烟的往事……母亲的话很有远见，我现在时常回忆着过去，想起和父母相处的日子。人们说：有一种幸福叫“父母在”。是的，父母在，人生尚有来处，父母去，人生只剩归途……

从我记事起，就天天跟在母亲的身后，母亲去哪我就跟到哪里，像“行星”围绕着太阳，更像甩不掉的“尾巴”。年轻时的母亲，似乎忘记了自己的漂亮，她无暇打扮自己俊俏不俗的青春，把爱和精力都交给了孩子和那些琐碎忙碌的日子。她把自己的热量毫无保留地释放出来，让围在她身边的我们，感受着母爱的温暖与厚重。那时，母亲对于我，是多么重要，一刻也不能离开。我曾想，假如有一天母亲“离去”了，我会怎么活啊！但转念一想，母亲是我生命中的太阳，而太阳是永远不会消失的。那时在我幼小的心灵里，母亲是我的全部世界，我会永远和母亲待在一起的。只是后来的时候，我才知道，和母亲待在一起时间，还是屈指可数的。十九岁那年，我千里迢迢去部队当兵，过上了独立的生活。十年后转业回来的时候，已经成了家，有了自己独立的小天地，工作、家务，每天忙忙碌碌，与父母见面的机会很少了。

后来，母亲居住的地方平房改造，她和父亲临时搬到我那里居住，虽说房间小拥挤，我们三口睡在外屋的地铺上，但这样每天可以和父母朝夕相处了，心里觉得很踏实。不过，此时已患类风湿关节炎的母亲行动不便，只能卧床休息。我每天下班回家，把妻子做好的饭菜端到母亲的面前。为母亲熬中药，量血压……作为儿子，我的心里得到了一丝丝安慰，我在享受这段幸福的时光。几个月后，父母亲又搬到一处临时借来的单元房子里，我和妻子经常下班后去看望，带上水果、蔬菜还有我的一份孝心……这每一次的探望，尽管时间很短，但对于再也无法走出这个房间的母亲而言，是一种慰藉，一种快乐……她嘴上虽不说什么，不过在心里，还是期盼儿女们天天的到来。

无论如何，儿女对父母陪伴的时间总是有限的，即使他们能够长寿，又能陪伴多少年呢？尽管分手是无奈的，但谁又能阻挡得了。当年把我们带到这个陌生世界的父母，是我们用一生也报答不尽的恩人。“谁言寸草心，报得三春晖……”我们像嗷嗷待哺的小鸟，当羽翼丰满了就一个个扑棱棱地飞走了，头也不回。记得那些年，哥哥和姐姐上山下乡，而我不久参军也离开了父母，家里一下子冷清下来，那时母亲的心里一定是空落落的。我想起，哥哥当年刚下乡时的情景，我常常看到母亲夜里起来披衣坐在床上，借着微弱的月光，望着窗外那棵树上的鸟窝，总在喃喃自语……我想，那一定是个空巢，尽管里面是温暖的。还记得，黄昏的时候，失魂落魄的母亲，像鲁迅笔下的祥林嫂，常常站在家门口，向着路的尽头张望，微风撩起她的衣襟和两鬓那缕过早出现的白发，皱纹也悄悄爬上她白皙的额头，在黄昏中望眼欲穿的母亲，期待着远在千里之外儿女们的熟悉身影……

三

我真无法想象，当年在病榻上的母亲所忍受疾病折磨的痛苦程度。那时的母亲，像被钉在十字架上受难的耶稣。如果说，耶稣受难是在为世人和信徒们赎罪，那母亲似乎在替我们承受着人间所有的痛苦，祈求上苍将福祉赐给儿女们。她每天顽强地活着似乎与自己生命无关，而是在为心中的一个承诺，在人生最后的旅途中艰难地跋涉着……

曾听人说过，每个人的晚年都要面对一场“血雨腥风”，那么对母亲而言，这场人生的严峻“考验”似乎来得更早和更“残忍”些。母亲年轻时为这个家和儿女们过度操心劳累，将近六十岁的时候，各种疾病就无端地找上门来了，特别是到后来她患上了被人称作不死的癌症——类风湿关节炎，让母亲痛不欲生。每天早晨起床，浑身关节疼痛的母亲，像旧时囚犯“过堂”一样，要忍受着“刑具”的折磨。她那双曾经为我们缝补过多少衣服的手，已经变形了，失去了功能。肿大的膝关节也早已无力支撑身体，她每天活动的范围，从院子里渐渐回到屋里，而后又退缩到那张小床上，那小小的几平方米，就是母亲每天活动的空间。外面的世界虽说很精彩，可母亲的心里却很无奈……开始的时候，母亲总是想不通，她这么好强的人，为什么会得上这种病？母亲觉得“老天”待她不公，几十年来，她相夫教子，辛辛苦苦操持这个家，拉扯儿女，耗尽了自己的心血；对于周围的人，她也是心怀善良，助人为乐，没有做过什么亏心的事情，老天为什么偏偏来“报复”？她曾说“这也许就是自己的命，是上辈子‘欠’下的。”病痛似乎把岁月拉长了，在病榻上漫长的时间里，母亲的心渐渐平和了，学会了坦然接受命运给予她的一切，与疼痛为伴，与疾病为友……只要身体状况稍微好一点，她就会坐起来和我们有说有笑，回忆我们小时候的样子，说一些“老话”，讲她童年的故事。有时候高兴，母亲用她那甜润的嗓音唱一段她最喜欢的评剧，当我们夸她字正腔圆，韵味十足时，她会感到满足，暂时忘记了自己艰难的“处境”。

一位作家说过：死亡和太阳是不能直视的。但母亲却坦然面对人生的归宿。她知道，死神就在不远处向她“微笑”，无论怎样的医治和调理，都无法改变残酷的现实……她曾想过尽快结束这一切，偷偷将平时吃的安眠药积攒一小瓶，准备一次服下。有一次，姐姐在给她做卫生时，发现了枕头下面的药瓶。姐姐握住母亲的手泪水涔涔，央求母亲千万不要自寻短见。母亲承认，她有过用药物来了此残生的念头，可还是舍不得老伴儿和儿女们。母亲一边流着泪，一边对姐姐说：我要是那样死了，会成为“孤魂野鬼”，是“大庙不收，小庙不留”的。她坦言：那样做更对不起身边的孩子们，让你们在以后的日子里心灵备受煎熬。虽然死比活着简单得多，但她说自己会一步步走下去，好好活着。为了这一承诺，母亲把药交给了姐姐，独自面对后面“艰难”的路。都说死是一件残酷的事情，但世上肯定有比死更残酷的活着。从那时起，母亲的生命不再属于自己，她似乎找到了活下去的理由和信心……

母亲再也不提那让人忌讳的字眼，在更多的时间里，独自默默忍受着病痛，但她知道自己快要走向生命的终点。有一天，母亲对我们说：给她做一件寿衣，她要在自己活着的时候穿一下。时间不长，姐姐们拿来一件她们亲手缝制的紫色棉袍，母亲执意要试一试，她穿上后觉得很合体，用镜子照了照，终于见到自己“临走”时的样子。几位姐姐不约而同地流下了泪水。母亲笑着说：别哭了，你们都很孝顺，我已经见到了自己死后的样子，此生无憾！她这一辈子给儿女们做了多少衣服，可她最后这件衣服，确是由女儿们给她做的，她内心得到了满足……

我们常常对母亲说：您这病，慢慢会好的。对于这些善意的谎言，母亲只是莞尔一笑。过量服用激素药物虽说缓解了她暂时的疼痛，可也给她身体带来了副作用，不仅伤了胃，也让它的骨质变得疏松，胳膊和手背会莫名其妙地出血斑……母亲好像不太在意这些，为了减少疼痛，她还是坚持服药。白天见到我们的时候，总会报以微笑，问这问那。而到了夜深人静的时候，疼痛“包围”着她，就像身边漆黑而又漫长的夜色。母亲没有恐惧，她好像和上帝打好了招呼，随时去那里“报到”……母亲一辈子经历的艰辛与痛苦，足以将她的心磨出厚厚的茧子来，但一直到生命的最后，她的心始终是柔弱和浪漫的，也许她内心储存了太多的爱。像一棵缓缓倒下的老树，所有的努力都未能挽留住，母亲还是从容地“走”了，在我心里留下了一片荒漠般的空白，许多年都会“寸草不生”……

那一天，母亲安详地躺在床上，音容笑貌被死神固定在黑色的相框里，一副坦然的模样。烛光摇曳，蜡烛在她灵前尽情地燃烧，仿佛释放出了所有的能量，如母亲在最后的岁月里艰难走向终点的生命。母亲的微笑在蜡烛朦胧的光晕里，清晰而明亮，她那清澈眼神和微弱的烛光，穿过悠悠的岁月，在后来的日子里，一直温暖着我人生的记忆……

卷二

书中的味道

书中的味道

走进时光深处

读些经典

人类书籍浩如烟海，为了获得精神上的启迪和享受，我们可以选择读些大师们的经典著作，把人生有限的时间用在“刀刃”上。

经典应该是指被大家公认的人文作品，特别是那些经过时间的公正和淘汰后，至今流传下来古今中外的名著。这其中包括许多中外著名作家的优秀作品，有《论语》，也有《离骚》；有《浮士德》，也有《忏悔录》……虽说是经典之作，但不妨当作“闲书”来读，也就是抱着轻松和随意的心情，但在阅读中必须有“灵魂的参与”。充分感受经典带来心灵上的愉悦，在其引领下走进用文字符号构建的明亮的大厦，在这种漫游中，不断认识自己，发现自己，塑造自己，思考着人类精神层面的生活。陶醉在阅读经典这种美妙的消遣中，你就会发现，自己已经脱离那种大众式娱乐性的阅读，进入一个更高层次的心灵获取。

名著的比较

在《三国演义》和《水浒传》的阅读中，我们常常喜欢将它们做比较。分析各自的长与短、同与异，从而找准我们的切入点，提高读书兴趣。

这两部完成于明末的小说，虽然都是描写古代的历史事件，但在素材来源和创作手法上还是有所不同的。侧重于战争场面描写的《三国演义》，素材大多是来源于史书，因此，被称为“无一事无来历”，所谓的“来历”，是指前人的文字记载，其中主要是来自《三国志》。这部书长于战争场面的描写，像“赤壁之战”“夷陵之战”这样人物众多，跌宕起伏的战争场面，作者驾轻就熟，不疾不徐，描绘起来很从容。同样是采用“火攻”的场面，在战术具体运用和场景设计上也有区别，没有雷同之处。而《水浒传》的“来历”，多出自民间的传说。其中包括，“瓦舍茶肆”的艺人说书和百姓的“街谈巷语”。相比之下，《水浒传》在人物性格的刻画上，同中有异，略胜一筹。同样是直爽血性的汉子，鲁智深与李逵相比，粗中有细，直中有曲。而武松则更是心思缜密，智勇兼备，“该出手时就出手”，直至置敌方于死地。

作为中国古代白话小说史上“并峙双雄”的这两部书，在创作上各有千秋，难分伯仲。也许正是各自显现出的鲜明特点，才让读者爱不释手，研读至今，这就是古典文学名著的魅力……

卢梭的真诚

以前，曾看过不少自传体小说，可当我读了卢梭的《忏悔录》后，心里为之一震。我想，如果面对朋友敞开心扉，吐露心声是需要理解和信任的话，那么，面对千千万万的读者，敢于将灵魂深处的东西展示出来，那需要的是真诚和勇气。

卢梭，在书中，追述了半个世纪的往事，以复杂的心情，生动的笔触讲了自己善与美、丑与恶、罪与罚的一生，他在称颂自己热爱自由，同情弱者、本性善良、崇高理想的种种美德的同时，又坦述了自己恶意作弄、沉溺女色、抛弃子女等种种罪行。读到这里，感觉一个真诚、坦率的卢梭跃然纸上，为作者胆量和气度感到由衷的赞叹。

我曾读过当代一位作家的自传体小说。作者回顾了自己几十年的人生，毫无掩饰地描述了自己的工作、婚姻、家庭生活的经历，甚至描述了一些生活与感情方面的细节。率真的文字，宽博的胸襟，令人钦佩。之所以这样如实地去表述，作者坦言是受卢梭《忏悔录》的影响。如果说，报告文学是以自己写别人，小说是以别人写自己的话，那自传体小说就是以自己写自己，作者的言行和内心世界完全暴露在读者面前，无处躲藏。一般的作家，是很难做到的。

卢梭所处的 18 世纪法国，是个封建专制的社会，阶级矛盾尖锐，上层贵族生活腐化、虚伪。作为平民出身法国大革命思想先驱的卢梭，头脑中有着强烈的反叛意识。同时，他又是一个很“单纯”的人，生性坦白开朗的他，从不掩饰自己的感情。他曾说："上帝造人的时候，给了我一双眼睛看外部世界，审视内心智慧之眼则是这颗忏悔的心。"《忏悔录》的出版，在社会上引起轰动，读者为他深刻的思想、坦率的表达而赞叹。马克思称："书页上还散发着油墨味道的时候就震惊了全人类——因为他的思考、真诚和那些几乎不加掩饰的人类的缺点。"

这本书作为启蒙思想读物对后世产生了深刻的影响。它的思想光芒，并没有因为岁月而黯淡，在社会政治、文学内容、风格情调，都开辟了一个新时代。正如一位法国批评家所说："我们 19 世纪的人，就是从卢梭这本书里走出来的……"

托翁的困惑

托尔斯泰的代表作——《安娜·卡列尼娜》，描绘了一幅19世纪末俄国社会丰富多彩的画卷。书中的主人公，安娜·卡列尼娜，是一位秀外慧中、贤淑典雅的上层社会女子。然而命运却让她嫁给一个比她大20岁，既不懂爱情，又固执保守的丈夫，她每天过着沉闷而又压抑的日子。后来，她结识了青年军官——沃伦斯基，点燃了心中沉睡已久的激情。可是，这种感情被当时那个虚伪的社会认为是“大逆不道”的，在社会舆论的重压下，她投身于滚滚车轮之下……

每每读到这里，都会掩卷长思……惋惜之余，静静地思考，在安娜这个悲剧人物身上，我们隐约看到了作者的矛盾心情，痛苦的内心世界。作者对“安娜”倾注了全部感情，对她不幸的婚姻抱有极大的同情心，但是，安娜为追求自己的幸福生活，而意外“红杏出墙”，却突破了作者的“底线”，他内心十分复杂，不能说服自己头脑中固有的“伦理道德”，为了使读者确信“罪恶的代价就是死亡”，他不惜人为地制造了一个悲惨的结局——“出轨就得卧轨”。这是理性与感情的碰撞，也是传统的禁锢与向往自由的对决，让当时的作者难以摆脱！

极富才华的托尔斯泰一生都很纠结，作为贵族出身的他，面对当时沙俄时代的黑暗与广大农民悲惨的境遇，内心非常苦闷，可又无力改变现状。晚年的时候，想把自己的财产，分给身边的农民，却遭到家人的反对，一气之下。他秘密出走，直到客死他乡，再也没有回到自己的庄园……托翁的文学作品，几乎是家喻户晓，可他内心的困惑，人们又能知道多少？也许正是这种让他不能自拔的苦闷，才使这位“艺术之神”在几十年的生涯中，苦苦地思索与探求，创作出不朽的文学巨著，让他的名字耸立在欧洲 19 世纪文学的顶峰……

帕慕克的忧伤

我是读着土耳其作家帕慕克的小说《伊斯坦布尔：一座城市的记忆》，带着伤感来到这座土耳其最大城市。让我不曾想到的是，这座横跨欧亚大陆的城市，并不像帕慕克所描绘的那样：颓唐、衰败、伤痕累累……我眼中的伊斯坦布尔，是一座充满活力、魅力四射的城市。川流不息的街道，鳞次栉比的古建筑，还有蓝天白云。我想起帕慕克小说中的话："外人看一座城市的时候，感兴趣的是异国的情调和美景，而对当地人来说，其联系始终掺杂着记忆。"

帕慕克不愧是欧洲作家中的"三杰"和诺奖的获得者，小说语言颇有特色，娓娓道来。我漫步在伊斯坦布尔的大街小巷，如同穿行在小说中的字里行间，亦真亦幻，难以分辨。气势恢宏的圣索菲亚大教堂、庄重典雅的蓝色清真寺，让我读到了这座城市厚重的历史，也领略了东罗马帝国和奥斯曼帝国昔日的辉煌。城市昨天的繁荣与今日的喧嚣，像博斯普鲁斯海峡的风，迎面吹来，我在感受着这座城市给我带来视觉冲击的同时，也回味着帕慕克小说里那一缕淡淡的忧伤……

伊斯坦布尔是一座留有帝国遗迹的都城，这座城市特有的"呼愁"，早已渗透在少年帕慕克身体和灵魂之中。在小说中，他袒露自己的心迹："她对我而言，一直是个废墟之城，充满帝国斜阳的忧伤。我一直不是对抗这种忧伤，而是让她成为自己的忧伤。"

据说，一百多年前，法国作家福楼拜曾造访这座城市，对街上的人生百态感触颇多。后来，他在一封信中预言：这座城市在一个世纪中，将成为世界之都。但令人遗憾的是，“一战”之后，奥斯曼帝国大厦轰然倒塌，陷入兵燹与饥饿的伊斯坦布尔，成为弃儿，几乎被世界遗忘。历史与这位大文豪开了个玩笑，这让帕慕克伤透了心。在小说的字里行间，浸泡着他的泪水，忧伤如烟云氤氲于书中……不过这座城市最终还是走出阴影，成为欧洲一颗耀眼的星……

幽深、平静的博斯普鲁斯海峡是这座城市的灵魂，乘船游走在海峡中，两岸茂密的浓荫下，是拜占庭时期的夏宫、奥斯曼帝国的城堡和私人别墅，岸边的自然风光与历史古迹相映生辉。来自黑海、马尔马拉海和地中海的风，在这里交汇，让人感到在这座历史悠久的城市里穿行，大海是自由的。我想起帕慕克在书中的感叹：“假使这座城市所说的是失败、毁灭、损失、伤感和贫困，博斯普鲁斯则是歌颂生命、欢乐和幸福。伊斯坦布尔的力量来自博斯普鲁斯。”

带着对帕慕克这部自传体小说的阅读记忆，我徜徉于古老的城市里，在为她远去的辉煌而赞叹的同时，也为她昔日的无奈而惋惜，更为她现在的繁华而欣慰。其实，这座城市本身就是一部厚重的书，这让我在“阅读”的时候，多了一份喜悦，而少了一份帕慕克的忧伤……

一部融入音乐的小说

罗曼·罗兰的长篇小说《约翰·克利斯朵夫》给我留下最深印象的是：它所独具的音乐性。整篇小说不仅具有英雄主义慷慨激昂的战斗精神，也深含音乐审美意蕴。

《约翰·克利斯朵夫》描写了主人公奋斗一生，从儿时音乐才能的觉醒，到青年时代对权贵的蔑视和反抗，再到成年对事业的追求而成功，达到了精神宁静的崇高境界。它被称为是一部音乐小说，其内容和形式都表现出强烈的音乐性。小说的基本结构具有交响音乐的特征，各卷如不同乐章，分为：序曲、发展、高潮和结尾。小说主人公是一位音乐家，其音乐人生成为描写的主要内容，作品中有大量的情节描写音乐场景，包括音乐会、音乐创作和音乐表演，让读者陶醉于音乐的氛围之中。

小说还对自然音乐进行了细腻刻画，也是作家匠心独具的地方。如，莱茵河、圣马丁教堂的钟声多次出现，就和主导音乐一般，成为贯穿作品照应首尾的主线。将自然音响与声乐、人生相比拟，不仅使人物鲜活，而且为小说创造了诗一般的意境。在《节场》一卷的描写，深化了主题思想，用音乐环境营造背景和氛围，不仅展现了纷繁复杂的社会场面，又细微刻画了人物的思想感情。

音乐修养颇深的罗曼·罗兰，心中对"古典乐圣"贝多芬充满敬意，他曾为贝多芬写过传记，在《约翰·克利斯朵夫》这部小说的主人公身上，我们隐约可以看到贝多芬的身影。作为诺贝尔文学奖获得者的罗曼·罗兰，心中有着浓浓的音乐情结，在阅读这部文学名著时，我们耳边仿佛响起优美的旋律，给身心带来愉悦，让我们领略到艺术“通感”的魅力……

静静的瓦尔登湖

那一年春天，作家梭罗从位于美国马萨诸塞州的康科德城独自来到位于郊外的森林里，在人烟稀少的瓦尔登湖旁边，建造了属于自己的小木屋，从此，他过上了隐居生活。在森林中，他一边观察，一边思考，梦想着今后的生活。两年后，他走出了森林，完成了令后人瞠目的文学名著——《瓦尔登湖》，从而奠定了他在文学史上的地位。

宁静清爽的森林，澄澈湛蓝的湖水，让作者感到“相见恨晚”。每天站在湖边，他想到，瓦尔登湖像经年不息的泉涌，那是生命微弱的悸动，也是心潮轻轻的澎湃。他说：在那天水一色的湛蓝之中，见到了美丽的天使。

伫立于寂静的湖畔，回归了大自然，作者的心归于平静。他向我们描述了静静的湖水，茂密的山林。在欣赏湖边的风景时，他感觉自己就像一个非常富有“皇帝”，而且是谁也无法否认这种权利。远离了城市的喧嚣，也告别了对名利的追逐，清净的丛林生活，引发了他对人生理性思考。他相信，步入丛林，生活将变得深刻且有意义，并从中汲取精华，即使在生命终结时，也会无怨无悔。他觉得独处有益于健康，把“寂寞”当成最好的伙伴。他说：如果一个人充满自信地在他梦想的方向上前进，并努力想象到那种生活，那么他就会遇见在普通时刻里意料不到的成功。

瓦尔登湖不仅为梭罗提供了栖身之所，也成为寄托灵魂的精神家园。我们随着作家优美的笔触一步步走进丛林，来到湖边，欣赏这恍如梦幻般的风景，同时，也走进了他的内心世界，让我们不仅领略了他愤世嫉俗的性格，也触摸到向往自由和阳光的美好心灵。静静的瓦尔登湖，也让读者流连忘返……

永不言败的硬汉作家

每次我读着海明威的《老人与海》时，总感到字里行间有一种力量在涌动，那位瘦骨嶙峋，有着“海水一样蓝的眼睛”的老人，在波涛汹涌的海上与凶猛的鲨鱼进行搏斗的情景，仿佛就在眼前，让人为之心动，钦佩之意油然而生。

以“硬汉作家”著称的海明威，其一生颇具传奇色彩，他喜欢打猎和垂钓，曾以战地记者和战地救护员的身份，参加过西班牙内战和两次世界大战，并且负过伤。这些丰富经历，注定了他性格的独特和文学创作的不同凡响。

在《老人与海》里，作家为我们塑造了一位面对困境不曾屈服的古巴老渔民形象。他连续八十四天没有捕到鱼，但依然出海，经过两天的不懈努力，终于捕到一条大鱼，但在返航时，却遭到一群鲨鱼的“围攻”，老人拼尽全力，猎物还是被鲨鱼“享用”了。他忍着肉体和心灵的伤痛继续与无情的风浪搏斗，天黑的时候，他拖着疲惫的身躯和那副面目全非的鱼骨架回到岸边……

如果说，小说是用别人来写自己的话，那么在《老人与海》的主人公身上，我们仿佛看到了作家的身影。整部作品惊心动魄，牵动了读者每一根神经。老人在同鲨鱼和风浪的力战中表现出了惊人的勇气和毅力，让我们懂得了，看见的是力气，看不见的是力量。小说里有句名言：“一个人生来并不是要给打败的，你尽可以把他消灭掉，可就是打不败他。”人生难免遭遇困境，但要敢于直面，精神世界的尊严，是通过生命艰难的旅程来建立的。外在的肉体可以接受折磨，但内在的意志却神圣不可侵犯。这句名言不仅道出了小说主人公的心声，也具体诠释了作家心中的“硬汉性格”。

海明威的《老人与海》，以出色的语言和极具特色的风格独步文坛，并因此获得了诺贝尔文学奖。不过他在晚年的时候疾病缠身，因为实在忍受不了折磨，最后开枪自杀。这位永不言败的“硬汉作家”，最终还是被自己的疾病“打败”。这让我们在感到人生无常的同时，也为他结束生命的方式喟然长叹。也许，这是他对“硬汉性格”的另一种解释吧……

落在记忆中的牛虻

英国女作家伏尼契的代表作《牛虻》，是我上中学时读的第一部外国文学名著，给我留下了深刻的印象。

作品描述了19世纪下半叶，在奥地利和罗马教皇统治下意大利人民的苦难生活，讴歌了革命党人为了民族独立国家统一不怕流血牺牲的大无畏精神。故事扣人心弦，情节跌宕起伏。书中成功塑造了主人公——牛虻，是许多读者崇拜的偶像，心中的英雄。

牛虻短短一生，经历了意识觉醒、痛苦挣扎和浴火重生的过程。主人公原名亚瑟，作为富商的养子、神学院的学生，从小过着衣食无忧的生活。家庭环境和所受的教育决定，青年时亚瑟是个气质忧郁，内心善良，笃信上帝的人。但是，当他见到革命党人并听他们阐述了革命真理后，仿佛在黑暗中见到一缕阳光，他生命意识开始觉醒。善良纯真的亚瑟参加革命以后，一次在向神父忏悔爱情时，无意中泄露了革命党的秘密被告发，他的同伴被捕牺牲，使他从一个追随革命的热血青年，一下子成为令人唾弃的叛徒，他深爱的女友也与他分手了。更为可怕的是，他知道了自己是一直敬仰的蒙泰尼里神父的私生子。残酷的事实摧毁了亚瑟心中美好理想。激愤之下，他用铁锤砸烂了上帝的塑像，将自己的心灵放逐到无边的黑暗之中！他投湖“自尽”了，从此，亚瑟消失在人们的视野里。十三年以后，经历了地狱般磨炼后的他以“牛虻”名字出现在世人面前时，让人瞠目。尽管他的身体残疾了，然而他像一只叮咬在牲畜身上的牛虻（昆虫），义无反顾投入到“杀老鼠”的行动中。在一次武装起义中，因叛徒出卖而不幸被捕并面临死亡。当一个人有了坚定的信仰和为之奋斗的目标，便会坚强无比，从容面对死神。在狱中他说：“如果我必须去死，会把黑暗当作新娘。”因为他知道，此时的死能够换来更有价值的人生……

《牛虻》作为名著在中国家喻户晓，而具有独立精神和坚定信仰的“牛虻”，成了那时极具影响力的文学形象，激励着一代代人为自由和美好生活而奋斗。尽管已经过去多年，可那只牛虻一直“落”在我记忆的深处，我时常想起小说开头主人公写的那首诗：“不管我活着，还是死去，我都是一只牛虻，快乐地飞来飞去……”

真正的英雄

在国外的传记文学作品中，我对罗曼·罗兰的《名人传》（其中包括《贝多芬传》《米开朗琪罗传》《托尔斯泰传》），情有独钟。作者在向我们讲述三位艺术家在音乐、雕塑绘画和文学创作领域达到无人企及成就的同时，还展示他们身上只有英雄才独有的“伟大的灵魂”。

作为法国批判现实主义作家和诺贝尔文学奖得主的罗兰，骨子里有一种英雄的情结。他说：“伟大的心灵有如崇山峻岭。”当时他所处的欧洲是一个物质生活极度丰富而精神生活相对贫弱的时代。他试图用文学的力量，唤醒民众。于是，他以英雄事件为题材，创作了大量的文学作品，用英雄的精神来对抗社会沦丧，文化堕落。这让人想起郁达夫的那句话：“一个没有英雄的民族是可悲的，而有了英雄却不懂得敬重爱惜的民族是不可救药的。”

在《名人传》里，我们看到了“扼住命运咽喉”的天才音乐家贝多芬，在不断遭受生活的冷眼、病痛的折磨后，并没有向命运屈服，而成为一个“以痛苦铸就欢乐”的英雄。与贝多芬一样“经受人类悲剧体验”的米开朗琪罗，把忧郁视为乐趣，苦难作为依托，这位恨不能把整座山都雕成生命的工作狂，在作者眼中是个为艺术舍弃欢乐、享受痛苦的英雄。那位“我哭泣，我只欲求真理”的文学大师托翁，晚年甘愿放弃财产和幸福生活，离家出走，是一个打破生活安宁，以便安抚灵魂的英雄。大师们，在前往“朝圣”路上，砥砺前行，如果说他们的艺术高峰让人难以攀登的话，在灵魂上所到达的境界也同样令人仰止。

《名人传》印证了中国人的古训:“古今成大事业者,非唯有超世之才,也必有坚忍不拔之志。”有才,更需有志,才能使人在逆境中孜孜以求,最终达到理想的境界。其实,人生就是一场无休止的战斗,痛苦和欢乐是孪生兄弟,这种饱经忧患仍然负重前行的人生态度令人赞叹!正如罗兰在《米开朗琪罗传》里所说:“世上只有一种真正的英雄主义,那就是认识生活的真相后,依然爱它……”

守望精神家园

现在，我们很难把一本纸质的书从头读到尾，这是因为周围的诱惑太多，让我们那颗浮躁的心难以平静下来。

碎片化的信息，像空气一样包围着我们：清晨起床打开手机，一碗碗“心灵鸡汤”马上被端到眼前，还没等点赞、回复，一段段问候语，又被“塞”进耳朵里，紧接着来自四面八方的“抖音”“快闪”闯进眼帘，令人目不暇接。诚然，现代移动通信技术，在我们周围架起一条条联系外界乃至地球任何一个角落的无形高速公路，我们成为大量资讯的持有者，殊不知，在占有大量信息的同时，它也占有了我们的时间，并打乱了正常的逻辑思维，让头脑中的知识及我们对外界的认知呈“碎片化”。于是真想扔掉手中的这个“劳什子”，回到过去那种传统的“慢阅读”时代。

的确，慢阅读可以“养心”。当我们面对窗外喧嚣的世界，即使捂住了耳朵，也捂不住内心狂跳的时候，捧起一本喜欢的书，慢慢地读下去，发现心渐渐地平静下来，随着作者走进书中所描绘的那片陌生而又新鲜的情景之中。继而神思恍惚，如同乘舟驶进桃花源中，一番游历之后，不知置身何处？已然到了“不知有汉，无论魏晋”的境界。

慢读书可以改变人的性格和气质。古人讲：“三日不读，面目可憎。”读书是在为“思想洗涤，灵魂化妆”，可以使人神清气爽，充满自信，由外到内悄悄发生变化。曾国藩说：“人的气质，由于天生，很难改变，唯读书则可改变其气质。”

慢读书，是需要我们把读书的速度降下来，慢慢地咀嚼，细细地消化。在作者为我们搭建的艺术宫殿里，留心每一个细节，与作者进行心灵上的对话。当然，慢读书不仅仅是指速度，更需要调整阅读的心态，找准方法，像尼采所讲的“缓慢地取得”，在与文章精彩部分产生共鸣的那一刻获得阅读的快感。

慢读书作为一种读书的方法与能力，不单是专业阅读者需要做的事情，就是普通的读者也要坚持。在阅读中调整好“速度”，并有足够的耐心。读书者，应与时代潮流保持适当的距离，守护人生的那些永恒的价值，成为人类精神家园的守望者。

遗编一读想风标

“已无船舫犹闻笛，远有楼台只见灯。”这出自王安石的诗句，意境深远，给人留有想象的空间，备受清代学者袁枚推崇，他盛赞：“此可谓王荆公生平杰作矣！”

作为北宋的政治家、思想家和文学家，王安石一生写出了许多脍炙人口的诗句，对后世影响深远。自幼聪颖的他，酷爱读书，有过目不忘本领。在担任宰相时，为扭转北宋积贫积弱的局面，推行新法，为此触犯了保守派的利益，遭到朝野攻讦，致使改革失败。但人们包括他的政敌，对这位政治上的“失败者”，在人品和才华上评价极高，特别是文学上的成就，令人心悦诚服。正如后人所言：“德如壁立千仞，才似汪洋恣肆。”

在他的诗词作品中，我最早读过的是《元日》：“爆竹声中一岁除，春风送暖入屠苏……”这首诗被后人称作是众多写元日的翘楚之作。在爆竹声中喜迎新春到来，同时也送走“旧”的一年。诗中寄托了诗人积极向上乐观精神，字里行间流露着除旧革新的理想。此时，年轻气盛的王安石踌躇满志，对于变法充满信心。他在《登飞来峰》中写道：“不畏浮云遮望眼，自缘身在最高层。”他向世人表明，高瞻远瞩的人，是不怕被浮云遮住眼的。古人讲：诗言志。擅长写政论文的王安石，更喜欢用诗歌来表达自己的志向，抒发个人的情感。他在《梅花》中写道：“墙角数枝梅，凌寒独自开，遥知不是雪，为有暗香来。”曾经读过许多咏梅的诗，但他的“梅花”似乎更冷峻和孤傲，我仿佛看到了，严寒中在一隅悄然绽放的梅花，显示出了高贵的品格和顽强的生命力。表明诗人在艰难的环境中依然坚持自己的操守，这是绝世之人眼中的绝世之梅。

诗人倔强不屈的性格，注定了仕途的坎坷。变法失败后他遭到贬谪，后又被朝廷召回，二次拜相。途中他用江南的景色描绘了自己的心情：“……春风又绿江南岸，明月何时照我还？”此时的他，虽然希望将新法推行下去，借温暖的“春风”，驱散政治“寒流”，但秀丽的钟山，恬静的山林，对他有很大的吸引力，诗中委婉地流露出辞官回乡的心愿。

深受儒家思想影响的王安石，把“亚圣”孟子作为自己的楷模，对儒学事业有自己独到的见解，在怀古诗《孟子》中表现出一种“唯我独知古人心”的清高。“沉魄浮魂不可招，遗编一读想风标。何妨举世嫌迂阔，故有斯人慰寂寥。”在冬季漫长的夜里，面对昏暗的孤灯，身处变法困境中的诗人，想起生活在战国时期的“偶像”——孟子，心里极不平静。他敬仰主张“施仁政，行王道”的孟子，把逝去的孟子及“遗编”作为精神寄托，奉为自己言行的圭臬。虽然“斯人”早已成为“沉魄浮魂”，只能遥望其风范，但他矢志追随。有先贤作为自己的朋友，安慰和温暖寂寞的心，对于别人“迂阔”的指责，又“何妨”呢？诗中寄托了他远大的政治抱负，在怀古中写出了他高傲的孤独与执着的寂寞，给后人留下了卓越的风采……

一心想通过变法图强实现个人理想的王安石，把孟子作为自己人生的“风标”。虽然生前身后因变法失败屡遭贬谪和诟病的他，千年之后，也成了人们心中的“风标”。

诗豪的境界

“千淘万漉虽辛苦，吹尽黄沙始到金。”刘禹锡的名句，我曾以为是一首励志的诗。后来，读了全诗，才知这是一篇反映诗人政治上虽然屡次遭打击，经历挫折与磨难，但依然乐观向上的“宣言书”。他告诉我们，不要说流言蜚语像恶浪一样深，也不要讲遭贬的人像沙子一样沉沦下去；只有经过“千淘万漉”的筛洗，才能见到“真金”。诗人的豁达与胸襟令人钦佩。

有“诗豪”之称的唐代中后期诗人代表刘禹锡，曾是位正直有抱负的青年才俊。早年，他入朝为官，因支持朝廷革除弊政的举措，触犯一些官僚的利益，开罪于权贵。为此，他被贬到南方荒凉的地方。贬谪对于有政治抱负的人来说，是致命打击，但刘禹锡把它看成是一次人生磨炼的机会，对生活充满信心。

十年后的一个春天，诗人被“以恩召还”回到京城，准备委以重任，他踌躇满志。这一天，长安街上，人声鼎沸，尘土飞扬。原来诗人被贬后，朝廷里那些靠阿谀奉承，溜须拍马走上重要岗位上的“新贵”们，刚刚从玄都观赏桃花归来。望着他们那得意的样子，诗人用讽刺的口吻写下了《戏赠看花诸君子》，后两句是：“玄都观里桃千树，尽是刘郎去后栽。”诗人在嘲笑这些“政治暴发户”们，都是在我“刘郎”被贬后，你们才爬上这个位置。这首诗在长安城不胫而走，“新贵”们看到后，恼羞成怒，这一次将诗人贬得更远。

一晃又是十几年过去了，诗人不断被贬，中间换了几个地方，饱受人生磨难。这一年，他再一次被朝廷召回，途中路过扬州时，遇见了一生中的挚友——白居易。两人惺惺相惜，感慨万千，边饮酒边倾诉离别衷肠。微醺之际，白居易写了一首《醉赠刘二十八使君》，诗中他称赞老朋友的才情，对他的遭遇深表同情。刘禹锡非常感谢面前的这位知己，内心极不平静，挥毫写下了千古不朽的名诗——《酬乐天扬州初逢席上见赠》。

诗人回顾了二十三年贬谪的经历，再回到这里已物是人非，许多老友已不在人世，这里的一切让他有恍如隔世的感觉。“怀旧空吟闻笛赋，到乡翻似烂柯人。”但诗人没有被这种低沉的情绪所影响，笔锋一转，写出了“沉舟侧畔千帆过，病树前头万木春”靓丽的诗句，让人从忧郁中看到千帆竞发和勃勃生机春天的景象，把读者从沉闷的氛围带进阳光，将整首诗提升了一个高度。诗人向好友表明心迹，虽历经坎坷，但矢志不移，这是他人生的信条。

纵观诗人的一生，虽然在几十年的从政生涯中，总在“负重前行”。然而，他依然乐观洒脱，对生活充满信心，以最低的境遇，活出最高的境界。一生中，他写下了许多流芳千古的诗句和文章，不愧“诗豪”的称号！

走进梁山读水浒

俗话说:“老不看三国,少不看水浒。”可我小时候,听大人讲起水浒,就会如醉如痴。一直以来,我觉得自己和水浒的故事有缘,但这究竟是怎样的一种缘分,我也说不清……

上中学时,同学借我一本旧得有些发黄的《水浒传》,我如获至宝,一口气把它读完,心里久久不能平静……他们精湛的武艺和侠肝义胆,让人肃然起敬;跌宕起伏的故事情节,令人荡气回肠;兄弟同吃住,宛如一家人的水泊山寨,叫人心驰神往……后来,我买来不同版本的《水浒传》,一遍遍地读,在欣赏施耐庵语言艺术的同时,享受古典文学名著带来的美感。我在心里时常描绘着“侠义如酒浓于酒,山寨如家胜似家”的水泊梁山情形……

不久前,和几位朋友到山东菏泽地区看牡丹。这里是水浒故事的发生地,当地人颇具“梁山好汉”遗风,热情好客,爽朗率真。吃饭时,大碗喝酒,大块吃肉,“生死之交一碗酒”,好不痛快!我们沉浸在一股浓浓的“水浒文化”之中。对于从小就喜欢读《水浒传》的我来说,感到熟稔和亲切。和当地朋友谈起宋江、武松等好汉,滔滔不绝,如数家珍,很快拉近我们的距离。我感到了文学的力量,艺术的魅力和古典名著的穿透力。

我们驱车来到梁山泊水寨,想到这里就是当年好汉们聚集的地方,心里有些激动……来到山寨,回头远眺,山下一片葱郁,想起施耐庵在书中所描绘水泊梁山的景象:“四面水帘高卷,周回花压朱栏。满目香风,万朵芙蓉铺绿水;迎眸翠色,千枝荷叶绕芳塘……”朦胧之中,好像见到旱地忽律——

朱贵，向芦苇深处射出一枝响箭，不一会儿，从苇塘里驶出一只小船，然后载着来“入伙”的豹子头——林冲，又悄悄划向芦苇深处……如同梦幻一般，醒来时却看不到烟波浩渺的八百里水泊，感到怅然若失。这时，身边一位朋友告诉我：宋朝的时候，这里确实是一片方圆几百里的水域，称作蓼儿洼，非常壮观，只是后来黄河渐渐改道，使“大泽”失去水源，日渐干涸，如今只剩下距此不远的东平湖了。我感到惋惜，失去湖泊的梁山，没有了勃勃生气。也不知道，出生于元末明初的施耐庵在创作《水浒传》时，这里还有湖水吗？我想，应该有吧，不然他怎么能描绘出那伫立于波光粼粼中的水寨呢！这曾经偌大的水面，只怕被漫长的岁月一点点“蒸发”掉了，好在这梁山好汉的故事，像奔腾不息的黄河水，还依然在这片土地上流传着，仿佛英雄们并未远去……这时耳畔隐约传来刘欢那豪爽的歌声：“大河向东流，天上的星星参北斗……”

来这里入伙的头领，绝大多数都是被“逼上梁山”的。北宋末年，官场腐败，世道黑暗，使“路见不平一声吼”的汉子们，难以容身。他们中有许多人，啸聚山林，占山为王。沿着当年好汉们上山的路，我们踏着石阶缓缓前行，看到了书中描绘的头领们把守的层层关隘，有的是木结构的，也有的是用石头砌成，都带着浓郁的山寨特色，虽不像山海关那样雄伟，但也望之俨然。在“二关”门前，但见城墙上旌旗林立，城楼上“义纳天下”几个字，赫然入目。据说，此关当年是由鲁智深和武松这二位步兵头领来把守的。我不由得想起上学时曾学过的课文——《拳打镇关西》和《武松打虎》。一个为非作歹的恶霸、一只伤人无数的老虎，分别被两位武功盖世的好汉“收拾”掉了，让人钦佩不已。那精彩的场面，被作者刻画得栩栩如生，人和老虎都跃然纸上，使人身临其境。据说，当年施耐庵为了使老虎的形象更为逼真，曾多次走进树林爬到树上，仔细观察老虎的习性和动作，这才让他写出了千古不朽的名著。难怪金圣叹说出这样的话：“天下文章，无出《水浒传》之右者……”

沿着山道继续向前走，一路上见到许多当年留下的遗迹，宋江马道、黑风口、英雄井……虽未有更多的地上建筑，但在这些遗迹前，我沉思许久，缥缈的思绪把我带到了北宋年间，仿佛见到梁山上的士兵牵着马匹在马道上用力而行，运送着粮草；也有的“喽啰”们在路上奔跑着，传递着紧急军情。黑风口在两山相连的凹处，两侧峭壁嶙峋，这里风力很大，迎面而立的石头上刻着当代书法家沙孟海题写的三个字——黑风口，字体宽博，遒劲有力。不远处的山岗上，矗立着李逵的石像，他怒目圆睁，双手紧握板斧，脚穿草鞋，步履坚定沉着，大有：“斩尽天下恶人心，踏平人间不平事”的劲头，让人肃然起敬。李逵作为地煞星也是作者着力刻画的人物，他爱憎分明，身上虽有很多缺点，但仍觉得讲义气，重孝道。可他竟死在自己最信任的大哥之手。宋江被招安后带领兄弟们为朝廷立下赫赫战功，但奸臣还是在御赐的酒里给他下了毒，宋江喝下后，自知“大限”已到，他担心死后李逵闹事，毁掉自己一世名声，也骗李逵喝下了药酒。当义气深重的李逵得知后，并没埋怨宋江，只是说：罢了，生时服侍哥哥，死了，只是哥哥部下一个小鬼……李逵无奈追随宋江而去，他俩死后都被葬在离此不远的蓼儿洼了，宋江可以安心地走了……悲剧，是将人生有价值的东西毁灭给人看。不知施老先生为什么把结局写得这样悲惨？让后人每每读到这里，都会掩卷长思，心中泛起阵阵苦涩……

我们顺着山路来到了“梁山寨”，此处曾是义军的指挥中心，苍松翠柏之中掩映着一座古朴的建筑——忠义堂，这里是梁山好汉商议军情，调兵遣将，排定座次的地方。它原叫聚义厅，晁盖在曾头市中箭身亡后，宋江成了山寨之主，将此地改为“忠义堂”，并在门前竖起“替天行道”的旗子，这四个字，是宋江领导的这支队伍的行动纲领，也成了《水浒传》的精神内核。梁山英雄毕竟与打家劫舍、占山为王的草寇不同，他们是一支反贪官的义军，不去骚扰百姓，也不想推翻赵家的皇权统治。走进大堂，里面陈列着一百零八位好汉的座位。正面塑有宋江、卢俊义、吴用三首领雕像，神态各异，栩栩如生，两旁陈列着各位英雄排座次的桌椅。遥想当年，这里是何等的威风和气派，兵强马壮，人才济济，让朝廷对他们也无可奈何。这“忠义堂”，我虽初次来，可却感到似曾相识，抚摸着那一把把椅子，心里非常兴奋。这时身边的一位对水浒颇有研究的朋友悄悄告诉我：当年，宋江领导的梁山队伍，只有三十六位好汉，战场的规模也没有这么大，许多故事，都是民间流传的，后来经施耐庵艺术加工写进了《水浒传》。我顿时怔住了，好像如梦初醒。原来梁山泊的队伍是被施耐庵给“扩编”了，那七十二位头领也是作者在草屋里“塑造”出来的，民间的传说也被赋予了“正能量”。朋友说：要感谢施耐庵，不是他，水浒这段故事早被史学家寥寥数语放在落满灰尘的《宋史》里，是他让我们结识了那些生活在北宋年间疾恶如仇的好汉，让我们读到了那些感天地泣鬼神的故事，看到了人性的光芒……我沉默了许久，走出了忠义堂，望着远处起伏的群山，眼前出现了浩浩荡荡的湖水……

太阳偏西了，我们走下山来，进了一家标有“水浒”字样的饭店，点了几个当地特色菜，大家痛痛快快喝了一顿酒……

读“活水浒”

我觉得，如果能把读书与实地游览、考察结合在一起，可以加深对作品内涵的理解，增强记忆；同时，参照史料，还可以还原历史的本来面貌。正如明代画家董其昌所言：“读万卷书，行万里路。胸中脱去尘浊，自然丘壑内营。”

不久前，和几位朋友到山东菏泽地区。这里是水浒故事的发生地，当地人颇具“梁山好汉”遗风，热情好客，爽朗率真。对于从小就喜欢读《水浒传》的我来说，感到熟稔和亲切。和当地朋友谈起宋江、武松等好汉，滔滔不绝，如数家珍，很快拉近我们的距离。我感到了文学的力量和艺术的感染力。

来到梁山泊水寨，看到了《水浒传》中描绘的由好汉把守的层层关隘，备感亲切，及至半山腰，望山下一片葱郁，想起施耐庵在书中所描绘八百里水泊梁山的景象：“四面水帘高卷，周回花压朱阑。满目香风，万朵芙蓉铺绿水；迎眸翠色，千枝荷叶绕芳塘……”不过，如今却见不到烟波浩渺的水泊，心中感到疑惑。这时，当地一位对文史颇有研究的朋友告诉我：宋朝的时候，这里确实是一片宽阔的水域，被称作蓼儿洼。只是后来黄河改道，使“大泽”失去水源，日渐干涸。我若有所思，原来如此。上山来到“忠义堂”，这里是梁山好汉商议军情，调兵遣将的地方，里面排列着一百零八位好汉的座位。身边一位朋友说：据《宋史》记载，当年，宋江在这里聚集三十六人，而不是一百零八人，而且也未到南方去征讨比他实力雄厚的方腊。看来梁山队伍是被施耐庵“扩编”了，而且故事内容也被赋予许多“正能量”，经过艺术加工，使之成为中国古典文学的经典之作，流传很广……我们在感受文学魅力的同时，也要感谢施耐庵手中那支神来之笔。曾经读过几遍《水浒传》的我，如今在水泊梁山又“读”了一遍“活水浒”，收获颇多。

静下心来好读书

有人说：现在好书虽然很多，但很难从头至尾读下来。

读书虽是消遣，但需静下心来，才能慢慢“走进”书本里。当我们心无旁骛地捧起一本书，浏览作者用文字描绘的画面，让书中精美的句子撞击着心灵，便会享受到“只可意会，不可言传”的惬意。而这一切都是浮躁的心难以领略到的风景。就像远行跋涉，如果走到一半，就望而却步，那很难领略“行至水穷处，坐看云起时”的意境。古人讲，“宁静致远。”水静下来的时候，才会变得清澈，而平静的湖面，会映出蓝天与白云；心也是一样，静下来的时候，才会波澜不惊，能够沉淀出一池“清水”，过滤掉泛起的“喧嚣”。

其实，读一本好书，又能使人的心很快静下来，让人变得气定神闲，灵魂超然于世，在那片自由的天空翱翔。这时才能嗅出书中原有的“味道”，不仅能够走进“黄金屋”，也能欣赏到“颜如玉”……

闲暇时光读闲书

清代诗人、画家——方熏，有一副自题联：“无事且从闲处乐，有书时间静中观。”闲暇的时候，捧着一本喜欢的书，坐在那里静静地去读，慢慢地沉浸在书中所描绘的情形之中，仿佛作者就在眼前，与你交谈、沟通，那是一种“欲辩已忘言”境界。如果窗外下着淅沥的小雨，听着雨滴轻轻落在树叶上的声音，缓缓地翻动着书页，则更有情趣；或者是寒冬的夜晚，北风萧萧，门外飘着雪花，钻进温暖的被窝里，抱着一本期盼已久的书在忘我地读着，那又是何等的温馨……

读书是一件快乐的事情，是一种精神上的“按摩”。孔子说：“学而时习之，不亦乐乎。”读书能开阔认知视野，充实精神生活，久而久之，对读书产生浓厚的兴趣，读书成为生活中的重要内容。一间小小的书房，在文人眼里是一个大乐园，是自己灵魂的栖息地。坐拥书城，觉得自己就是这城中的“国王”。如果能有三五好友，经常在一起切磋交流读书体会，那会增加许多乐趣，也加深了对书中思想内涵的理解。想想魏晋时期的“竹林七贤”，一边饮酒赋诗，一边高谈阔论，交流着读书的感受，无拘无束，放浪形骸，应该是很惬意的。

当阅读成为一种习惯的时候，只要拿起书，心立可会静下来，尽管身处嘈杂的都市，可灵魂早就走进书中营造的氛围中去，遨游在一片自由的天地之中，在不知不觉中，太阳悄悄地下山了……培根曾说：“读书能给人乐趣、文雅和能力，人们独居或隐退时候，最能体会到读书的乐趣。”读书可以消遣时光，排遣寂寞。它和跳舞、跑步、打太极拳一样是一种健康的活动，只不过它在愉悦人心灵的时候，使人的内心变得更加安稳和充实。其实无论做什么工作，什么样的文化程度，什么年龄，都不妨碍你与书交朋友。即使现在手机微信和网上有读不完的内容，但还是替代不了纸质的书带来的那份享受……

穷读与富读

清代诗人袁枚，儿时非常喜欢读书，因家境贫寒买不起，每次路过书店，都要垂涎翻阅，到了夜里还会梦见那些书。他曾写诗："塾远愁过市，家贫梦买书。"后来，做了官，兜里有了银子，买了许多书，但此时已没有这么多时间和兴趣去读了。就像年轻时牙齿坚硬，却因穷而吃不到美味佳肴；后来年纪大了，即使有许多山珍海味摆在眼前，也因牙齿松动，不能尽兴，实在可叹！

与袁枚当年读书的情形相似，许多人都有过从"穷读"到"富读"的经历。记得儿时，家里藏书很少，见到一本喜欢的书，便会如获至宝，躲在静谧之处，一口气把它读完，那兴奋之情，不亚于沙漠中遇见甘泉。如今的读书条件与过去不可同日而语，待在家中可以"坐拥书城"，无论是精装，还是简装；无论是名著经典，还是趣味杂谈，应有尽有。不过此时，面对那些"唾手可得"的书，已变得漫不经心了。

对于得不到的东西，心里充满渴望，可一旦拥有，便不再珍惜，这是人的普遍的心理。看着书柜里属于自己的书，我们总会把它推到无数个"明日"里去读。殊不知："我生待明日，万事成蹉跎……"喜欢这样一句话：藏书是一种心情，而读书是一种感觉；买书是一种追求，而读书是一种目的……让我们善待身边的每一本好书，珍惜你所拥有的充实而快乐的今天……

书的轻与重

现在有些书，又厚又沉，读起来很“费劲”。我在买书时，除了看书的内容、开本、装帧、版式以外，还要掂掂书的分量。有些书用的是铜版纸，内容虽然不错，外观设计也很漂亮，就是分量太沉，拿在手里读，一会儿胳膊就酸了。躺在床上看，就更费劲了。也有的书，为了追求字数，洋洋万言，印得很厚，但言之无物，缺少“干货”，拿起来很沉，但又觉得“很轻”，纯属“鸡肋”……

在那没有纸质书的年代，读书一定是个“力气活”。想起“韦编三绝”的孔子，晚年的时候，酷爱读《周易》，翻来翻去，使穿竹简的皮条都断了几次。孔子的读书精神，让人钦佩。我想，孔老夫子如果活在当下，也会挑些分量“轻”的书来读。只是这书看起来分量虽轻，但内容一定很“厚重”……

可以坐拥书城

喜欢读书和写作的人，大都希望有个宽敞明亮的书房，书柜里有数目可观的藏书，无论想读什么，随手可以拿到，如同“主帅”，坐拥书城，“调兵遣将”，好不惬意。想起明代诗人于谦的那句诗：“书卷多情似故人，晨昏忧乐每相亲。”

可是，真正能做到“家藏万卷书”的，又谈何容易。即使你能“淘”来，哪里有这么大的存放空间？对于不断增加的新书，书房的“忍耐”是有限的，往往是“力不从心”。

其实，我们不妨借助一下全覆盖的网络和便捷的电子设备，让我们偶尔的阅读变得轻松和愉快。一次和朋友外出旅行，他说：每晚都在读一会儿古典名著，而且还做些笔记。我看着他那小小的双肩背，有些不解。他拿出只有书本大小的“iPad”对我说：都在这里了，别看它“小”，容量可谓汗牛充栋，顶一个小型的图书馆。他的话让我沉思……人类告别了甲骨和竹简上的文字后，快速发展，如今已创造出来虚拟的阅读方式，让人瞠目结舌。这是不争的事实，无论你接受与否。假如古代那些驮着厚重的书，四处游走的莘莘学子地下有知，定会羡慕我们。

我想，既然网络时代为生活带来了便利，我们何不去享受。当自己的藏书，不能满足阅读和写作需求时，可向网络和电子产品“借”一点，变碎片化阅读为系统化，增加我们的“藏书量”。每当我们坐在电脑前或拿着手机在阅读和查找资料时，照样可以“坐拥书城”，走进古人描绘的那种：“读书之乐何处寻，数点梅花天地心”的意境，感受阅读带来的快乐……

沉重的“花冠”

武汉的疫情，牵动了大家的心。这让我想起曾读过与“非典”疫情有关的长篇小说——《花冠病毒》。

著名作家和心理医生毕淑敏，在“非典”期间，参加一线特别采访，她亲身经历了那场疫情。回来后，开始构思这部小说，设计故事情节，脑海里曾无数次出现过那病毒“鲜艳而瑰丽”的样子——像一顶沉重的“花冠”。经过几年的沉淀，终于完成这厚重的作品。这是一部探索当代社会心灵危机应对之策的文学作品，故事表现了人性面临危机时，而迸发出的悲悯和无奈，在绝境中展示出人的强大和坚韧。读罢，引人深思……

书中字里行间，充满人道主义情怀，表达了她对生命意义的理解和尊重。让人感到作者心中的激情与温度。她虚构了这样一个场景：“20××年，一种嗜血病毒——花冠，突然袭击燕市，这座拥有千万人口的都市，沦为猎物……”于是，我们看到一场人与病毒展开的生死较量。书中刻画了疫情蔓延时人们恐慌和复杂的心里。在疫情面前，有的惊慌失措，被恐惧扭曲了心灵；有的从容镇静，面对死亡，无所畏惧。这疫情像放大镜，一下看清了人性中的美与丑、善与恶。作品用朴实和有张力的文字塑造了一位忠于职守，勇于献身的医学教授，在疫情肆虐的时，为了救助患者，以身试毒，最后不幸染病身亡。尽管这是作者虚构出的人物，但让人隐约感到，又是生活的真实再现。联想到近日，当新冠疫情暴发，有那么多的白衣天使，告别亲人，驰援湖北，那“逆行者的身影”，给大家留下了难忘的印象。

尊重和敬畏大自然是作者在书中要表达的一种理念。作为一名经历“非典”生死考验的作家，她深知人类生活在一个充满病毒的蓝色星球上，病毒远比人类更为古老。在书中，作家发出警告：“人类与病毒的血战，还在继续……真的不思悔改，灾难肯定会在不远处等待我们。”书中的话，掷地有声，振聋发聩，为我们再一次敲响警钟……

在大自然面前，人类虽然渺小，但当遇到困厄和疫情时，要保持内心的强大，让希望的阳光，驱逐内心的恐惧，坚定战胜死神的信心，就一定能看到走来的春天。正如书中写的那样：“在身体和心灵遭遇突变……最终能依靠的是你心灵能量，幸福只存在于你身心善良坚稳之处。”

相伴一生的朋友

人这一生总要交些朋友，因为，没有人相伴的路是孤寂的。但我们总会问自己，交什么样的朋友？

我曾听一位作家说，人生中，至少要交这样的两个“朋友”：一个是你自己，是你生命中那个更高的“自我”。哲学家称之为理性，基督教称之为灵魂，佛教称之为佛性。但是，他常常是“沉睡”的，你要将他“唤醒”。为了使这个更高的“自我”，变得丰富强大，你还要交另外一个“朋友”——书，它可以为你提供“精神养料”，将它作为自己一生的朋友，不仅可以提升你的境界，还可以使平淡的生活变得丰富而快乐。

其实，深交两个“朋友”，还是引导我们多读书，读好书。人生的路何其漫长，作为地球上有思想的“动物”，我们环顾四周，总觉得形单影只，踽踽独行，如果一路上能够有书来相伴，我们将不会孤单，充满自信与欢乐！让承受心灵之苦的人得以解脱，让寂寞之人有力量抵御内心的孤独，让浮躁的心灵回归宁静！在书中既可以寻觅到“春风得意马蹄疾，一夜看尽长安花”的喜悦，也可以修一份“行至水穷处，坐看云起时”的洒脱。读一卷书，让灵魂与文字共舞，你总可以在“朋友”面前，遇见最好的自己。

读书的快乐

读书的快乐，在于沉浸其中，忘掉一切。而这种感受，只有读书人能够体会到。

当我们全神贯注读一本书的时候，好像跟着作者的脚步，走进他的“房间”，我们不仅看到室内摆放的艺术品，也欣赏了墙壁上的字画，仿佛置身于博物馆，深深陶醉在这房间的艺术氛围里。我们放下书的时候，依然沉浸在“梦”中，回味着刚才所见到的一切，这就是书为我们带来的感受。我常想，没有电的时代，漫长而又寒冷的冬夜是多么难熬！但我们在古人撰写的诗句和文章中，看到油灯下的惬意。其实，有好书相伴，冬夜并不漫长！快乐的标志就是忘掉自己，意识不到“我”在哪里。就像我们人体内的五脏六腑，当正常运转的时候，我们意识不到它们的存在。而这种感觉，我们常常在读书的时候能够找到……

读书使人深刻

书籍是人类智慧的结晶，是作者学识与思维的具体体现。当我们读书时，就是沿着前人思想阶梯向上攀登，让我们的视野变得开阔，思想变得深刻起来。人刚来到这个世界，对外界的认知几乎为零。只有对前人创造的知识文化加以学习、思考，日积月累，才能使自己的知识丰富起来，思想变得深邃。我们在阅读前人的思想时，内心是“凹镜”，它可以聚合外来的光线；当著书表达自己思想时，其心灵是“凸镜”，向外散发着光线。心中的凹凸镜就是在不断地“聚”和“散”之间，逐渐形成人类的思想史和文化史。读书就是让心灵化为重叠的“凹凸镜”，使我们看到更为深远的宇宙和细微的社会事物，不断开掘和延伸思想的深度。

读小说与读历史

小说《三国演义》，不知读了多少遍，里面的人物、故事情节耳熟能详。特别是作者着力刻画的儒家和兵家文化的典范——诸葛亮，其身上闪耀出的忠贞和智慧的人性光芒，令人钦佩，作为一代名相他是完美无缺的。作者还在书中介绍孔明先生能够夜观天象，呼风唤雨，预知未来。用鲁迅先生的话说："状诸葛之多智而近妖。"其实《三国志》中的诸葛亮，并不完全如《三国演义》里所描述的那样，在他二十多年职场生涯中，既有让人交口称赞的功绩，也有令人扼腕叹息的失误。

想起武侯祠里的一副名联："能攻心则反侧自消，从古知兵非好战；不审势即宽严皆误，后来治蜀要深思。"这是清人赵藩，针对当时四川总督岑春煊的苛政有感，发思诸葛治蜀之幽情，让后人汲取当年诸葛亮治蜀的经验和教训。武侯祠里的诗词和对联，多为缅怀和颂扬这位贤相之作，但这副对联，在肯定诸葛亮一生的同时，也指出他治蜀的遗憾之处，读后令人深思……"攻心"，从揣摩人心思的角度说，就是心治；而"审势"，在思考和分析时局上，就是要从客观实际出发，实事求是。诸葛亮在"七擒七纵孟获"中，他听取了参军马谡的建议，采取了"攻城为下，攻心为上"的战术，取得预定的效果。而在后来的"审势"方面，诸葛亮凭主观意志，急于求成，客观因素考虑得少一些。按照当时蜀弱魏强的国力情况，蜀国不具备出兵伐魏的条件。而继承儒家忠君思想的诸葛亮，一直把"兴复汉室"作为一生追求的夙愿。特别是刘备病逝后，他为了报答对"先帝"的知遇之恩，让本该休养生息的蜀国，开动了战争机器，不顾本国粮食匮乏、兵源不足、交通不便和汉王朝大厦已摇摇欲坠的现实，毅然决然出兵北伐——“六出祁山”，耗尽了蜀国的人力和财力，却没有攻下一座城池。最后，由于过度劳累，使他过早离世，给蜀国造成无法弥补的损失。由此看来，如果不能做到客观的“审势”，在“宽严”方面拿捏得再好，也会“皆误”，最终改变不了蜀国的城池被过早攻破的结局……

读书与交友

读书酷似交友。当你全神贯注地捧着一本喜欢的书，无异于与一位老友在交谈，倾诉着心里话，像伯牙遇子期。如若独自外出旅行，漫长的旅途，会让人感到孤寂，要是有一本好书相伴，不亚于携友同行，一路上使人如沐春风……

有的书，让人一见倾心，爱不释手，如同看到心仪已久的情人一样，让人激动不已。清代康熙皇帝曾对大臣说：朕有两样东西从不外借，一是后宫的嫔妃；二是读过的书。看来，在这位曾经叱咤风云的皇帝心中，书和心爱的女人同样重要。

不过，书还是与人有所不同。有情人可以终成眷属，而朋友也可以相濡以沫，不离不弃。而就某一本书而言，很难与我们“白头偕老”。随着时间的推移，年龄的增长，兴趣的转变，书与我们会邂逅，也会分离；会重逢，也会反目，很难从一而终。但不管怎么说，好书仍是我们一生相伴的朋友。作家周国平说：“我在临终时，我相信，使我含恨难舍的，不仅仅有亲朋好友，一定会有若干知己好书。”

看书的"错觉"

读书过程中，有时会产生一种"错觉"：知道的东西越多，就会发现自己越"无知"。假如我们不去孜孜以求，处于无知与蒙昧的状态，也可能会"感觉良好"……

其实，在未知宇宙空间中，我们的知识量，只是一个小小的圆点，当圆点增大时，它与未知空间接触面也在增大。正如爱因斯坦所说："当知识的圆周扩大之时，包裹它黑暗的圆周也一样。"

尽管我们穷其一生，也不能读尽天下所有书，掌握人类所有的知识，但是，我们多读一些书，就可以延长知识的"半径"，在未知的领域里，占有更大的"知识空间"。正如茫茫宇宙中那些默默无闻的星星，不断积蓄能量，是为了用生命微弱的光，照亮深邃的夜空……

阅历的深浅影响着读书

我觉得，对一本书思想内涵的理解和感悟，往往是与人的年龄和经历的事情密切相关。年轻的时候，生活阅历浅，经历的事情少，对书中的内容领悟得不是很深，常停留在表面上，即使有些感受，恐怕也是“为赋新诗强说愁”吧！只有经过岁月的洗礼，生活的磨炼和知识的积累，对所读的书，才能有深刻的理解，刻骨铭心的感受。正应了那句话：时间不一定能证明很多东西，但一定能让人看透很多东西。

想起清人张潮在《幽梦影》里说的一段话：“少年读书，如隙中窥月；中年读书，如庭中望月；老年读书，如台上玩月。皆以阅历之深浅为所得之深浅耳。”从“窥月”到“望月”，再到“玩月”，把一个人从少年至中年到渐入老境后，随着年龄和阅历的增长，对书的理解逐渐深刻的情形，表现得惟妙惟肖，淋漓尽致！这说明，一个人阅历越丰富，越有助于对作品的理解，越能读出书中之味……

我年轻的时候，读过一些书，其中包括外国文学名著，还做了许多笔记，写了几本心得，即使这样，对书中的内容理解也很肤浅，停留在一知半解上。如今，经历了几十年岁月的风风雨雨，在人生的道路上，跋涉了大半生，再去读那些书，又有许多感受，别有一番滋味在心头。正像那滔滔的长江，携带着泥沙，奔腾而来，流进鄱阳湖后，才慢慢地变得清澈了，让人看得更深了……酿酒也是这个道理，再好的酒刚刚酿造出来，也要经过一定时间的窖藏，只有这样，酒才会好喝，口感醇厚，回味绵长。

其实，不单单是读书与阅历关系密切，就是搞文学创作，也与生活的积累和对人生的思考分不开的。有许多作家，都是在中年以后，对人生有了更深的感悟，才写出有分量，能够流芳百世的作品来。

精读与博览

现存世之书，浩如烟海，人穷其一生，也不能将所有的书读完，更何况每天都在出版大量的新图书。所以，我觉得书必须要有选择地去读，选择那些适合于自己或者是自己感兴趣的书。不仅如此，读书也要有精与博之分……

首先是精。精读的书，一定是与自己所从事的工作专业或兴趣、爱好有关经典的书，选上几本或者更多一些。既然是精读的书，我认为，就一定要细细地读，慢慢地去品味其中的内涵，掌握其精髓，融会贯通，把书由厚读“薄”了，吃“透”了，正像古人所说：“好书不厌百回读，熟读深思子自知。”读书时还应该做到，“不动笔墨不看书”，做读书笔记，将书中富有哲理的观点和精彩的语言记下来，经常翻阅，加深印象。同时，还可以做些眉批，在书的空白处写下自己的观点及感受。以后再翻阅这本书时，会有一种“亲切感”，加深了记忆。其实读书与种地有相同之道，深耕细作，可以多打粮食。

其次是博。就是博览群书，涉猎的面要广一些，扩大知识的外延，完善属于自己的知识结构。古人云：“开卷有益”，“博观而约取”就是这个道理。学自然科学的，不妨读读文史方面的书籍；而学社会科学的，也可以看一些自然科学方面的著作，触类旁通。正如人一样，喜欢吃杂食，才能营养均衡，身体健壮。据说，达尔文研究生物演变的现状，前后三十多年，积累无数材料，但想不出一个简单贯穿的说明。有一天他无意中读到马尔萨斯人口论，忽然大悟生存竞争的原则，于是得出“物竞天择”的道理，成就了一部破天荒的名著，从而使其成为一代科学巨匠。

地要深耕，书要精读

有的书泛读即可，但有的书，需精读方可弄清思想内涵。就像种田，深耕细作，才能让种子充分吸收土壤中的养料和水分，获得更好的收成。

苏轼有一句诗："好书不厌百回读，熟读深思子自知。"他告诉朋友：好书经得起千百遍阅读，书读得多了，加上认真思考，自然就能明白其中道理。他身体力行，刻苦研读古人经典著作，使其成为一代文豪，为后人留下了宝贵的精神财富。其实，许多有成就的学者，都是饱学之士，他们不仅阅读了大量的书籍，而且对于经典之作，能够做到深读、细读和精读，掌握书中之精髓，日积月累，成为大师。

一位藏书颇丰的朋友对我说：尽管自己有许多书，但经常读的不过十几本、几十本。的确，人的精力时间都有限，不可能读尽天下所有的书，而是要选择自己喜欢或者治学、著述所需要的内容加以深读。而真正的"大家"，也是心无旁骛地把一些经典读透了，融会贯通。北宋初，赵普仅靠"半部"《论语》帮助宋太祖把天下治理得井井有条，他一定是把那"半部"《论语》研究到家了。

农业文明时代，推崇"耕读之家"。细想，读书与耕地有异曲同工之妙：地要深耕，书要精读。

苦乐在书中

读书被许多学子们看成是“苦差事”，一想起“十年寒窗无人识”的诗句和“头悬梁、锥刺股”的典故，就知道读书有多苦。

自古以来，走在求学路上的学子们，一路爬坡，大多在废寝忘食，孜孜以求，很难品味书中的乐趣。据说当年屡试不第的曾国藩，为了早日“考取功名”，昼夜苦读。一天晚上，他在屋内来回踱步，一遍遍地背书，无奈就是“啃”不下来。此时，躲在屋顶上伺机偷东西的那位“梁上君子”，实在忍不住了，从房上跳了下来说：你那书连我都会背了，你也真笨。说完，扬长而去。也许这个玩笑，就是为了告诉我们那时的曾国藩愚钝与执着，但我还是感受到了读书人的艰辛。常听人说，一些参加完高考的学生，回家后，将几年来用过的教材马上“处理掉”，发誓再也不想见到它们了，让人感到寒窗之苦，苦不堪言。

不过，随着年龄和阅历的增加，我们还是在读书中感受到了有苦有乐，苦中有乐的滋味，从而把读书当作一件愉快的事情。过去那些“耕读之家”，都有“晴耕雨读”家风，把读书与种田都作为家中头等大事。这里既有“采菊东篱下，悠然见南山”的闲适，也有“竹杖芒鞋轻胜马，一蓑烟雨任平生”的潇洒，更有“三更灯火五更鸡，正是男儿读书时”的励志。就连酷爱文学艺术的宋真宗也在“点拨”臣民：书中不仅有“黄金屋”，还有“颜如玉”。不过这读书的乐趣，只有读书人知晓，而不读书的人是难以享受到的。正如庄子言：“子非鱼，安知鱼之乐？”

其实，读书的真正快乐还在于让人活得明白，看得透彻。读书就是从前人创造的知识中，采撷智慧的光芒，照亮未知领域；向古人借一双慧眼，洞悉漫长曲折的人生路，活出最好的自己。想起《颜氏家训》里的那句话："幼儿学者，如日出之光；老而学者，如秉烛夜行；犹贤于瞑目而无见者也。"是的，即使到了晚年才读书，像举着蜡烛在黑夜前行，这也比从不读书，睁着眼睛而什么都看不见强许多。看来古人把读书看作立身之本。我常想，在没有文字的史前，那些茹毛饮血，胼手胝足的先人们，是怎样度过的那漫长而黑暗的岁月？

有人说：人生就是一个储蓄罐，你投入的每一分努力，都会在未来的某一天，打包还给你……当初的汗水和艰辛，到后来，会凝结为生命中灿烂的微笑。杨绛先生一生酷爱读书，即使到了晚年，丈夫、女儿相继去世，她依然坚持读书、写作，度过生命中最孤独、难熬的岁月，到了耄耋之年仍然创作出许多优秀的文学作品，令人钦佩不已。

由此我想，读书虽苦，苦一阵子，而不读书，要苦一辈子。你读过的书，吃过的苦，总有一天会铺成脚下的路……

引领写作的阅读

读书——写作，继而出书，这是文人、学子所追求的理想。读书与写书，一字之差，相距遥远。读书是需要下功夫的，而写书是更为复杂的体力和脑力劳动，需要持之以恒。

读书是写作的基础。阅读是积累知识的过程，而写作就是知识迸发的时候。阅读与写作是个连环不断的因果关系，是不断地进食经过消化吸收，转换成营养和能量的过程。不读书是写不出来书的，但读了书也未必能写出文章来。究竟读多少书，才能写出书来，恐怕难以说清。如同牛，吃进多少草，才能挤出一杯奶来？古人讲：操千曲而后晓声，观千剑而后识器。写书是个日积月累从量变到质变的过程。

“背书”是写作的“捷径”。

汉代司马迁，为实现父亲交给的修史的任务，年轻时就开始“读万卷书，行万里路”。后来，他克服了难以想象的困难，忍受巨大的耻辱，历时几十年，完成了被鲁迅先生称为“史家之绝唱，无韵之离骚”的《史记》。成为二十四史中的经典。

精读之妙

书需要泛读，但更需要精读；需要有一定的阅读量，但更需要的是阅读质量。这样才能有效果，达到读书目的。苏轼曾对朋友说：“好书不厌百回读，熟读深思子自知。”他告诉朋友，好书经得起千百遍的阅读，书读得多了，加上自己认真思考，自然就能明白其中的道理。

一位藏书颇丰的朋友对我说：尽管自己有许多的书，但经常读的不过是十几本，或者是几十本。的确，人的精力时间都有限，不可能读尽天下所有的书，而是要选择自己喜欢或者是治学、著述所需要的内容加以深读。而真正的“大家”，也是心无旁骛地把一些经典读透了。北宋初，赵普仅靠“半部”《论语》帮助宋太祖把天下治理得井井有条。但我想，那赵普一定是把那“半部”《论语》研究到家了。

过去，我们推崇“耕读之家”。其实，读书与耕地稼穑之事有关。农民为了多打粮食，春天的时候，往往是深耕细作，到了秋天，会有个好的收成。读书亦如此，只有精读、细读、深读，才能掌握书的精华，获得事业上的丰收之年。

卷三

岁月的回声

走进时光深处

黄河之水天上来

读过许多描绘黄河的诗句，总觉得李白的“黄河之水天上来，奔流到海不复回”的句子最为形象，也颇有气势。直到后来我目睹了黄河，更觉得李白的诗句是神来之笔……

那年夏天，正是雨水丰沛的季节，我来到壶口瀑布。曾听人说过：这里有“千里黄河一壶收”的奇观。仿佛一切都是大自然有意为之，举洪荒之力，在这里建造了天下第一的“黄色瀑布”。当黄河昼夜兼程来到这里时，河道骤然变窄，前面是嶙峋的峡谷。黄河似乎被激怒了，召唤从四面八方汇集到此的滚滚波涛，犹如奔腾的马群，毫不犹疑地跳入眼前这深深的峡谷，并发出雷鸣般的吼声……在场的人无不被这景象所震撼。此刻，我耳边仿佛响起了“黄河大合唱”雄壮的旋律，如同看到当年无数热血青年奔赴抗日前线的场面……我在想：一滴水微不足道，当无数滴水汇集起来的时候，就会形成磅礴的力量，荡涤着一切。我顺着上游望去，滔滔的河水不断地向这里涌来，那一刻，我真切地感觉到这浩浩荡荡的水势，犹如银河从天而降……

黄河逐浪而来，奔腾不息。令人惊叹的是，它最初的源头只是几个碗口粗细的泉水。在青海腹地的巴颜喀拉山人迹罕至的沼泽里，一个藏语叫作卡日曲神秘的地方，孕育出了黄河幼小的生命。那泉眼里涌出的水，慢慢汇成一条清澈的小河，于是，黄河在这里迈出了它万里征程的第一步。一路蹒跚的黄河，不断有支流的汇入，推波助澜，使它渐渐丰满起来。它走下青藏高原进入甘南，此时，多情的黄河伸出手臂将玛曲这片肥美的土地揽入怀中，在这里拐出一个婉转的优雅，形成了“天下黄河第一弯”，曲线是那样的优美流畅，由衷地赞叹大自然鬼斧神工在这片草原上留下的杰作。人们都说九曲黄河十八湾，其实，谁又能说清黄河这一路上究竟留下了多少湾。正如那首陕北民歌里唱到的，“谁晓得，天下黄河几十几道弯……”

黄河在此没有更多地停留，而是继续前行。它来到上游的第一座大城市——兰州，为这座地处黄土高原的都市带来一片勃勃生机。我曾站在位于市内的中山桥上欣赏着穿城而过的黄河，内心是那样的激动，缓缓流动的河水，载着我的思绪向前，我浑身的血液也和它一起向前涌动着。在桥的不远处，是黄河母亲雕塑，一位慈祥的母亲怀抱着可爱的婴儿。母亲深情地望着怀中的孩子，而此时的婴儿正享受着阳光般的母爱。站在雕像前，我想，母爱是厚重的，如果说，母亲给予了我们生命的话，那黄河则滋养了我们整个华夏民族。相对于其他河流，我们在情感上与古老的黄河贴得更近，千百年来，我们的祖先生于斯长于斯，不断繁衍生息，黄河、黄土地、黄皮肤……这黄色不仅维系着我们的血脉，也是烙在心灵深处的“胎记”。

黄河离开兰州一路北上，穿过宁夏来到了内蒙古，在这片广阔的土地上画了一个巨型的“几”字，这就是被称作“塞外江南”的河套地区。人们常说：“黄河百害，唯富一套。”黄河似乎将心中的爱全部播撒在这片多情的土地上，在农耕文明与游牧文化的结合部上，长出大片的庄稼和沉甸甸的希望。这既是黄土地慷慨的馈赠，也是黄河倾心的滋养。那一年初夏，我驱车从这里走过，见到水田里绿油油的稻秧在向我招手，而远处金黄色的麦穗则羞涩地弯下了腰，如果不是前方贺兰山及远处沙漠的提醒，我真以为漫步在江南的田畴里……

黄河肩负使命一路前行，当它行至内蒙古与晋西北交界的时候，忽然被吕梁山挡住了去路，于是掉头向南钻进秦晋峡谷，一路狂奔纵身跳下壶口瀑布，而后进入平缓的峡谷放慢了脚步。此时的黄河似乎浪漫了许多，在此，留下了许多传颂至今的诗句……

位于晋南黄河东岸的鹳雀楼，因唐朝诗人王之涣的那首“白日依山尽，黄河入海流。欲穷千里目，更上一层楼”的诗，而跻身于天下四大名楼之一，这恐怕也是诗人当时不曾想到的。有一年，我独自登上鹳雀楼，遥望远处缓缓流过的黄河，想起澄怀味象这个词，体会着当年仕途虽不顺利但却意气风发的诗人面对黄河时的心情。诗人用了短短二十个字，就将万里江河缩于咫尺之间，展示了他博大的胸襟和进取精神。对黄河情有独钟的王之涣，在西北还写下“黄河远上白云间，一片孤城万仞山……”的诗句，源远流长的黄河像一条丝带飞上云间，这首诗为我们描绘了黄河静态的美，看到了它静水流深的一面，不愧为千古奇句。

走出峡谷的黄河，在晋陕豫交界拐出了一个小于九十度的弯，这不仅成为大自然的奇观，在两岸还留下了许多动人的传说……我在儿时就曾听过“鲤鱼跃龙门”故事，总想亲眼见见那越过龙门化为龙的金色鲤鱼。后来，在餐桌上见到了“黄河鲤鱼”，看来这鱼不仅是黄河里独有的美味，也寓意着吉祥。后来的莘莘学子，如能“金榜题名”，就被誉为“鲤鱼跃龙门”了。在黄河流经的三门峡留下了上古时期大禹治水的神话。相传大禹治水来到这里，前面有高山挡路，于是他挥动神斧，将大山劈成“人、神、鬼”三道峡谷，引黄河水东去，三门峡由此得名。我曾来到这里，站在岸边，捂住那颗跳动的心，凝神谛听来自黄河心灵深处那黄钟大吕般的声音，它忽而又向我低声倾诉，我探寻的目光在河面上静静地流淌……

黄河进入中原，一路执着地向东流去。没有了高山峡谷的束缚，它轻松自如，舒展着腰身，时而缓缓涌动，时而奔腾肆虐，释放着洪荒之力。“黄泛区”这曾为中原大地上苦难的代名词，就是黄河的“杰作”。那片多年寸草不生的土地，曾是百姓心中难以抚平的伤疤。有一年，我来郑州探亲，专门到花园口遗址凭吊。矗立在岸边的石碑，记录了抗日战争时期那场灾难的经过：为了阻止日寇的进攻，国民政府下令炸开花园口，黄河水如脱缰的野马，日夜奔腾，冲毁了农田和庄稼，使下游的百姓流离失所，饿殍遍野。如果说历史上黄河改道是它“性格”使然，那么花园口决堤，则是一场人为的灾祸。站在黄河岸边，那滚滚的河水，在我心中翻卷着苦涩，而远处风中摇曳的小草，仿佛在告诉我那段不堪回首的往事，早已消失在东去的波涛里……

黄河风尘仆仆走在“回家”的路上。那一天，我专程来到位于渤海湾的黄河入海口，迎接着它的到来。站在海边，脚下是黄河留给这个世界“最年轻”的土地，我朝着上游望去，河水铺天盖地宛如云端涌出，我想，当年的李白一定见到了这壮观的景象，不然怎么能写出那气势磅礴的千古名句？看着从我身边流过的黄河，我想，这每一寸泥沙，都沉淀出中华民族厚重的历史；每一滴水，都折射出祖先晶莹的梦。黄河匆匆流着，义无反顾地走向前方，与蔚蓝色的大海紧紧拥抱在一起，那一刻涌起的波涛，在我心中久久不能平静……

长城依然在诉说

每次登临长城，我都会沿着城上的路缓缓而行，与这位“老朋友”默默地交流……站在城楼上，抚摸着那一块块饱经岁月风霜的城砖，感受着塞外强劲的风，思绪跨越了千年……多少年来，长城作为特有的地理文化符号和民族精神的象征，一直蜿蜒于我们心灵的最高处，它的故事和传说在记忆中不断延伸着……

万里长城万里长。一位对长城颇有研究的朋友曾对我说：长城的“长”有两个含义：一是它历史悠久，早在春秋战国时期，为抵御北方游牧民族的南下，燕、赵、秦等国就修建了城墙，这是后来长城的“雏形”，已经有两千多年的历史了；再有它的长度，长城几乎横跨了中国整个北方，如果将各个朝代和北方少数民族政权修建的长城加在一起，又何止“万里”呢？不过，现在我们提到长城，主要还是指秦、汉特别是明代修建的万里长城。

那一年深秋，在朋友的陪同下，我曾来到位于内蒙古包头固阳县，在大青山深处与两千年前的秦长城相遇，让我激动不已……那一块块虽磨去棱角但依然坚硬的石头，像写满厚重文字的书本，叠加在一起，镶嵌在岁月的深处，融入它身后大山之中……

遥想当年，雄心勃勃的秦始皇统一六国后，便派大将蒙恬率军北征匈奴，接着又征用几十万劳工，修建了西起临洮东至辽东的万里长城。面对眼前这亘古未有的“杰作”，秦始皇踌躇满志，只是他从未听到每一块石头下面发出的痛苦呻吟和孟姜女的哭声……在这遥遥万里的长城中，其中大部分是战国时期燕、赵及秦国修建的“城墙”，而后被连在一起，成为秦帝国一道坚不可摧的防御体系，让匈奴的战马一时停下疯狂的脚步。

据说，战国时燕国的长城不仅修建得早而且更为坚固。那时，燕昭王在燕山一带不停地修筑城墙，即使到了冬天，也不停工。为了不使泥浆结冰，工匠们天天用铁锅烧水合泥。铁锅终于承受不住被烧漏了，水浸湿了锅底下被烧红的石头，奇迹出现了：石头在发出一阵阵响声后，很快变成了“白粉”，人们将这种白粉合成灰土后用来砌城墙，发现它更牢固。于是作为建筑材料，白灰出现了。秦朝统一后在修建长城时，曾征用了许多善于使用“白灰”的燕国工匠。

站在长城脚下，我想当年工匠们承担这国家“超级工程”是何等的艰辛。顺着山梁前行，远处有一座大秦武士雕塑屹立在山头，风雨的侵蚀让石像容颜显得“苍老”，但依稀能够辨认出当年蒙恬将军的模样。一阵风过，天边的白云从“将军”的身后飘过，我的思绪穿过岁月的烟云，仿佛见到当年那位功勋卓著的蒙恬，他似乎在问：我率大军把匈奴人赶到漠北，又建起了坚固的长城，原本会千秋万代的大秦帝国怎么会二世而亡呢？真是世事难料！我想，长城的雄关可以让匈奴的铁骑望而却步，但却如何阻挡得了因暴政而激起的国人愤怒？正应了唐朝诗人于濆的那首诗：“秦皇岂无德，蒙氏非不武。岂将版筑功，万里遮胡虏……”徘徊于长城的脚下，望着远处的阴山，我想起当年戍边的士卒们，耳边是永无休止的北风，头上是一轮清冷的明月，回望身后千里迢迢的故乡，那是怎样一种家国情怀呢？“秦时明月汉时关，万里长征人未还。但使龙城飞将在，不教胡马度阴山。”这耳熟能详的诗句，不仅赞颂了像李广那样智勇超群的将军，也表达了人们对安宁生活的期盼……

在秦帝国大厦废墟上建立起来的西汉王朝，并没有放松对匈奴人的提防。汉武帝的目光似乎看得更远，他沿着北面连绵的群山和大漠戈壁修建了一条比秦更长的“城墙”，从辽东到西域，如地球上一条长长的纬线，将许多陌生的区域连在了一起。鉴于当时的国力，汉长城的建筑材料采取了因地制宜、就地取材的办法，许多墙体是按地势起伏用夯土加草或者是石头。汉长城不再是一堵简单的墙，而是集预警、屯田、邮递、后勤保障等于一体的一整套国防体系。作为预警系统的烽燧——烽火台，发现敌情后白天则燃烧狼粪，烟柱会徐徐升上天空，黑夜则燃烧火把，就这样千里之外的敌情很快就传到了京城。这是古代传递军事情报最快捷的方式，堪比今天，矗立在大地上的移动和联通架设的通信塔。长城既是防御的阵地，也是出发的集结地。汉朝军队依托长城北击匈奴，并将入侵者赶到了漠北。随着汉长城向西北的延伸，慢慢打通了河西走廊，草原文化与农耕文明有了更多的接触，长城不仅为华夏农耕文明提供了安全的保障，也促进了中原与西域经济、文化的往来。

不过昔日绵延万里的汉长城身影，大多已消失在岁月的荒漠中，今天在茫茫戈壁上依然能够寻觅到它残存的遗迹。位于敦煌西南的汉代阳关古城，因唐朝王维那首诗——“劝君更尽一杯酒，西出阳关无故人”而闻名天下。那时，阳关凭水为隘，据川当险，作为汉长城的关隘是丝绸之路上的交通门户。当年去印度求取佛经的玄奘法师，就是途经这里顺着“阳关大道”回到了长安。不过今日的古城，除了被称作是“阳关耳目”建在墩墩山上的烽燧，其他的城墙古迹都已淹没在黄沙之中。只是这种用夯土筑成的烽燧在漫长的岁月里渐渐被风化，最后“瘦”得只剩下了“灵魂”，令人唏嘘，只想落泪。站在上面，周围的一切尽收眼底，望着夕阳下被淹没的古城和远处茫茫无际的戈壁，心生感慨。在体会大自然的力量的同时，也让人感到岁月的无情……

说起长城，保存完好并让人感到民族“脊梁”所在的还是明代长城。这条用青砖与糯米和着白灰砌的“城墙”，像一条巨龙驮着国人的梦，穿行于北方崇山峻岭之中，期待着腾飞。据说它是在太空中唯一可以看到人类文明的痕迹。

说起明代长城，无论如何也“绕”不过山海关。我很早就知道这把一块土地划分为“关里”和“关外”的“天下第一关”。当我第一次见到山海关时，还是被它的气势所震撼，从它身上感到了一种力量所在。站在这高大的建筑物前，觉得所有的一切都是那样的渺小，而忽然觉得建造者是那样的了不起。仔细端详城楼上“天下第一关”五个字，尽管我知道这是明朝进士萧显所题，但我依然相信，这几个苍劲浑厚的大字书写时定有“神力”相助，不然怎么能与城楼风格浑然一体，宛如天成。登上城楼，眼前是气势磅礴的燕山山脉，东面的天际线上是浩瀚的渤海，而关外则是扼守东北与华北咽喉的辽西走廊。作为明长城的起点，它气势雄伟，巍峨壮观，自古就有：“边郡之咽喉，京师之保障”之称。它厚重的大门，曾挡住了关外的“寒风”，也让觊觎中原的一代雄主——皇太极始终未曾从这里跨进关内半步。山海关如同铁铸一般，城墙随着山峰走势蜿蜒起伏。向西眺望，大漠深处的另一座雄关好像在向我招手，我想顺着城墙上的路不停地走下去，就能见到梦里的嘉峪关。听说一位研究长城的学者，与同伴用了近两年的时间徒步走过了遥遥万里的明长城，完成了一次伟大的壮举，令人钦佩！

后来，我也经过漫长的人生“跋涉”，终于到达了嘉峪关，只是这一“走”竟用了二十多年……登上嘉峪关时，太阳已经偏西。茫茫戈壁滩上，嘉峪关像一个威武、凛然难犯的将军突兀而立，注视着大漠深处。站在它面前，我惊叹于它的雄奇、壮阔。忽然觉得在我心中它与远在天边的山海关难分伯仲。据说当年民族英雄林则徐被贬路过这里，见到气势恢宏的嘉峪关，想起了远在万里之遥的天下第一关，写下了“除是卢龙山海险，东南谁比此关雄”的诗句，看来在诗人眼中对这两座雄关是厚爱有加。我漫步在古城中，沿着城门一侧的台阶缓缓而上，登上城楼，望着四周茫茫戈壁，遥想当年，这雄关曾让手执利刃的入侵者一筹莫展，而排列在城楼上一尊尊铸铁大炮，它的怒吼，更让气势汹汹的敌人止步于关前。

明朝将都城建在北京后，燕山及太行山一带成为防御的重点，朝廷不仅修建了厚重城墙，在隘口还派重兵把守。被称作“京师锁钥”的八达岭和居庸关，显得尤为重要。放眼望去，山势雄奇，一派森严。如果说八达岭一线的长城是条连绵的“铁链”，那厚重的关口则是一把令人望而生畏的“大锁”，成了北元和后金那些虎狼之师的梦魇……

位于燕山山脉东段的喜峰口，地势险要，是京城通往东北的咽喉。我曾拜谒过这座写满英雄故事的明代长城，站在这经过战火洗礼的城墙上，抚摸着那弹痕累累的墙体，《大刀进行曲》雄壮的旋律仿佛在空气中流淌着。当年国民革命第二十九路军的将士们挥舞大刀与日寇近身肉搏，不仅挫败了敌人的锐气，也粉碎了日军不可战胜的神话。我想，一定是这饱经风雨的长城给予了战士们的勇气和力量，而勇士们的壮举又为长城记忆里添上浓重的一笔。面对凶残的敌人，他们是在“把我们的血肉筑成我们新的长城”……

我想，如今的长城不仅是一个古迹，也是中国历史的缩影。在漫长的岁月中，它早已超出历史上军事防御工程本来的意义，成为中华民族记忆和感情的一部分，让人难以忘记。我想起那句话：建筑是世界的年鉴，当诗歌和传说已经缄默的时候，只有建筑还在诉说……

寻找“飞天”的梦

曾听人说：莫高窟被称为东方的卢浮宫。

从敦煌出发行驶在茫茫戈壁上，虽是夏季，车窗外却很难见到绿意，连绵起伏的黄沙托起湛蓝的天，不断向前延伸着寂寥与空旷。一路上，我在琢磨：古人为何将莫高窟这绝世艺术宝库建在荒凉的戈壁，让它远离城市和喧嚣？莫高窟像是被流放千年的“囚徒”，在这里独忍亘古寂寞，不过无情的岁月和漫天的风沙无法遮掩它惊世骇俗的美，只是让后来的朝拜者，亦步亦趋长途跋涉在沙漠中，寻找心中的梦……

我想起在来时的路上，身边朋友讲过的故事：那是北朝时期夏季的一个黄昏，一位叫作乐僔的行脚和尚云游至此，又累又渴的他，看到身边清澈的河水，于是，俯下身子喝了几口，顿觉神清气爽。这时，夕阳的余晖正照射在对面的三危山上，刹那间，他看到群峰闪烁着万道金光……他想：这地方有山有水，不就是开窟修行的理想之地吗？于是，他到处化缘，找来工匠和画师，在鸣沙山东麓的断崖上开凿石窟，把自己在山上看到的情景塑在佛龛里，绘在洞壁上。后来人们在他带动下，继续开窟造佛。由此，拉开了长达十几个朝代、一千六百多年莫高窟营造的序幕。那时，这古老沉默的群山开始热闹起来，那敲击大山巨石的声音不绝于耳。一代代技艺精湛的工匠和绘画大师，付出一生的心血，将自己的虔诚与梦想描绘在墙壁上，刻进石头里……

走进莫高窟的时候，天已过了晌午。满头大汗的我怀着敬畏的心情，跨进了大门。当见到迎面矗立被称作莫高窟标志性建筑的九层大佛殿时，我不由得慢下脚步投去好奇的目光，那一刻，苍凉的历史和温暖的阳光从大殿上倾泻下来，斑斑驳驳让人感到曾经有过的辉煌。如果说是似曾相识的话，那也许是在梦中见过吧……这座始建于唐朝的建筑，是民国时期在四层楼的基础上重新修建的。它攒尖高耸，檐牙错落，远远望去，更像是"挂"在崖壁上，需要仰视才能见到全貌。身边许多游人停下脚步，面对这风格独特的建筑举起相机。里面是莫高窟第一大佛，听说当年这大佛的制作是采用石胎泥塑的方法，经过多次重修，已非唐塑原貌，但仍不失雄伟的气势。佛像面带微笑，微微上翘的嘴角传递着宁静，让生命超越死亡，走向永恒。想起以前曾在其他石窟见过的大佛，但总觉得眼前的弥勒佛塑造得更细腻、敦厚，身上仿佛有了温度……

据说莫高窟有大小七百多个石窟，但是为了保护这些艺术瑰宝，只有一部分向游人开放。走进石窟，细细地观察和欣赏，仿佛是在与千年的历史对话，与那些走进岁月深处没有留下名字的大师们交流。曾听人说：莫高窟是建筑、雕塑和壁画相结合的艺术宫殿，尤其是以丰富多彩的壁画著称于世。这里的壁画内容之丰富，线条之优美是其他任何石窟、寺院、宫殿所不能比拟的。环顾四周和穹顶到处是寓意丰赡佛像、观音、仙女。尽管有些壁画的颜色暗淡，被岁月洗去了铅华但是造型依然优美，美得有些孤傲，宛如遗世独存……据说，当年张大千曾千里迢迢来到莫高窟，当他见到洞窟里精美的壁画时惊呆了。借助昏暗的油灯，他长时间"面壁"，临摹古人的画作。在这几乎与世隔绝逼仄的空间里，他找到了失传多年晋唐时期山水画、人物画的技法，找到了一半的中国美术史，也找到了国画的灵魂……从此，他绘画的技法犹如神助。

在莫高窟的壁画中，人物画栩栩如生，极富个性，如今有许多艺术形象已从昏暗洞窟里走进我们生活中来，出现在银屏和舞台上。"反弹琵琶"是莫高窟中重要的艺术形象，其特有的艺术性决定了它在壁画中的位置。这种多元文化复合体，是印度和少数民族文化与中原文明相结合的产物。在《伎乐图》中，伎乐天随着音乐翩翩起舞，举足旋身，使出“反弹琵琶”的绝技，她神态悠闲雍容，落落大方，别有清韵。敦煌的“飞天”是莫高窟的一张名片，它是在空中飞舞的女神。到了隋唐，“飞天”大多是以中原女性为造型，面庞清瘦，身材修长，眉目传情，有着非凡的艺术表现力。我站在壁画前，只见“飞天”女神自天而降：她们有的臂挎花篮，采摘鲜花；有的怀抱琵琶，轻拨银弦；有的舒展双臂，翩翩起舞，宛若仙境女子来到人间……画师们，巧妙地运用了夸张和想象，在有限的空间里塑造出生动活泼的艺术形象。我在想，当年那些身怀绝技的画师们，焚膏继晷，日复一日，他们燃烧着生命的油脂，将心血化作了颜料，勾勒着心中的夙愿和“飞天”的梦想……

到了明清以后，由于丝绸之路的冷清，莫高窟逐渐淡出人们的视线，后来是藏经洞的发现，一下子又成为世人关注的焦点。20 世纪初，一位道士在莫高窟里，无意中发现了封存于北宋时期的藏经洞，里面有从南北朝十六国时期到北宋的历史文书、纸画、刺绣、经文等几万件极有价值的文物。这一石破天惊的发现，并未引起行将就木的清王朝重视，倒是让英国、法国等一些“嗅觉灵敏”的西方探险家们感到“好奇”，他们以低廉的价格从道士手中购得其中大部分文书、绢画等艺术珍品，悄悄运回本国。这种近乎“掠夺”的行为，给敦煌的文物造成无法弥补的损失。正如陈寅恪大师所言：“敦煌者，吾国学术之伤心史也。”我想起那句话：对于美的拥有应是欣赏，而不是占有。如梦初醒的国人感到羞耻和愤恨，到了民国，一些有识之士，呼吁政府建立敦煌研究和管理机构，从那时起，一些艺术造诣颇深的“敦煌人”，自觉承担起莫高窟的研究和保护工作，一直延续至今……

一位专家向我们介绍，敦煌最大的价值是时间，最大的“敌人”也是时间。随着岁月的流逝，精美的壁画会慢慢地脱落和“老去”，保护这不可再生的世界文化遗产，是一代代“敦煌人”神圣的使命。许多专家学者和功底深厚的画家，从内地来到偏远的敦煌，为了留住壁画绝美的“身影”，他们除了精心地修复就是悉心临摹，努力还原不同朝代画作的风格，让壁画“移动”到画纸上，赋予它新的生命，让不可移动的石窟，变成可“行走”的画廊，供人们欣赏和研究。许多画家都是从一头青丝，画到满头白发。“敦煌定若远，一信动经年。”像当年的画工一样，为了心中的梦想，他们将一生交给了敦煌。如果说出家人是“一佛一世界”，那对于“敦煌人”来说就是“一世一敦煌”。我紧紧握住老专家的手，望着他满头白发，激动不已，竟一时无法表达内心的感受。

我们乘车离开莫高窟的时候，已接近黄昏时分。夕阳将金色的余晖执着地洒在群山上，显得十分耀眼，我想起当年乐僔和尚在三危山见到的情景，不禁怦然心动。那崖壁密如蜂巢的石窟，像无数打开的窗口遥望远方，恍惚中那些壁画上优美、传神的造型从窗口里缓缓飞出，在大漠上空自由舞动，那一刻我仿佛见到了“飞天”的梦……

风雨雁门关

“黑云压城城欲摧，甲光向日金鳞开。角声满天秋色里，塞上燕脂凝夜紫……”城下的敌兵如潮水般涌来，犹如黑云翻滚，想要推倒城墙，守城战士严阵以待。生活在唐朝藩镇叛乱频发时期的李贺，这首《雁门太守行》，描述了他在雁门关看到叛军攻城的情景，渲染了敌军兵临城下的紧张气氛和危急形势。李贺的这首诗，不仅以想象丰富、比喻奇诡而独步诗坛，也让人一下子记住了自古以来兵家必争之地的雁门关。

曾听人说过：“一座雁门关，半部华夏史。”城墙上的每一块砖，都是一部史书，有许多动人的故事镶嵌在城堞中。以前，在读过的史书中总能见到关于雁门关的描述，但无论怎样的文字记载，都会有一种距离感，总不如走近它，抚摸那历经沧桑的城墙，让人感到更为亲切。当初，曾为目睹了万里长城起点的山海关和巍然屹立于戈壁深处的嘉峪关的雄姿而自豪，可当我驱车来到隐匿于崇山峻岭中的雁门关时，还是令我激动不已……

走下车，灰蒙蒙的天空竟下起了小雨，我急忙拿出雨具。望着天上飘下的雨滴，我想：千百年来，这地处漠北与关内平原要冲的雁门关，有多少风云际会，又经历了多少“风风雨雨”的洗礼……在漠北雄风与南来的白云在这里交汇的同时，游牧民族文化与中原农耕文明也在这里激烈地碰撞。那瞬间产生的火花，燃烧了上千年，曾映红了华夏整个天空和半部厚厚的《史记》。沿着平缓的坡道，一步步朝着想象中的雄关走来。这是去往关隘唯一通道，脚下的青石板路被碾出深深的车辙，仿佛印证着那段久远的历史。

听说，当年王昭君就是沿着这条路，出雁门关走向了漠北草原。当时她坐在车里，望着远方的路，一脸茫然。不知不觉中，天上飘下了雨，这是“一场秋雨一场凉”的雨水，让人感到了阵阵寒意，她不由得打了个冷战，也不知是泪水还是雨水顺着她的脸颊流了下来。尽管那南飞的大雁对她的美丽容颜惊叹不已，跌落在了草地上；尽管在她迈出长乐宫大门的瞬间，汉元帝曾有悔意，但这些都不能挽留她北去的脚步。令人不曾想到的是，她羸弱的身躯，竟能“抵过”汉家十万雄兵。她的远嫁，让雁门关一带出现了“遥城晏闭，牛马布野，黎庶无干戈之役”的局面。燃烧了一个世纪的烽烟终于熄灭了，出现在雁门关附近的是边民屋顶上的袅袅炊烟。百姓们可以安居乐业了。就这样，一个弱女子撑起了汉匈和好的蓝天。有了“一身归朔漠，数代靖兵戎”的佳话。心灵得到慰藉的昭君，像牧羊女一样，眷恋着草原上的牛羊，像朴实的农妇一样爱着自己的丈夫。呼韩单于也将“三千宠爱”集于她一身。不久，他们有了自己的儿子，生活就像草原上静静的湖水。可是好景不长，几年后，丈夫呼韩邪染病身亡。按照匈奴的习俗她又嫁给了夫君的长子……而后又生下两个女儿，在漫长的岁月里，她和孩子们一直在为汉匈的和平奔走呼号。不过，死神并未因此而放过她。在她33岁的那一年，她静静地离去了，像冬季到来时，草原上一朵枯萎的花，遗憾的是再也没有回到令她魂牵梦绕的故乡。后人们想象着命运多舛的她一定貌若天仙，将她的芳名列为“沉鱼、落雁、闭月、羞花”的四美女之一。有许多人写诗缅怀她，在这些诗中，我还是偏爱杜甫的那首《咏怀古迹》：“群山万壑赴荆门，生长明妃尚有村。一去紫台连朔漠，独留青冢向黄昏。画图省识春风面，环佩空归夜月魂。千载琵琶作胡语，分明怨恨曲中论。”我总觉得，这首诗是杜甫在月光下，喝着酒流着泪水写成的，诗人深切地同情昭君对故国思念与怨恨，字里行间，让我们触摸到了昭君虽死魂魄还要归来的家国情怀。昭君被葬在呼和浩特大黑河南岸的冲积平原上，令人欣慰的是，在草木凋零的秋冬，唯有昭君墓旁的草青木葱，因为杜甫的诗句，昭君墓又被诗意地称为“青冢”。

望着眼前这厚重的城墙，我想，雁门关像一个硕大无比的盾牌，它能挡住大漠戈壁上的冷风和草原深处射来的雨点般的疾矢，却挡不住贪婪者的欲望。面对北方如狼似虎的匈奴，大汉帝国也只能示弱，将年轻貌美的女子送入匈奴单于的怀抱，以缓和边关紧张的局面。不知当年大汉那些有血性的男儿该做何想？

也许是历史的巧合，在昭君从雁门关出塞的两百多年后，一位才女从遥远的漠北沿着当年昭君的脚印进入雁门关，而后回到中原。文姬归汉的故事，令我们感到欣慰，可她的《胡笳十八拍》是蘸着血泪写成的。冷峻威武的雁门关在记忆深处留下了她们的倩影，因这两位绝世的女子从这里的一出一入，使庄严的雁门关也变得有些妩媚，山间的花朵也开得摇曳多姿，厚重的城墙也留下了她们的身影……

沿着崎岖不平山道继续前行，山谷里的风不断地把冷冰冰的雨吹到脸上，让人感到阵阵寒意。前面就是雁门关高大的建筑，只见“中华第一关”几个貌丰骨劲的大字被镌刻在关上，需要仰视，才可以见到它的全貌。我想当年，孔子“登东山而小鲁，登泰山而小天下”，如今，在雁门关城下，感到人的渺小。一种深深的敬意，从心底升起。它依山傍险，高居于勾注山上，围城随山势而建，周长五公里，城墙南端分别与关城的两翼相连，向北侧沿着山脊延伸到谷底合围。雁门关与宁武关、偏头关为内长城“外三关”。四周峰峦叠嶂，山崖陡峭，关墙雉堞密集，烽堠遥相呼应。东西的城墙将十八个隘口连为一体，地势险要，是兵家必争之地。中间古盘关道，北通塞外高原，南接中原腹地，在几千年的历史中，始终为中原汉民族北出和草原游牧民族南下之咽喉要津。战时为军防戍守之关卡，平日为商家营输之必经，行人往来通衢。也是大雁南下北归的主要北部通道。我注视眼前的这座雄关，手抚摸着被雨水浸湿的城墙，感到了它冰冷的墙面里，跳动的心音，我觉得千百年来，它一直等待我的造访和凭吊，在彼此沉默中交谈着……风雨中的它，威武雄壮的气势中，又平添了几分苍凉。像一位身披铠甲忠于职守的老将军，于四季中，在这里伫立着。虽然无情的岁月和风雨改变了它的容颜，但不曾动摇其意志。它一直注视着北方，注视着大漠深处的风吹草动……

沿着山路，来到东城门外，见到为赵国名将李牧修建的镇边祠。两侧有清代傅山先生所书的“三关冲要无险地，九寨尊崇第一关。”不远处，有一石碑上记录着，这位将军当年镇守雁门关屡胜匈奴的事迹，看着上面斑驳的文字，思绪一下子穿越两千多年的风雨，仿佛见到了那位足智多谋的李牧将军……

那是，七雄争霸天下战国时代，作为七国中实力较强的赵国，其北方屡屡遭到匈奴的骚扰，边关的百姓惧怕匈奴人，整日提心吊胆，过着动荡不安的生活。而匈奴人变得更是有恃无恐，忘乎所以。这一切被镇守此地的李牧将军看在眼里。他采用防守的办法：派出大批人员侦察敌情，一旦发现匈奴人骑兵，立即点燃烽火狼烟。看到警报，军民在第一时间组织所有人马物品退入坚固的堡垒。数年下来，赵军无任何伤亡，匈奴则一无所获。尽管如此，匈奴人认为李牧胆怯，用兵出击更是肆无忌惮。而赵国的士兵得到丰厚的给养却未能效力，无不摩拳擦掌请求出战。这位做事一向低调，思维缜密的将军开始暗中调兵遣将，布下了天罗地网。同时，故意放纵边民畜牧，做出毫无防备的假象。匈奴小股骑兵侵入时，赵军一触即溃，抛下数千民众被匈奴俘虏，牲畜也被劫去。这些“胜利果实”让匈奴人喜不胜收，也促使他们下更大的决心进行劫掠。不久，匈奴单于亲率主力部队来到雁门关。那一天，晴空万里，一排排大雁结对南飞，一朵朵白云飘在天边。秋日的雁门关像一位打着瞌睡的老人，卧在空旷的原野里。远处隐约可见一些农民在田野里悠闲地劳作，但雁门关内和四周的山谷里却埋伏着赵国跃跃欲试的兵士。等到匈奴的大军进入口袋阵后，赵国的伏兵从两侧蜂拥而出，一向胆怯的赵军，突然变成虎狼之师，十万匈奴铁骑成为猎物。最终，匈奴单于带着少数亲兵落荒而逃，其余被全歼。此后，许多年，长城上卫兵胡子都白了，也没有再见到匈奴人的身影。多少年了，李牧的名字，像厚重的雁门关让匈奴人望而生畏，这位将军，用战功将自己的名字刻在石碑上，也刻进雁门关的记忆里……

战国时，地处北方的秦国、赵国和燕国，为防止匈奴人的入侵，都在北边起伏的山峦修筑了一段段城墙，到了秦始皇统一六国以后，他派大将蒙恬，将这些古城墙连接起来，自西至东，绵延万里。“这哪里是城墙，简直就是坚固长城啊！”不知是谁的一声感叹，让“长城”这一边境城墙的美称诞生了……正如羊群栖息的栅栏挡不住狼的牙齿和欲望一样，在漫长的岁月里，万里长城也无法阻挡入侵者的铁蹄。历史上许多觊觎者就是从长城关口踏入中原的，其中有山海关和嘉峪关，就连这铁锁一般的雁门关也曾失守过，留下了痛苦的记忆。但是，万里长城犹如金字塔一样，毕竟是令人叹为观止的人类文明，世界建筑史上的奇迹。“万里长城永不倒”也成了中华民族的精神象征。正如泰戈尔所言：“长城因残破而展示了生命的力量，因蜿蜒而映射着古老的国度。”如今，这古老的城墙，已经不再是抵御入侵的屏障，而像大气磅礴，浑厚沉雄的史诗，是我们民族砥砺奋进，坚忍不拔的标志。

在李牧祠堂的旁边石碑上，刻有历代驻守雁门关将军的名字，最醒目的是宋代杨家将的石雕群像。绵绵的细雨淋湿了雕像，雨水顺着英雄们的“铠甲”流了下来，杨业手提大刀，骑在马上，依然威风凛凛，身后依次排列的是他的几个儿子，如他当年身负皇命冒雨出征的样子。对于《杨家将》这段故事，我耳熟能详，每次听到他身陷重围，头撞李陵碑气绝身亡的故事，都会眼含热泪，心生崇敬之情。但那是文学作品，与真正的历史还略有不同。而雁门关好似一部真实的史书，向我们讲述着一个鲜活的“杨令公”。他自幼习武，不仅武艺超群，而且颇有计谋，在战场上总是游刃有余，人称“杨无敌”。宋朝初年，杨业奉命在雁门关与辽国作战。他运用南北夹击的战术，打败辽军，并生擒敌将。自此，他在敌军中声威大震，契丹人见到杨业的旗号，就会望风而逃，他成了敌人的梦魇。后来，在朝廷北伐收复燕云十六州的战役中，愚蠢而又固执的宋军主将未能采纳他的意见，在敌强我弱的情况下，让他只带少量的人马出雁门关，致使他身陷重围，而主将所带的增援部队未按约定时间和地点来汇合，他身负重伤落马被俘，面对敌方的引诱，他绝食三日后身亡。杨业喋血沙场，令朝野震惊。朝廷为了表彰他的忠烈，为他建庙，追封他为太尉、节度使等职位。人们为这样的英雄唏嘘不已！我想起宋朝诗人苏颂，在拜谒辽国人建的“杨无敌”庙后写下的诗句：“汉家飞将领熊罴，战死燕山护我师。威信仇方名不灭，至今奚虏奉遗祠。”杨业的忠勇，感天地，泣鬼神，也令宿敌——辽国人钦佩不已，在燕山山脉的深处，契丹人也为“杨无敌”建庙，他的故事在塞北的部落里传颂着。望着眼前这些杨家将的群像，耳边仿佛响起战马的嘶鸣，刀剑的撞击声。这汉白玉有形的群雕，矗立在巍巍的雁门关上，而无形的群雕一直矗立在国人的心中，令人景仰。想起郁达夫先生的那句话，“一个没有英雄的民族是可悲的民族，一个有了英雄不懂得尊重和爱戴的民族是不可救药的民族……”英雄是一个民族的脊梁，而崇尚英雄则是我们这个民族力量和希望之所在……

沿着平缓台阶，我一步步走上城楼，抬眼望去，四周烟雨茫茫，蜿蜒的城墙，随着山势向前伸展着，最后消失在群山之中。我的思绪如远处的雾霭，在山间氤氲飘散着。我想起了那些走进史书的英雄们，虽然身躯早已消失在风雨中，不过，那些有血有肉的名字和极富生命鲜活的故事，将在人们心中不断流传着，任凭岁月的风吹雨打……

遥望黑水城

我第一次听到黑水城名字时，感到它是那样神秘，于是期待着有一天能够见到它，走进古城遗址和它昨天的故事里……

那一天下午，当我们从额济纳的胡杨林里出来，费尽周折找到黑水城时，太阳已经偏西，景区售票处的窗口刚刚关闭。一想到明天清晨我们就要离开这里，与眼前的黑水城失之交臂时，我心里很不是滋味，没办法，只能站在景区外，用依依不舍的目光遥望着它……

矗立于在夕阳中的黑水城凝视着远方，静谧中透着一丝诡谲。那已风化的城墙，若隐若现于大漠之中，如同那段尘封于岁月深处的历史。古城的西北角站立着“枯瘦”的佛塔，隐约可见，虽经岁月风沙的磨砺，但依然是那样古朴、安详。作为标志性建筑，它守卫着也见证了这座古城的兴衰，记忆里一定装满了昨天的故事。黑水城由于在鼎盛的时候忽然消失，连同那些会说话的文字还有物品，也不见了踪影，使人感到扑朔迷离。长篇小说《鬼吹灯》就是以黑水城作为背景创作的，作者以非凡的想象力描绘了黑水城里阴森恐怖，处处陷阱的场面。尽管这是一部经过艺术加工的小说，但里面那些令人胆战心惊的场景，在挑战人们心理的同时，也让好奇的脚步趋之若鹜……

曾听过这样一个关于黑水城的故事：若干年前的一天，正常的天气忽然变得十分怪异，忙碌的人们虽然在心里嘀咕，但也无法做出判断。这时，一位仙风道骨的老人，往返穿梭于城中，并高声叫卖：“枣梨！枣梨！”虽然老人的叫卖非常起劲，但由于价高无人问津。天黑之后，老人出城而去。当时守城将军，闻听此事感到十分蹊跷，百般思索后恍然大悟："枣梨"不正是"早离"吗？于是，他果断率领全城军民，离开黑水城。他们走后不久，忽然狂风大作，黄沙从天而降，这座城市很快就被淹没了。所有的人，在感到吃惊的同时，也为自己能躲过这一劫而庆幸。这故事听起来蛮有意思，但仔细琢磨一下，一座城市被黄沙淹没，是需要更多的时间。绝不会像古罗马的庞贝城，瞬间就被火山喷出的岩浆吞噬。尽管不相信，但这个故事还是被口口相传了上千年。

站在门外，注视着远处的黑水城，我想起白天在穿越巴丹吉林沙漠见到的海市蜃楼：那是一座造型精致的"小城"，各种建筑鳞次栉比，若隐若现，悬浮于天边，四周是茫茫的"大海"，车上的朋友看得惊呆了，那景象令人浮想联翩。不过，当汽车驶近时，却突然发现那座"城市"已无影无踪，大地上只留下一望无际茫茫戈壁与黄沙，让人感到怅然若失。我想，眼前的这座黑水城，在历史的岁月里，也是"若隐若现"，时而清晰时而模糊，让人捉摸不定。

想起一位朋友曾经讲过关于黑水城"身世"：这座昔日繁荣的城市在西夏语里叫："额济纳"，是黑水的意思。千百年来，发源于祁连山上的雪水汇入黑水河，从这里穿过，注入了北部的居延海，形成一片湖水，滋养了这里厚重的居延文化。黑水也称作弱水，曾有个典故："弱水三千，只取一瓢。"天下的古城何其多，可我千里迢迢只为这黑水城而来。据说，这里当年不仅水草丰美，森林茂密，同时也是河西走廊上的重镇——酒泉，通往漠北贸易的必经之路。西汉时赶走匈奴人后，朝廷派兵在此屯田驻守。西夏建国后，为了防止北部蒙古和东部契丹人的入侵，调来重兵把守黑水城和整个居延地区。西夏鼎盛时，这里不单单是城堡，而是一座经济文化发达，党项人与汉人、蒙古人一起居住的城市，那是黑水城最为"风光"的时候。

就如同天总要阴下来一样，黑水城也躲不过那场战争的灾难。1205 年，蒙古帝国，加快了“统一”的步伐，而黑水城是蒙古人南下的“障碍”，必须打通。他们借口西夏收留了蒙古仇人，在三月城中粮荒的时候，蒙古大军兵临城下，将黑水城围个水泄不通。当得知西夏人拒绝投降后，一场惨烈的厮杀开始了，骁勇善战的蒙古人全力攻城，而城内的军民竭尽全力在守城。经过很长时间的攻防对决，坚固的黑水城还是被攻破了，潮水般的蒙古军队杀入城中。按照蒙古人的游戏规则，对拒绝投降的城池，攻入后，是一定要屠城的。命令像一道闪电，划过了黑水城的上空，接下来是一场极为可怕的血腥杀戮……虽然没有留下翔实文字记载，但可以想象那些寒光闪闪的刀剑，斩断了一声声痛苦的呻吟和生的希望，一双双绝望的眼睛给天空留下最后一瞥，而后便投入无尽的黑暗，那么多无辜的生命被人的贪婪和野蛮吞噬了。慢慢地黑水城静了下来，殷红的血，流进黑水和这座城市的记忆里。那些失去生命的魂灵像愁云氤氲于黑水城的上空，久久不肯散去，没有了生命迹象的城市静得可怕，连肆虐的风也止住了脚步。想起唐人李华《吊古战场文》中描绘战争肃杀的场面：“魂魄结兮天沉沉，鬼神聚兮云幂幂。日光寒兮草短，月色苦兮霜白……”阴魂凝结天色昏暗，日光惨淡，月色凄苦的场面，跃然纸上，让人不忍目睹。从那以后，当地蒙古人流传着一句话：不能进入黑水城……这让许多人望而却步。其实，黑水城并未失去生命，它只是走出了“时间”。这座“沉睡”的城市，在黑暗中等待着被唤醒的那一刻……

到了元朝，黑水城像雨后沙漠中的枯草，渐渐恢复了生气，元帝国将这里作为西北的重镇，人们重新听到那悠扬的驼铃声。不过，这种繁荣持续的时间不长，伴随着元朝大厦的倾覆，黑水城又被投入漫长的黑夜，在人们的视线里真正地消失了。由于气候变化的原因，黑水河慢慢断流了，额济纳这片昔日的绿洲，逐渐被荒沙吞没，这虽然是个缓慢的过程，但似乎比战争更为残忍，许多人背井离乡，一步一回头离开了这座不适合人居的城市。黑水城因水而得名，又因水而败落。曾经盛极一时的都城，终于风化于岁月之中，被人们遗忘在记忆的深处。

我从远处眺望着它，隐约见到古城里到处裸露着砖石、瓦块、陶瓷碎片还有风化的白骨……倔强的黑水城像个被遗弃的老人，独自伫立于风沙之中。我想起了之前在额济纳看到的那片“生而不死、死而不倒、倒而不朽”三千年的胡杨林，在茫茫黄沙中，举着瘦骨嶙峋的枝杈，艰难地伸向天空，于绝望中期待着明天，那是一种怎样的执着，冥冥之中与这座古城有一种契合……

黑水城被黄沙掩埋了，从此又沉睡在漫长的岁月里，它梦见了绿草，蔓延到了天涯，忽然又都消失了，而后被可怕的噩梦惊醒……历史老人的脚步走到了 1908 年，大清王朝正处于风雨飘摇之中，有一天，寂寞荒凉的古道上传来阵阵的驼铃和嘈杂的脚步声，打破了这里的宁静。俄国探险家科兹洛夫，受俄国皇家地理学会的委派到中国西北进行“考古”。在当地的向导带领下，他来到这里。虽然是第一次踏上这片土地，可是他对于这座古城的地理、历史和风土人情，并不陌生。特别是这里地下的财宝让他垂涎欲滴，觊觎已久。他一定听说过，几百年前关于这片废墟的故事……

那是明朝的时候，黑水城的最后一位统治者是蒙古人的后裔巴图鲁将军，他想依靠自己的军队，从中原王朝手中，夺回对天下的统治。得知这一消息，朝廷派出了大军进行征剿，在经过几番较量后朝廷的军队占据了优势，并将黑水城围住，他们采用断绝城中水源的方法，迫使其投降。没有饮用水，黑水城变为死城，守城将军决定冒死一战，他将大量的珍宝和黄金白银埋进井里，并杀死了自己的妻妾和孩子。然后，命令手下人在靠近埋财宝地点的北面城墙打开一个豁口，带领军队从这里杀了出去，将军在交战中阵亡了，这支骁勇善战的军队也很快被消灭了。攻入城中的部队在寻找那些财宝，可始终没有下落。后来邻近城池的汉人和蒙古人，都一直在寻找这批宝藏，但都无功而返。

科兹洛夫相信那批财宝一定在等待着他，于是他通过当地王爷雇佣许多人，在这座城中的废墟里不停地挖掘，同时还在绘制着图纸。锄头和铁锹的声音，打破了这片废墟的沉寂，但财宝究竟藏在了哪里，它依然保持了沉默。“锲而不舍”的科兹洛夫，经过多次挖掘，虽没有见到传说中的宝藏，但是他挖出了比金银财宝更有价值的东西。原来，他在这座古城的厚厚的沙土中，发现了保存完好的佛经、唐卡，精美绝伦的艺术品，还有重要的史料文献，这让他同样感到惊喜，让他的贪婪和欲望得到了满足。那是一个残阳如血的黄昏，在微风扬起的黄沙中，40 峰驮着重物的骆驼和科兹洛夫满载而归。他带走了数千卷举世罕见的文献和几百件精美绝伦的艺术品，大多属于西夏、宋、金、元时期之物，至今已有数百年乃至上千年的历史，具有极高的文物和学术价值。可悲的是，当科兹洛夫带着这些东西走出这里的时候，那些地方官吏和王爷们还被蒙在鼓里……而帮他干活的人们摸一摸口袋里散碎的银子便感到由衷的满足，他们并不知道这些东西的价值，其实，与自己无关的事情谁还会关注呢？黑水城在默默地流泪，历史也悄悄背过脸去……

当科兹洛夫在圣彼得堡展出这些文物的时候，国人还在“沉睡”，可它让世界睁大了“好奇”的眼睛。不久那个赫赫有名被称作“敦煌猎鹰”的英国考古学家斯坦因闻讯而来，他在这里搜寻了足足有一个半月，后来天气热了，他才被迫离开这里，他“收获”了什么，当时不得而知，只是后来人们看到，远在大洋之外的英国国家图书馆有一批来自中国黑水城的文献和文物时，才如梦初醒。在这之后，美国哈佛大学福格艺术馆的华尔纳，也沿着科兹洛夫的脚印来到黑水城，只是他的运气远不如科兹洛夫他们，这里到处都是他们盗掘的痕迹。忙乎了一阵，只挖掘到几件壁画的残片、几个破损的陶罐和几十枚钱币等小物品。心情极度失望的他，在日记中写道：“看来，这座毁于战祸、风沙和干旱的古城，不会再赐给我什么了，我说不出对它的访问是成功还是失败。”这些文物的出土，让古老而神秘的西夏文明浮出了水面，也产生了一种历史学种——西夏学。而这一次次文物的出土，在中国的考古界石破天惊，这是继安阳甲骨文、敦煌壁画之后，又一次重大的发现，只是这种浩劫式的挖掘，对于西夏的文物造成了永久性的伤害。然而伤害更大的还是一个民族的自尊，想到这里，我的心在微微颤动……

我徘徊在景区的大门外，望着前方，只能遗憾地与这个标有“黑成弱水风景区”的大门合影留念。天空湛蓝，几缕白云从眼前飘过，远处起伏的沙丘，像波涛在我心中翻卷。眺望黑水城，我们之间留下了一个思考的空间……如果说距离产生美的话，那也是一种凄婉、孤寂的美。想起鲁迅先生的那句话：“悲剧就是把人生美好的东西毁灭给人看。”既然是美好的，为什么要毁灭呢？我想，这黑水城酷似那神秘的西夏王朝，它伴随着党项人建立起的西夏文明，曾经叱咤风云，雄踞塞北绵延了近二百年，后来在“不可抗拒的外力”作用下，悄然消失在历史的荒漠里。令人不解的是，在厚厚的史书里居然找不到它的踪迹，在茫茫人海里难觅党项人的后裔，让人感到神秘和惋惜。我想起贺兰山脚下历经千年风雨依然矗立的西夏王陵，想起那些出现在博物馆里酷似汉字笔画繁复的西夏文字，想起那些出自党项人之手的精美图画……如果说：生命如同故事，但重要的不在于它有多长，而在于它有多么精彩。那么，一个王朝的历史也应如此。

起伏的地平线收去大漠上最后一抹夕阳，那一刻也带去了我心中的遗憾，城中那一座座残存的佛塔沐浴在晚霞的余晖中，显得那样圆融与祥和。渐渐暗下来的黑水城露出真诚的微笑，仿佛期待着我再一次走进它藏匿于心中未曾讲完的故事里……

刻在石头上的王朝

每次来大同，我都要去位于城西五州山的云冈石窟，在欣赏这些精美造像、碑文石刻的同时，也领略着北方游牧民族的文化，凭吊那个将自己历史都刻在石头上的王朝……

作为中国四大石窟之一并被列为世界文化遗产的云冈石窟，是以佛像造型精美，风格独特而闻名于世。那些大小不一的石窟和几万尊造像被雕凿在五州山上，佛龛如蜂窝，疏密有致镶嵌在半山腰上。我站在这绵延千米的石窟面前，望着身后清澈的河水，无法抑制内心的激动。这些石窟和造像如一幅硕大的画卷在我面前徐徐打开，我仿佛穿过历史的烟云，一步步走进成千上万人劈石开山，挥汗如雨大规模“造像”的年代。那雕凿的声音不绝于耳，传至大漠深处，也回响在中原大地上……北魏地理学家郦道元在《水经注》里，曾有这样的记载：“山堂水殿，烟寺相望。林渊锦镜，缀目新眺。”说的是，山中的佛与水中的殿相互映衬，装扮着佛国世界的庄严法相，一处伟大的石窟艺术雕刻群就此诞生。从文章的描述里，我们可以想象当年建造石窟时的盛况：那些巧夺天工的匠人，烈日下，站在半山腰，执着地挥动着铁锤，虔诚地敲打着每一下，手中的钢钎越磨越短，而手上的老茧越磨越厚。与其说他们在镌刻着一尊尊的佛像，不如说他们雕凿着心中的夙愿，来完成灵魂的救赎……

作为鲜卑人的北魏拓跋氏王朝是从草原走来的民族，经过几次迁徙，最后定都于平城（大同）。公元 4 世纪的中国北方，如同一锅烧开的热水，沸腾着痛苦，也燃烧着希望。经过“八王之乱”后，腐败的西晋王朝已经摇摇欲坠，而匈奴人制造的“永嘉之乱”，成了压垮骆驼的最后一根稻草，给予这个王朝致命一击，完成了它短命的一生。匈奴、鲜卑、羯、氐、羌等北方游牧民族，为寻找富饶的土地而大举入侵中原，使百姓流离失所，十室九空。士大夫带着皇族“衣冠南渡”，建立了东晋王朝。已经支离破碎的北方地区，先后建立了若干个“国家”，历史进入了刀光剑影的五胡十六国时期，那时天空是昏暗的，大地充满了血腥的味道。尽管是“国破山河在”，可人们期待着和平统一。这是一个发酵着理想，也催生着英雄的时代。只是历史有时像个醉汉，踉踉跄跄不知去向哪里；有时又是一个冷静的智者，总会做出理性的选择。经过痛苦的思考，它还是“选择了”彪悍和极富进取、包容的鲜卑拓跋氏，他们挥舞着锋利的刀剑，这片焦土上，建立了强大北魏王朝，走向久违的统一。战争的硝烟渐渐熄灭了，过上稳定生活的百姓期待着统治者和佛祖的保佑，让他们享受永久的和平。于是，曾经与佛有缘的北魏王朝，也皈依了佛教。

其实，早在王朝建立之初，鲜卑人就把五州山作为圣山，拓跋氏家族多次到此祈祷，成为“常祀”之地，后来到此祈雨，并遥寄祖先，使之成为神山，并聚集了一批修习佛教的信徒。然而，许多事情是物极必反的，北魏荡平了天下，统一了北方的太武帝拓跋焘，曾是一位虔诚的佛教徒，在身边信奉道教的重臣和道士的影响下，开始逐渐疏远了佛祖，后来变成厌恶甚至憎恨佛教的君王。在道士的怂恿和鼓噪下，他颁发了禁佛诏书，强迫青壮年僧侣还俗。在一次平叛中，太武帝发现一座寺庙里私藏有大量的兵器，除此之外，还有酿酒用的工具和富豪官员私自藏匿的钱财，更令他愤怒的是，寺庙里还有许多设计精巧、装潢暧昧的密室藏有女子。被愤怒的火烤灼得近乎失去理智的太武帝下诏，在全国范围内推行毁佛措施：拆寺庙，焚烧经书，强令和尚还俗，否则将被砍头。史称：“太武毁佛”。一时间恐怖笼罩着曾经香烟缭绕的寺庙，地狱里不断增加着光头的冤魂……两年之后，崇信道教的太武帝驾崩，对灭佛心存不满的文成帝继位，为了追悔父亲的灭佛之举，决定在五州山建造石窟和佛像。据记载，当时朝廷役使数万工匠，历时三十年，建造了这被称为“东方罗马石雕”的云冈石窟。据称其中第20窟高十几米的坐像就是北魏太祖道武帝。鲁迅先生曾将这石窟佛像与长城相媲美，把它们看作“坚固而伟大的”“耸立在风沙中的建筑”。

站在石窟面前，我目不转睛，在心里与这些富有生命感的佛像默默交流，领略了它不同的风采。我们通常认为是“千佛一面”，其实不然，细细观察，有的佛像面相方圆，双肩齐挺，体格健壮，器宇轩昂；有的面容清瘦，肩膀出现溜肩；还有的脸型细长，眉眼清秀。在这些造像中，变化万千，没有重复，体现了设计者和工匠们高超的技艺。看到这里，我心中油然升起对古代那些艺术家的感激之情，这些栩栩如生的造像不仅让我们领略了艺术的美，也如同走进历史，与古人亲切地交谈，体验着北魏时期的风土人情。站在石窟面前，轻轻抚摸着石像，我总会想起，以前曾经去过的敦煌、龙门、麦积山等石窟，它们像亲生的“兄弟”，从佛像慈善的目光里总会找出它们的相似“血缘”。这让人感到，云冈石窟艺术不但描绘了那个时期的历史，而且对于北方石窟文化的影响是颇深的。其实，不单单是石窟造像艺术和书法魏碑字对后世的影响，北魏时期许多文学作品现在依然流传着，不仅有花木兰替父从军那样传奇般的故事，也有“天苍苍，野茫茫，风吹草低见牛羊”这样优美的北魏民歌……我想起了那句话：如果说岁月承担了生命中好与坏的话，那时间会沉淀出美的东西来……

进入云冈石窟景区，讲解员总会告诉你，这些众多石窟佛像中艺术成就最高的是“昙曜五窟”。我眼前就是昙曜广场，迎面是高僧昙曜的塑像，他目光深邃，神情睿智，袈裟飘逸，站在那里，好像在等待千年之后来访的我。昙曜本是西域高僧，北魏攻灭北凉随着移民来到京都平城，受到礼遇。在

"太武灭佛"的事件中，他誓守信仰，没有半点躲避的意思，后来在别人的劝说下他才离开这里。朝廷恢复佛法的第二年，昙曜奉诏回到京城，恰遇文成帝乘车出行，御马上前咬住他飘动的袈裟，众人惊呼！文成帝闻声下车，见过这位精神矍铄的高僧，并拜为国师。这里上演了一场"马识善人"的旷世奇闻，流传至今。

昙曜向文成帝建议在五州山开凿石窟，从而揭开了北魏王朝开凿石窟的序幕。其中第 16 到 20 窟是云冈开凿最早的五座石窟，由昙曜主持，被称作——昙曜五窟。这里均为大像窟，穹隆顶，前立壁开一门一窗。这五座洞窟形制相同，造像布局严谨统一。艺术上突出造像的高大挺拔，朴拙深厚的气势，宗教上体现了佛法流通后世、永存无绝的思想。五窟造像帝王特征鲜明，处处彰显皇家的威严。第 20 窟的"露天大佛"为昙曜五窟的精华。由于立壁在开凿初期就已经崩塌，致使佛像露在外面。主像为释迦牟尼佛，高鼻深目，面容饱满圆润，深雕的嘴角，让自信、喜悦写满脸颊。其挺阔的双肩，突出的胸部，表现了一个民族剽悍的风貌与坚忍不拔的民族个性。著半袒右肩式袈裟，且质地厚重，这让我们多少看到了印度佛教的遗韵。双手做禅定印，呈结跏趺坐，整尊造像气势恢宏，庄严慈祥，是云冈石窟的代表作。轻轻抚摸眼前这冰冷的石头，我内心是滚烫的，好像听到了自己的心跳。它仿佛在向我传递着古老的信息，那一刻，我从不怀疑自己触摸到了它的灵魂，那是一种只可意会不可言传的感受。我由衷感叹这能够穿越时空的艺术魅力，千年之后，风采依旧。它好像在诉说 1500 年前，北魏的皇帝、百官及善男信女是从这里走来，参禅礼佛的。如果说石窟是皇帝为国家安泰发出祈愿的话，那么微笑安详的观音菩萨则是身处乱世向往和平安定生活的民众心声。佛的慈悲与菩萨的俊秀是那样和谐统一在每一张生动的脸上，让前来谒拜的人们肃然起敬，心灵得到净化。大佛背光的雕刻，在一定程度上反映一个时代的兴盛。强悍的拓跋鲜卑凭借着坚定的信念，开拓疆域，平定北方，完成了一个少数民族入主中原的嬗变。他们在选定佛教作为国教的同时，也选定了一个全新的文化方式，在开凿云冈石窟的过程中，他们倾注了信仰的力量，将石窟艺术融进他们坚强的生命中。同时，这些造像在一定程度上体现了北魏的皇权政治——皇帝就是佛，礼拜皇帝就是礼拜佛祖。以造佛为契机，为宣扬皇帝的尊严而纵情高歌。

此时，江山稳固的北魏拓跋王朝已经不再满足草原游牧式的生活，他们要向更为文明的农耕生活迈进，但这在当时绝非易事。北魏孝文皇帝拓跋宏，力排众议，在祖母冯太后的支持下，采取一系列措施，主动融入汉民族文化。后来，他决定将都城从地处高原的平城迁到四季分明的洛阳。公元493年的秋天，这是一个中国历史难以忘记的日子，一个马背上的民族，经历了千难万险，隐没在从平城到洛阳的历史古道中，消失在深秋的凄风苦雨里，期待着“羽化”的那一刻，实现了华丽的转身。孝文帝的改革，加速了北方各族封建化的进程，促进了北方各民族的大融合。翻开历史长卷，作为一个从草原上走来的民族领袖，能够意识到本民族的封闭和落后，主动融入汉族文化之中，集其他兄弟民族智慧共建家园，孝文帝是先行者。更令人惊喜的是，鲜卑将草原般开阔的胸襟带到中原，将豪迈而奔放的胡人血缘融入温文尔雅汉民族的血管里，完成了第一次民族大融合。从此，诞生了屹立于世界民族之林的中华民族，造就了隋唐盛世。正如一位学者所言：“中国由此迈向盛世大唐……”

随着首都的迁移，北魏王朝也把佛教中心“搬到”了中原——北魏皇帝下令，在洛阳以南的龙门伊水两岸，依山开窟造像，创建龙门石窟。北魏造像在这里失去了云冈石窟造像粗犷、威严、雄浑的特征，而生活气息逐渐变浓。北魏晚期的人们崇尚俊秀，因而“秀骨清像”成为一时的艺术风格。

盘桓于云冈景区之中，望着那些矗立的石像，我的思绪依然徘徊在南北朝时期的天空里。在中国历史的长河中，北魏王朝如同流星一样短暂，它耀眼的光芒令人追寻。而云冈石窟如一部镌刻在石头上的断代史，真实记录了一个王朝的兴衰，书写了民族的惆怅与豪迈，令人荡气回肠，感慨万千。我想，岁月可以风化石头，模糊人们的记忆，但是，真正属于生命历史的，应该被历史和生命留住……

神垕访钧瓷

钧瓷以“入窑一色，出窑万彩”的神奇变化，被列为五大名瓷之一。这不可思议的“窑变”，让古人琢磨不透，给钧瓷披上一层神秘的面纱……

那年，一位对宋瓷颇有研究的朋友邀我去河南，他开车带我来到了被称作钧瓷之乡的神垕，让我走进了这古镇的前世今生……神垕隶属于禹州管辖，据说，当年大禹治水有功，受封于此地而得名大禹之州。这里是华夏民族发祥地之一，也是陶瓷文化之乡。神垕位于禹州西南二十多公里，它三面环山，由于盛产煤炭、瓷土和釉料，奠定了钧瓷之乡的基础。

走进神垕古镇，远远见到两个极富神韵的大字——“神垕”，孤陋寡闻的我，第一次见到由“后”和“土”字组成专门用作地名的“垕”字。朋友说：记住了“取自钧瓷之土，出自君王之口”这句话，就记住了“垕”字的来历……相传，唐太宗首次皇封“神垕”时，钧瓷才刚刚由陶变成瓷；到了宋徽宗御赐“神垕”时，钧瓷已经出现了“窑变”，完成华丽的转身；宋高宗时，延续了其父对钧瓷的仰慕之情，三封“神垕”。真想不到，一个小镇，因钧瓷而获此“殊荣”。岁月的流逝，并未改变神垕人对钧瓷的情有独钟，而是在前人的基础上，不断改进，至今因窑火生生不息，神垕也被称作“活着”的古镇……

走进留有岁月痕迹的神垕，朋友领着我来到当地一家规模较大制瓷企业。走进拉坯车间，看到陶工师傅们在聚精会神地干着活。一位技术人员告诉我们：拉坯也被称作“走泥”，是制造瓷器的七十二道工序之一。它既是陶艺的基础，也是独立的艺术形式。拉坯和书法、绘画、拉琴一样，既有节奏的韵律，也有空间的美感。原来这拉坯看似简单工序里面还有这么多的奥妙。我在一位陶工师傅的工作台前停下脚步，凝神细看，那一块块来自深山里的高岭土合成的泥料，在陶工的手里变得很“温顺”，十几分钟后就成为古朴厚重、造型别致的瓷胎，这是一件被赋予了生命的艺术品，唤起了我内心对美的感知。技术人员告诉我们：这看似简单的手艺活，师傅们背后往往需要十年甚至更长时间的摸索实践，才能练成这样的功夫。真是独具匠心！我想，这古老的制瓷方法一代代已经传承上千年，那精湛的技艺已经深深刻进了师傅们的记忆里，陶艺的精髓已融入陶工们的血液中……

离开拉坯车间，朋友带着我来到窑炉前，这里正举行隆重的开炉仪式。只见几位窑工穿着色彩鲜艳的北宋服装，站在写有“大宋官窑”几个字的窑炉前，这让前来观看的人仿佛穿越了时空，来到了千年前的大宋王朝，感受当年神垕古朴的民风。按照祖传下来开窑的规矩，一位年长的窑工双手虔诚地举着点燃的香，祭拜了窑神和火神，保佑开窑大吉。这时窑门被缓缓打开了，大家屏住呼吸，睁大了眼睛，只见窑工们戴着厚厚的手套，将装有瓷器的“匣钵”，一个个抱了出来，放在案子上，此时，精美的瓷器，像蒙着盖头的“新娘”，人们期待那令人惊艳的一刻。“匣钵”被打开了，当饱满大气的梅瓶、线条流畅的花尊还有那如晶莹露珠的玉壶春瓶等瓷器，呈现在人们面前时，那气度让人惊讶地喘不过气来。我走近了这些瓷器，细细地观察，上面的图案令人眼花缭乱，有的像雨后天边的彩虹，喧嚣中迸发出万道霞光；有的宛如万里晴空，宁静中漂浮着几缕白云。瓷器上红、紫、蓝、白交相掩映，给人一种大自然瞬息万变的感受。面对着令人惊叹瓷器，许多诗句和颜色的描绘都是“苍白无力”的，难怪有人说：“画家嫌笔拙丹青难绘，诗人怨词穷锦句失色。”钧瓷，令人惊叹的是，“入窑一色，出窑万彩”的神奇变化；创造出了“窑变无双，钧瓷无对”的奇迹。钧瓷出窑后这种独特的变化艺术，对于尚不懂化学知识的古人，只能称之为“窑变”。这两个字，成了钧瓷的代名词，给人留下了很大的想象空间。如国画中的大写意，亦真亦幻，意境无穷。想起那句描绘钧瓷的古诗：“白胎烧就彩虹来，无色成窑画作开……”

朋友对我说，窑炉里每年都能烧出许多钧瓷，但是精品却是寥寥无几，正应了那句话：十窑九不成。这才有了“家有万贯，不如钧瓷一片”的珍贵。为了保证存世钧瓷的品质，对于那些残次品，窑工们会毫不犹豫将它打碎，这是多少年来流传下的行规。若干年前，人们曾在禹州的宋钧瓷官窑遗址中，发现埋在地下大量精美的碎瓷片。据说，那时朝廷严令，不准带有瑕疵的瓷器流入民间，证明了当年官窑生产森严的制度。如今，厂家为了保护钧瓷声誉，对于出售的产品，需经严格的检测。有的精品，作为国礼送给外国元首；也有的则摆放在博物馆里，供人观赏。

我随着朋友来到博物馆，这里陈列着多年来神垕钧瓷的精品之作，让人大开眼界。走进一尘不染的展厅，看到玻璃橱窗里摆放的精美绝伦的瓷器，让人不由得放慢了脚步，心也随之静了下来，沉浸在宋瓷营造的氛围中。我在想：宋词与宋瓷，皆为我们这个民族的文学和艺术瑰宝，如果说，宋词是在用文字向我们描述山水的美和内心情感的话，而宋瓷，则用优美的线条和多姿的色彩，来表达对大自然及生命独特的感受。朋友给我讲了个故事：有一天，宋徽宗在梦中见到雨后空中呈现出一片“天青”色，醒来后激动不已，他吟诵出这样的诗句：“雨过天青云破处，这般颜色做将来。”他下令让工匠们烧制梦中“天青”色的瓷器，这道圣旨不知难倒了多少工匠，最终还是汝州的窑工们先烧出来了。不过，据记载，这句诗是五代后周世宗柴荣说的。从这里可以看出宋代是继承了前朝的釉色技法，才烧出了平淡天真、意境幽深的瓷器来。

朋友指着橱窗里的一件瓷器对我说：这就是钧窑里烧出来的“天青”色，钧瓷的特殊烧制技法，不仅能出现红、紫、蓝，也能呈现出天青、月白等颜色。我注视着眼前这天青色的“荷花纹洗”，它做工精细，线条流畅，体现出宋瓷内敛、含蓄、温厚的气韵。这件作品犹如一朵盛开的荷花，纯洁、正直、高贵，深具自然清淡之韵，与自然融为一体，深化了天人合一的宋人审美情趣。细细观察，居然看到了自然形成，极富神韵的“开片”纹路，也仿佛听到了那轻灵悦耳的开片之声，再现了“景有限，而意无尽”的韵味……离开博物馆时，我感到意犹未尽，朋友说，咱们到旁边的神垕古街去转一转。

这是一条悠悠岁月穿过的古街，历史老人给小镇留下了许多古迹。街两侧错落有致的店铺里摆满了钧瓷制品，虽然大多出自民窑，但也不乏精美之作。老板热情地向我介绍，脸上透着淳朴和自信，我的思绪依然沉浸在对钧瓷的回味中。朋友告诉我：神垕古镇是被大火“烧”出来的名气，这老街小镇家家户户都经历了柴、煤、气和电烧的技艺裂变过程，才有了今日的繁华。我在想：历史的沉淀和工匠们不懈的努力，温润了古老的街巷，也注入了巨大的能量，让这古老的小镇如同那神奇的钧瓷——当年入窑一色，如今出窑万彩……

北固山上觅英雄

最早知道北固山，还是在辛弃疾那豪迈悲壮、充满爱国情怀的词作中。从那时起，心中便向往这座写满历史故事，有着英雄情结的山。

十几年前，我曾来过镇江，由于时间的缘故没有到北固山，我悻悻地离开这里，隔着长江远远望着北固山，心头涌起遗憾。去年春天，我专程来这里，走进北固山，走进它的前世与今生，寻找着多年的梦想……

以险固著称的北固山，石壁嵯峨，北临长江，与金山、焦山并称为京口（现镇江）三山名胜。进入北固山大门，沿着“东吴古道”，一步步朝山上走来。路的一侧是长满青苔的石壁，俨然岁月留下的痕迹。只有五十多米高的北固山，在中国的名山大川中，远称不上第一，但它在人们心中却有着非同一般的历史与文化高度，令人景仰。北固山虽地处江南，可它有一种北方大山苍凉与壮美。相传南朝时梁武帝见到北固山的景色，挥毫写下了“天下第一江山”，并被刻在石壁上。我轻轻触摸着上面几个苍劲有力的大字，尽管它已不是当年的真迹，但仍感到字字重千斤，也许，只有北固山才能承载起这些字的“重量”。

北固山最早是因三国的故事而名扬天下，刘备、孙权、周瑜等三国里的重要人物，与这座山有着千丝万缕的联系。山上的甘露寺见证了刘备那段“弄假成真”的婚姻。记得那时读《三国演义》，曾为到东吴招亲的刘备捏了一把汗，觉得气度狭窄的周瑜有些可悲，而对料事如神的诸葛亮则钦佩不已。后来根据这段故事改编的戏曲《甘露寺》和《龙凤呈祥》等，在民间广泛传播，让发生在北固山上的故事家喻户晓。如果说雕梁画栋的甘露寺见证了刘备与孙尚香婚姻的序幕，那么，坐落在北固山后峰的祭江亭则成为这段爱情故事的挽歌。相传，刘备与孙尚香成亲后回去不久，孙权便谎称国太病危，诱使妹妹速回江东。孙夫人回江东后见母亲安然无恙，方知哥哥用计，但此时已无法走出江东，只能终日以泪洗面。当刘备在“夷陵之战”中惨败后病死白帝城，孙尚香得知消息悲痛欲绝，在无法赴蜀吊丧的情况下，只能走上北固山，在凌云亭陈设香案，遥祭先夫，万念俱灰之下，最后跳入滚滚长江。此后，人们为了纪念这位忠于爱情的烈女，将凌云亭改为祭江亭。北固山上的甘露寺和祭江亭这两座造型别致的建筑，诠释了一段凄美的爱情故事。

其实，按史书记载，统领江东的孙权，并没有什么阴谋，将刘备请到山上，真心联盟，共同商量破曹的计策。山上的那块平整如削，中间留有裂缝的“试剑石”，见证了他俩斗智斗勇，一心想成就霸业的决心；而那地形险峻，两面山崖夹峙的一条小径——“遛马涧”，则留下了他们在马背上驰骋于山间，气度不凡的身影。我抚摸着青石而感喟，行走于小径而沉思……

沿着岁月铺砌青石板路前行，山中微风拂面，路边小草点头致意，一股暖意在心中弥漫。我想，这座写满英雄故事的山，也侵染着乡愁。而这种乡愁最初是被唐朝诗人王湾“点燃”的。当年王湾游历北固山写下了“潮平两岸阔，风正一帆悬……乡书何处达，归雁洛阳边”的诗句。河水上涨，两岸开阔，风势正顺，船帆扬起。一个“阔”和一个“悬”字，让这首诗气韵生动。最后两句，把人在江南，神驰故里的漂泊羁旅之情，全部倾泻于字里行间，让人读罢沉思良久。写诗甚少的王湾，这篇佳作引起了当时诗坛的轰动，它不仅奠定了自己在唐诗中的地位，也提升了北固山的知名度。

我一步步朝着山上的北固楼走来，这历史上曾经也被称作北固亭的建筑，远远望去像一位独自坐在山上的老人，千百年来隔着奔流不息的长江，一直默默注视着北方。来到它的身旁，突兀而立的北固楼，在阳光中显得更加壮观。抬头望去，楼檐下面的匾额上，是毛泽东当年题写的“北固楼”三个字，这熟悉的字体遒劲有力、潇洒飘逸，为北固楼平添了一股豪气。尽管这建筑是历经战乱和兵燹后重新修建的，但它依然保留了当年的风貌，恢宏的气势令人惊叹，不愧“江东第一楼”的称号。

其实，为北固山的英雄气韵定格的，还有那些慷慨激昂的文字。一座山的物质遗存固然重要，但令人难忘的是文字所赋予的精神内涵。北固山被人称作“宋词第一山”，多少年来描写北固山的诗篇不计其数，但被后世传诵最多的还是宋词。特别是辛弃疾的词作，独具穿透力，成为北固山的千古绝唱，让人回味无穷……

走进北固楼，仿佛有一种久违的感觉。凭栏远眺，面对着滚滚的长江，往事越千年，心中激动不已，我脱口而出：“何处望神州？满眼风光北固楼。千古兴亡多少事？悠悠，不尽长江滚滚流。多少万兜鍪，坐断东南战未休。天下英雄谁敌手？曹刘，生子当如孙仲谋！”这是辛弃疾那首著名的词——《南乡子·登京口北固亭有怀》。我想象着当时年迈的作者登上此山时的情景：一生壮志难酬的辛弃疾，站在北固楼隔江远望，触景生情，即兴抒怀。他在问自己，从哪里可以看到故土中原？追慕英雄、盼望收复中原的诗人，始终没有等来可以驰骋沙场的“的卢”，只能将一腔报国之志诉诸笔端。面对浩浩荡荡的长江水，流下了两行落寞的英雄泪。此时，他想起当年那位坐镇东吴，让敌手钦佩不已的青年英雄孙仲谋。作者是发思古之幽情，更有面对现实的感慨……

如果说在这首词里，作者流露出对前朝历史中英雄仰慕之情的话，那么，他在《永遇乐·京口北固亭怀古》中，将目光伸向历史深处，表达出更为复杂的情感。他赞颂了心目中的草根英雄——南朝宋武帝刘裕“金戈铁马，气吞万里如虎”的豪情壮志，也有对南朝宋文帝草率出兵，落了个“元嘉草草……赢得仓皇北顾”败局的哀叹！当时，辛弃疾被朝廷刚刚启用不久，在一片紧锣密鼓的北伐声中，唤起了他恢复中原的雄心壮志，但他又对领兵将帅的轻敌冒进，感到忧心忡忡。虽已年过六旬，但他依然壮心不已，准备以垂暮之年，挑起“北伐”重担。他发出了“凭谁问：廉颇老矣，尚能饭否”的慨叹！词中的每一个字，都流露着作者真情实感，他将自己的那颗心“安放”进词中，让人隐约触摸到那跳动的脉搏。这篇传诵千古的词，被后人推为宋词的压卷之作，辛弃疾作为壮志未酬的英雄走进这座山的记忆中……

站在这被后人们称作“英雄山”的北固山上，放眼望去，长江的苍茫与辽阔，唤起我心中的壮志与豪情。春风吹过脸颊，带来一阵芳草的清香，感到有一股暖流从脚下升腾，在胸中弥漫着。望着远处滚滚东逝的江水，想起那些走进历史，被浪花淘尽的英雄们，心中不禁感慨万千……我想，其实那些英雄并未走远，这山上的每一处角落里都留下了他们的身影，风中隐约回荡着他们的声音，吸引着那些纷至沓来的脚步，到此凭吊和寻找自己心中的英雄……

走进碑林里的故事

每次走进西安碑林，我总能嗅到一种时光的味道。穿行在古老的碑石之间，仿佛走进历史的丛林，那一块块厚重的石碑，如一页页翻开的史书，让我不仅领略到汉字的精美，也读到了石碑后面那一段段令人荡气回肠的故事……

建于北宋年间的碑林，经历代收集规模不断扩大，是收藏自秦汉以来古代碑石最多的艺术宝库，因碑石丛立如林，自清代始称“碑林”。被号称“石板书库”的碑林，保留了儒家传统的经典，这里既是书法家和书法爱好者向往的地方，也是文人们心中的精神家园。书法对于古时文人而言，宛如生命，一代代文人通过书法抒怀明志，修齐治平。这些静默伫立的碑石，既见证了十三朝古都长安辉煌的历史，也丰富涵养了一代又一代文人的精神世界。

跨进碑林的大门，迎面可以看到由民族英雄林则徐当年题写的“碑林”两个字赫然于碑亭之上，字的结构匀称，笔画挺拔有力，俊秀中不失丰伟雄健。碑林里最引人注目的是，矗立在广场上的《石台孝经碑》，它在众多的碑石中，体积最大，形制最独特、移入碑林最早。整个六米多高的巨石伫立在三层石台之上，因此而得名。最上头雕着灵芝云纹的碑头，象征着“天”；而石碑下面装饰有蔓草图案代表着“地”；中间是由唐玄宗李隆基亲自书写的记录孔子与弟子谈话的《孝经》，寓意为：孝存于天地之间，以孝治天下，才能长治久安。

关于这块石碑还有一段故事：当年作为临淄王的李隆基，以两次兵变，诛杀了伯母韦皇后和姑姑太平公主后，立父亲为皇帝，而后自己又登上了皇位。为了避“名不正则言不顺”之讳，确保自己的皇位，他宣布：以孝治天下，同时，也为他与杨贵妃的千古爱情拉开了序幕……不过，这块碑也是命运多舛。唐朝末年，天下大乱，因迁都洛阳，长安城要缩建，这让昔日“风光无限”的石碑，像弃儿一样被遗落在荒郊野外。后经一些文人学子们的努力，将它迁至新建的长安城内。到了北宋，在一些有识之士的建议下，这块石碑第一个被安放在今天的碑林之中，成为“碑林之源”。

碑林收藏的石碑浩如烟海，但由皇上亲自撰文，集名家之字的《圣教序碑》，在这些石碑中，成为翘楚之作。唐朝贞观年间，玄奘法师在印度求法，十几年后携梵本佛典到长安，太宗见到后非常高兴，令玄奘译经，自己作序，后由弘福寺沙门怀仁，从王羲之书迹及民间的遗墨中集字。怀仁是僧人，能文工书，为集字煞费苦心，历时二十多年，刻成此碑。由于他深厚的书法造诣和严谨的态度，使此碑的点画气势，充分体现了王羲之书法的特点，也展示了一代“书圣”楷模后世的书法神采与韵味。怀仁和尚的艺术再创作，被后世誉为“墨池之龙象，兰亭之羽翼”。

在碑林的第二室里，陈列着唐朝著名书法家柳公权的《玄秘塔碑》，来到它面前，我有一种亲切感，自己当年曾临过的《玄秘塔碑》的字帖，就是这块石碑上的拓本，而如今，这旷世极品就在眼前，心里不免有些激动。仿佛这位法度严谨，造诣颇深的“老师”，在我身边，在教我如何运笔，让我体会那一撇一捺背后的含义。想起了那首叫《龙文》的歌：“一横长城长，一竖字铿锵，一勾游江南，一点茉莉香……”我惊叹汉字的魅力，将文字的书写，上升到艺术的存在。把人的品德与操守，和笔下的字一起来评价。这碑石上的许多字，我是那样的熟悉，有的已了然于胸，然而，更让我钦佩的是柳公权刚正不阿的风骨。如果说字如其人的话，那“柳体”的字笔法锐利，筋骨外露，如他耿直坦率的性格一样。当年，柳公权为翰林院侍书学士，有一次在朝上，皇上问他写字的方法，他回答："用笔在心，心正则笔正。"这番君臣问答，被后世传为"笔谏"的佳话。唐代极为重视书法，字的好坏成为朝廷提拔使用官员的重要条件。柳公权凭借自己一手好字，成为皇上身边的重臣。尽管如此，但他从不曲意逢迎。一次朝廷议事，皇上说自己的衣服穿了很久洗了多遍，依然没有换新的。在场的大臣们，纷纷赞扬皇上节俭的品行。性格耿直的柳公权却不以为然，他说：这些事情是细枝末节，微不足道，皇上还是应该不要偏离君主的本分，抓些国家大事。皇上听后哈哈大笑，说道：提建议也不是你的本分，你还是做谏议大夫吧！次日下诏，让柳公权做了谏议大夫，同时还负责起草诏书。活到八十多岁的柳公权先后与十位皇帝有过交集，深得信任，同时也得到了同僚和下属的敬重，而"柳体"字，作为书法领域的一座"高峰"，令后人难以超越……

无独有偶，作为"颜筋柳骨"的颜真卿，被后世誉为"楷书第一人"。他所书写的几种碑石，也收藏在碑林里，这是西安碑林史上的一件幸事。《多宝塔感应碑》是现存颜真卿楷书碑石最早的一件，四十岁的颜真卿所书写这座碑石时，正是他书法创作的早期阶段，书法风格还具有明显的初唐瘦硬峻利的气息，虽然这碑石上的字还不能代表他书法的面貌，但却开创了雄强壮美、苍茫腴重的"颜体"书法的一条先河。碑林中收藏的《颜氏家庙碑》是他七十二岁时，为纪念父亲而写的。碑文记述了颜氏一门的世系与功业，可以看到颜家的兴盛与荣耀。从书法上看，《颜氏家庙碑》是颜真卿书法步入辉煌成熟的杰作，他追求朴实无华，宁拙毋巧的书法艺术风格，具有返璞归真的苍茫气象，达到了人书俱老的境界。而他性格亦如他的字一样，棱角分明，坦荡磊落。他立朝刚正，敢于同权贵针锋相对，因此得罪了小人，被调离朝廷，到离安禄山驻守的渔阳很近的平原郡当太守。上任后，他隐约感觉到安禄山有反叛的迹象，于是他悄悄加固城墙、储存粮草。后来，如他所料，安禄山果然起兵造反，很短时间内，河北、山东等地，大部分被叛军占领，唯有颜真卿把守的平原郡坚如磐石。后来，颜真卿又联络其堂兄颜杲卿竭力抵抗，得到附近乡郡官兵的响应，颜真卿被推为盟主，成为前期抗击叛乱的领袖，缓解了朝廷的压力。“安史之乱”被平息后，颜真卿官拜尚书、太子太师等，人称“鲁国公”。不久，淮西又出现了叛乱，朝廷派他去招抚。他刚到这里，叛军就扬言要处死他，面对敌人的威逼利诱和寒光闪闪的刀剑，这位白发苍苍的老人毫无畏惧，极力劝说叛军归顺朝廷，最后还是被叛军所杀。他用行动将自己的名字写进了颜氏一族的名单中，也将那感人的故事刻在了厚重的石碑和史书上。

有人说：石碑是华夏文明的特殊载体，它承载了丰富的内容。我轻轻抚摸这冰冷的石碑，感到它似乎有了温度，这是汉字的温度，也是道德与人性的温度。我想：如果说眼前这一个个方块形文字表现的是汉字魅力的话，而这坚硬的石碑则向我们展示了书法家的风骨。这碑林里的石头在刻满文字的同时，也将背后的故事深深刻进人们的记忆中……

汉柏森森武侯祠

“丞相祠堂何处寻，锦官城外柏森森……”来到武侯祠，我不由得想起杜甫的这句诗。其实，历代文人在武侯祠留下的诗作俯拾皆是，但我还是偏爱杜甫的这首《蜀相》。如今，武侯祠前，还能见到穿越岁月风雨依然挺拔葱茏的柏树，传说这是诸葛亮当年栽种的。我想，那时对诸葛亮十分仰慕的杜甫，来武侯祠拜谒时，一定见到了诸葛亮亲手栽下的柏树，令他感慨万千……于是他写下了“三顾频烦天下计，两朝开济老臣心。出师未捷身先死，长使英雄泪满襟”的诗句，表达了对诸葛亮的敬仰之意和惋惜之情……

走进这里，我才知道，武侯祠是和刘备的昭烈庙及惠陵建在一起的，景区里除了建有孔明殿和刘备殿以外，还有蜀汉许多文臣武将的塑像，来到这里如同走进刀光剑影、鼓角争鸣的三国岁月里……三国是一个以梦为马发酵着理想和催生着英雄的时代，也是一个烽火连天，饿殍遍野的乱世。出生在那个年代的诸葛亮，父母早亡，青少年时期的他，经历了两次逃亡和十年躬耕。在颠沛流离长途跋涉中，他目睹了军阀屠杀百姓的暴行，也感受了亲人离散的痛苦。在那个黑暗的年代，孔明希望这个由父亲给他起的名字，像北辰星一样，给这片漆黑的天空带来一丝光亮。然而，他只是一个落魄的青年，能为这个风雨如晦的年代做些什么呢？也许此时“兴复汉室”的种子，已悄悄埋在他心里……

在襄阳他蛰伏了十年，除了耕作和读书，就是思考与等待。也许只有耐得住寂寞，才守得住繁华。蛰居于隆中的孔明，喜欢“抱膝长啸”和“好为

《梁父吟》”，这是由悲凉的葬歌发展而来的乐府诗。他身上充满一种慷慨悲壮之气和悲天悯人的情怀。把“淡泊以明志，宁静以致远”作为生活信条的他，将理想和抱负藏于心里和悠扬轻柔的琴声中，等待着时机。在《三国演义》刘备三顾茅庐中有这样一段描述：刘备第二次来隆中时，听到有吟咏之声，见草堂之上一少年，正拥炉抱膝，歌曰：“凤翱翔于千仞兮，非梧不栖；士伏处于一方兮，非主不依……”这吟咏之人虽是孔明的弟弟，但他道出了兄长等待明主，实现平生抱负的愿望。一次，诸葛亮和几位好友聊天，谈到个人志向时他说，你们将来可以官至刺史、郡守。当别人问到他时，他则“笑而不答”。他常自比管仲、乐毅，这二位是战国时期的人，一个是齐国的丞相，一个是燕国的上将军。

如果说人与人的相识是一场注定的遇见，那么刘备与诸葛亮的相遇，则改写了彼此人生和东汉末年的历史走向。在隆中低矮的茅庐里，诸葛亮以著名的《隆中对》向刘备坦陈天下大事，提出了鼎足三分的战略构想，刘备钦佩他惊人的才华，于是真诚邀请诸葛亮出山……如果说前十年，诸葛亮为理想而蛰伏，那么后来他要为理想而献身！我想，其实生命本无意义，可一旦确立了目标并为之奋斗，这人生就被赋予了崇高的使命。士为知己者死，这是古代知识分子追求的至高境界。尽管前方的险途难以预测，但诸葛亮依然是义无反顾的执着和飞蛾扑火般的决绝……

穿过大厅，来到“孔明殿”前，门上方的牌匾写着四个醒目的大字——“名垂宇宙”，这是出自杜甫的诗句“诸葛大名垂宇宙”，我想，这几个重如千斤的字，除了“鞠躬尽瘁，死而后已”的诸葛亮，谁能承担得起它的重量？当年，刚刚走出茅庐的诸葛亮，向刘备提出了“联吴抗曹”的战略方针，使势单力薄的刘备集团有了同盟军。他料定曹操大军迟早要南侵荆州，于是建议兵力只有几千人的刘备说服刘表，清查荆州的“浮户”，以补充兵源。果然不出诸葛亮所料，曹操南下并占领荆州，诸葛亮以他雄辩的口才和杰出的外交能力，劝说孙权及手下文武官员共同抗击曹操，并取得了赤壁之战的胜利。刘备占领了荆州范围内的几个郡，三国鼎足的局势初步确立。在诸葛亮的策划下，经过一番较量，刘备集团终于占领了有“天府之国”美称的益州，实现了诸葛亮鼎足三分的第二步战略构想，体现了他的政治谋略和对战争形势发展惊人的洞察力，达到出神入化的地步。

面对大殿中央手持羽扇，神态洒脱的孔明坐像，我内心充满敬意。儿时曾听父亲给我讲过孔明的故事，在我幼小心灵中诸葛亮占据了一个崇高的位置。千百年来，诸葛亮在人们的印象里是智慧的化身，在他身上有太多的光环。特别是在《三国演义》中，作者为我们塑造了一个料事如神的“军师”形象，在指挥诸多战役中，几乎从未失手。正如鲁迅所讲：“状诸葛之多智而近妖。”文学作品里的军师也许与历史上真实的诸葛亮有些出入，但褪去光环，我们依然可以看到诸葛亮更伟大和更真实的人生。他凭借自己的聪明才智和人格魅力，从一介平民，成为蜀汉政权的肱股之臣。当刘备临终托孤时说：后主能辅则辅，不能辅先生可自立为王的时候，诸葛亮声泪俱下，表示肝脑涂地也要辅助幼主，刘备放心地闭上了眼睛，而人们看到了一个其精神境界上升到令人难以超越的诸葛亮。在后来辅佐刘禅的时候，他呕心沥血，事必躬亲，努力践行自己“兴复汉室”的诺言，直到自己的生命在北伐的战场——五丈原，像星星一样地陨落下去……那篇著名的《出师表》，就是他向后主刘禅和世人最为真诚的内心独白……

在武侯祠一侧墙壁镶嵌的石头上，书写着当年诸葛亮的《出师表》，据说是抗金名将岳飞经过南阳武侯祠进来拜谒时所书。丞相北伐中原的“誓言”与岳飞气壮山河的书法，交相辉映。站在这墙壁前，我逐句诵读这耳熟能详的文章，仿佛触摸到一颗跳动的心，令我久久不能平静……这聊聊数百字里，有对后主刘禅“亲贤臣，远小人”的叮嘱劝勉，也有自己以身许国，忠贞不贰的心迹坦陈。正如陆游所说：“出师一表真名世，千载谁堪伯仲间。”

武侯祠两侧的廊柱上，挂着一副副历代文人题写的对联，言简意赅，对仗工整，将诸葛亮一生的功绩，用寥寥数语表述出来。其中有一副是清代赵藩所写："能攻心则反侧自消，从古知兵非好战；不审势即宽严皆误，后来治蜀要深思。"联中对诸葛亮在平息南方叛乱"七擒孟获"时，为减少杀戮，成功运用攻心战术给予了充分的肯定；但同时，对诸葛亮在后期治理蜀国时不能审时度势，顺应历史潮流，政策上过于严苛，对蜀国后期的发展与稳定带来一定影响，值得后人深思。这副寓意深刻的对联，让人看到一个更加真实的诸葛亮。毕竟瑕不掩瑜，诸葛亮作为贤相与能臣，其思想境界和卓越的才能，令后来者难望其项背！

走出武侯祠，我在门前那棵劲拔苍老的柏树前停了下来，抬头望去，但见散尽硝烟的历史随着阳光被树叶筛落下来，斑斑驳驳，让人感到它曾经的辉煌。那巨大的树冠，覆盖着整个武侯祠和昭烈庙，仿佛也覆盖了蜀汉这片古老的土地，让它年年风调雨顺，五谷丰登。我的思绪穿越了千载，依稀见到孔明先生当年栽种柏树的身影，依然是羽扇纶巾，谈笑风生的样子……

屯堡访古

走进贵州西部的平坝，我才知道，在树木葳蕤的大山深处，还散落着许多被世人遗忘的村落——屯堡，它们像一颗颗脱落的松果，被埋在岁月的泥土中，里面珍藏着许多耐人寻味的故事。我在嘲笑自己的孤陋寡闻的同时，也充满好奇，于是来到山里，慢慢走进屯堡遥远的昨天……

来到被称作“滇之喉，黔之腹”的天龙屯堡古镇，一座拱形的石门，打开了这段尘封的历史，门两侧黑色字体的对联赫然入目：“滇喉屯甲源出洪武十四年，黔中寓兵流长华夏千秋史。”走进古镇，一条古朴僻静的小巷，向前延伸，领着众人缓缓前行。耳边响起朋友的话：古镇建于明朝初年，当时盘踞在云贵地区的梁王，纠集元朝残余势力企图谋反，一时间，烽烟又起。朱元璋派大军征剿，叛乱平息后，为了巩固边防，朝廷决定让这些来自江南一带的将士驻扎在这里，随后，远在家乡的亲属和一些商人也陆续迁徙到这里。于是就有了军队驻防的“屯”和移民居住的“堡”。平时，将士们在这里开荒种地，一旦有战事就拿起武器……我想起，远在几千公里之外的新疆，想起那些“献了青春献子孙”的屯垦戍边的老战士。尽管在时间和空间上，相距遥远，但所折射出的历史背影却惊人地相似。想到此，一股崇敬之情从心底升起……

走在古镇的石板路上，环顾四周，石头的墙、石头的院落、石头的房子……错落有致，感到走进石头建造的世界里。那层层岩石，像是被时光翻开的书，呈现在面前，我从头至尾悉心阅读。遥想当年，面对着陌生的大山和伺机反叛的敌人，保持高度警惕的屯堡人，“靠山不近山，临水不傍水”。一座民宅，就是一个独立的城堡；一个村庄，就是一个严阵以待的石头城。既能单独作战，也能互相支援，就这样，他们度过了那些艰难的岁月。智慧的屯堡人，用石头建成的房屋，既能抵御敌人，也是赖以生存的家园。于是，冰冷的石头，被赋予温馨的记忆；斑驳的院墙，承载着昨天清晰的故事……

来到镇子中间，顿觉一阵古朴之风迎面而来，眼前这用页岩石建成的街巷、院落和精致的小石桥，无不弥漫着江南的韵味，流淌着吴楚的风情。岁月悠悠，明清中原文明，早已装订成线装的史书；时光倒流，六百年前的江南风物，在这里被定格。身边不时走过，穿着明朝色彩鲜艳袖宽衣肥的服装和操着明代“官话”的老人，他们俨然陶渊明笔下“不知有汉，无论魏晋”的桃花源里人，依然处在祖先们生活的那个年代里。仿佛穿越时空隧道，我已然走进了六百年前的历史，成为大明的“子民”。在一座高大的院落前，我停下脚步，注视这历经沧桑的建筑，只见上面青苔，如纷繁的思绪，在墙上肆意地蔓延；那被历史的云烟熏黑的木质门楼，像执着的目光，于沉默中打量着门前过往的行人和匆匆走过的岁月。进了院子，见到迎面的厅堂上挂着“神匾”，上面记录着家族的一些信息，这些不仅彰显着祖上不同寻常的历史，也在提醒着家人那些不能忘记的过去……

沿着街巷继续前行，路边一个亭子，让我驻足观望，亭子中间矗立着一块石碑，上面镌刻着“叶茂思根”四个端庄的大字。碑的后面是一棵粗壮槐树，硕大的树冠覆盖在亭子的上方，遮住似火的夕阳，带来一片凉爽。这是绿叶对树和这方土地的回报吗？想起那句歌词：树高千尺也忘不了根……透过浓密的树叶，我眼前好像弥漫着六百年前的烽烟，看到了战场上浴血奋战的将士们，也见到了筚路蓝缕从江南走来的屯堡先人们。当地的朋友告诉我：这些分散在乌蒙山中，居住于少数民族和汉人之间的“老汉人”，几百年来，一直怀念着故土。我想，思念是一条无形的线，丈量着心灵与故乡的距离。屯堡人不仅在生活习俗依然保留着江淮人的样子，在骨子里更是一种坚持。真不知道，这是对故乡一种怎样的思念之情啊！这乡愁，像浓浓的雾，撕不开，捌不动；如醇醇的酒，饮一口，会醉倒在家门口。他们在梦里无数次回到家乡，醒来后却感到归乡的路竟是那么遥远。“梦中每迷还乡路，愈知晚途念桑梓。”虽说是：年深外境犹吾境，日久他乡即故乡。但毕竟是自己的根在江南，梦也长在江南。于是，在心灵的旅途上，屯堡人寻根的脚步一刻不曾停下。可叹的是：他乡容已不下灵魂，故乡已容不下肉身。当意识到“回家”成为奢望的时候，他们像当年作战坚守阵地一样，坚守着梦中的那块“高地”，让子孙永远记住——一个叫江南的地方。

在一间古朴的石屋前，一位白发苍苍着明式服装的老婆婆，若有所思地坐在门前，目光凝视着远方……我走过去紧紧握住她那双粗糙的手，心里不禁感慨：岁月可以苍老人的容颜，却湮灭不了心中的记忆和浓浓的思乡之情。当我起身离开的时候，眼睛竟有些湿润了……在落日的余晖中，我一步一回头走出了屯堡古镇……

诗文闻酒香

从古至今许多文人与酒有着不解之缘，把酒作为相伴一生的朋友。如果说文思泉涌的话，那这涌出的文思多是有酒“相助”。从某种意义上说，是酒成就了那些流芳百世的诗与文章，而它也让酒芳香四溢。伴随着酒在人们血脉中的流淌，文人和酒的故事也如同醇厚的酒味，一直在漫长历史和现实中弥漫着……

文人喝酒不仅要选择适当的时间和地点，还要寻找一份悠闲的心情和几个志趣相投的人。魏晋时期的“竹林七贤”是被公认的饮中高手，他们大多是怀才不遇，同时不满司马集团的血腥统治，于是几人相约，在“竹林”中，饮酒赋诗，肆意酣畅。被称作“饮中北斗”的刘伶，是竹林七贤中最酷爱酒的。他常常乘着鹿车，把酒壶挂在车上，让书童荷锄随后，并交代：我要是醉死，就地埋掉。他是行无踪，居无所，性情豪迈，以饮酒为乐的人。民间曾有：“杜康美酒，醉伶三年。”他为后世不仅留下了“酒徒”的美名，也留下一部洋洋洒洒的《酒德颂》。这篇笔意恣肆，行文轻灵的文章，表达了刘伶超脱世俗、蔑视礼法鲜明的人生态度。如果说刘伶喝的酒是“可口可乐”的话，那七贤之中的阮籍喝的酒是保命“口服液”。史书记载：阮籍“任性不羁，嗜酒能啸。”作为文坛名士，他本有济世之才。在魏晋矛盾纷争的年代，他是曹氏和司马氏两个集团争夺的对象。他常常喝得酩酊大醉，逃避封官晋爵的“美事”。平时以醉示人，故作旷达，对于官场之事讳莫如深。其实，他并不是一个真正的“酒徒”，酒只是帮助他挡住“政治风雨”的屏风，使他在那个风雨如晦的时代里得以残存。酒最终淋湿了他的一生，让他郁郁而终，也浇灌出了表达他落寞、悲凉情怀被后人吟唱的《咏怀诗》。“徘徊将何见，忧思独伤心……”

与刘伶、阮籍不同，陶渊明喝酒完全是为了抒发“采菊东篱下，悠然见南山”的情怀。他在诗与酒的“坐标”中，找到人生的切入点。他毅然离开官场，而“不为五斗米折腰”，在饮酒、作诗和种田这种赋闲的生活中找到人生的快乐！与其他诗人不同的是，生活拮据的他，常常自己动手将收获的粮食酿成美酒。在品味酒的浓香甘洌的同时，也享受着自己辛勤劳动后带来的快乐。他常常是一手举着酒杯，一手握着笔，借着酒劲，随手写出自己脑海里涌出的佳句，第二天清醒后再修改润色，诗越写越多，后来整理出《饮酒二十首》，“结庐在人境，而无车马喧……”诗人以酒为题，描绘了田园生活的美好，乡村生活的宁静，抒发了他对田园生活的向往。诗与酒结合，诗人袒露出生命深层的自然状态，体现了独特的审美境界，其中许多名句流传至今……

谈到文人与酒的话题，无论如何也绕不过去“古来圣贤皆寂寞，唯有饮者留其名”的李白。作为“诗仙”在唐朝诗人中，他不仅喜欢喝酒，而且诗写得非常有气魄。有人说：李白喝进的是酒，吐出的是莲花般的诗。他的诗里可以闻到酒香，而我们在酒的味道中也常常可以嗅到李白的气息。他仿佛天生是为了诗和酒而生。无论什么样的心情，他在酒后，都能写出惊世骇俗的诗。得意的酒：“仰天大笑出门去，我辈岂是蓬蒿人。”惆怅的酒：“抽刀断水水更流，举杯消愁愁更愁。”狂放的酒：“百年三千六百日，一日需饮三百杯。”洒脱的酒：“钟鼓馔玉不足贵，但愿长醉不复醒。”苦闷的酒：“停杯投箸不能食，拔剑四顾心茫然。”无论如何，李白的饮酒与写诗在文坛上留下了浓重的一笔，让后人慨叹……

然而，文人的饮酒有别于他人，因为酒里不仅寄托了胸怀和抱负，也成了一种对人生的品位，更能激发出创作的灵感。文人的酒，饮出的是悲怆，是对人生的思考，如杜甫；是率真，是高风亮节，如陶渊明；是雄心，是舍我其谁的霸气，如曹孟德；是豪情，是自由奔放，如李白。酒成就了诗和诗人，但是酒精过量的摄入，却对诗人后代的产生负面影响。据说，李白、杜甫、陶渊明的孩子智商都不太高。看来过量饮酒，不仅损害自己的自身，也波及子孙，这恐怕是诗人们当年始料不及的。

文人饮酒作为一种“文化传统”，如千百年来奔腾不息的黄河，已经注入现代文人血脉之中。于是，在现代文人中，喜欢喝酒的不乏其人。不过，他们的酒量不同，对酒的理解也不尽相同。作家汪曾祺，在漫长的写作生涯中，常常是以酒相伴。他那构思巧妙的小说和行云流水般的散文，都是在三杯酒落肚后写出来的。他女儿曾写过一篇题为《泡在酒里的老头》的文章，叙述了父亲一生的坎坷，逆境中艰难生活的经历，把父亲对于酒的“钟爱”和酒后的状态描绘得淋漓尽致，一个爱喝酒又聪明幽默的文人跃然纸上。不知什么原因，喜欢喝酒的汪曾祺，从未写过喝酒的文章。更遗憾的是，长期饮酒伤害了他的身体，他过早地离世，恐怕曾经给他带来快乐的酒是难辞其咎的……

对于有些文人来说，喜欢微醺小酌，是为了追求一种情趣和意境。注重酒德的梁实秋喝酒很有节制，从不失态。偶尔端杯的他，把饮酒的过程看作比“目的”更重要。不胜酒力的林语堂，喝一杯啤酒就晕乎乎，不过他喜欢喝酒的那种场面和氛围。他经常邀几个志趣相投的朋友小酌，享受酒落入肚中那份快乐。只喝花雕从不喝高度白酒的丰子恺，追求一种饮酒的情调。三两好友把盏言欢，一碟豆腐干，几颗花生米，可以喝得爽心惬意，高兴时吟诵诗句以助兴。他曾说过一句很别致的话：最好的菜肴莫如诗句。这令人想起《红楼梦》的大观园中，贾宝玉和林黛玉他们饮酒赋诗非常风雅的情景。当文人小聚，几杯水酒下肚，激发了灵感，妙语连珠，不断有佳句吟出，其实这时的乐趣已经超过了酒和菜给身体带来的满足。丰子恺说,“话旧”也可以作为“美味”下酒。此话令人拍案叫绝。喜欢喝酒的人都深谙此道,酒桌上如遇到知己,回忆起往事,大家聊得非常投机,此时,酒和菜已经变得不重要了,仅仅是一种“媒介”,而微醺的朋友,借着三分酒劲都被彼此感兴趣的话题带到过去,沉浸在美好的回忆中。“酒里乾坤大”,此时,酒友的聊天,成为人生最美的享受……与许多文人不同的是,作家从维熙到了晚年往往是独自饮酒。当昔日作家老友有的已经作古,有的或因身体原因不能赴约时,他便选择独饮。在离家不远的临街餐馆窗下,一边喝酒,一边看着大千世界的人间百态。此时,面对眼前这壶老酒,如同相伴多年的老友,浅斟低酌,一切尽在不言中。他说:自己每天都要喝上几盅,在小酌中享受酒的甘甜醇冽,品尝人生的况味。

酒是那样的神奇,造酒不但用五谷的精华,青山之泉,还需用生命的元气,酒里蕴藏一股浓浓的文化气息。“诗以酒名,酒以诗贵。”酒给文人以快乐和灵感,而文人赋予酒以生命和热情。酒与血液相融,在微醺中寻找诗意的朦胧,点燃了创作生活的灵感。于是,我感到那些流传至今的作品多是蘸着酒写成的。难怪当我们读着那些充满激情的诗歌与文章时,字里行间总会隐约闻到一股酒香……

寻访林语堂故居

在我们乘船去鼓浪屿的时候，厦门的朋友反复叮嘱，上了岛，一定要看看林语堂先生的故居。

船靠岸后，我们随着熙熙攘攘的人群登上小岛。不一会儿，游人们就消失在纵横交错的小路和里巷的尽头。有“万国建筑博物馆”之称的鼓浪屿堪称世外桃源。我随手买了份地图，按照朋友的嘱咐，寻找这位文学大师的故居。

岛上网状的路依海而建，蜿蜒曲折。我们一边在欣赏海岛的风情，一边在“按图索骥”。也许是弯曲的路方向不好辨认的原因，我们转了半天，也未寻到故居的影子。好像这位幽默诙谐的大师，故意和我们开玩笑。前面有一个卖特色小吃的商铺，老板是个年轻帅气的小伙子，我们边品尝风味小吃边向他打听着路。提到林语堂先生，他眼前一亮，滔滔不绝地讲了起来，我好奇地听着。他说：先生学贯中西，著作等身，是鼓浪屿的骄傲。我最欣赏的是先生的率真和洒脱。先生曾说：“幸福，一是睡在家的床上，二是吃父母做的饭，三是听爱人给你说情话……”真没想到，在这里遇到先生的粉丝。以前我曾读过先生的散文和小说，作为享誉海内外的文学大家，对幸福的理解竟是这样的简单和朴实，也许这就是他睿智的地方。他曾说：“人生在世，还不是有时笑笑人家，有时给人家笑笑。”漫长的人生，曲折的道路，被他用几个“笑”字一带而过。这对于总纠结于别人对自己评价的人，是一种解脱。“人彻悟的程度，等于他痛苦的深度。”静下来想想，亦如他所言。先生是何等的洒脱与淡定！难怪，他一生漂泊，起起伏伏，可总是一副波澜不惊的样子。

按照小伙子指的路继续前行，来到一片空场，迎面是建于百年前欧式风格的教堂，台阶上有一对对身穿白色婚纱礼服的恋人在拍照，吸引了一些游人。噢，这就是当年先生和爱人举行婚礼的地方。看来，这些有着文学情结的青年男女，也想感受一下当年那个庄严而又浪漫的时刻。这时，我仿佛看到当年那个年轻帅气的小伙子，牵着爱人的手缓缓走进教堂……从此他们风雨相伴，无论是出国留学、写作，还是回国教书、著述，乃至后来定居台湾，他们的手始终牵在一起，看着对方慢慢地变老……到了金婚那年，先生专门为妻子翻译了一首外国经典诗歌——《老情人》，记得其中的几句是："同心相牵挂，一缕情依依。岁月如梭逝，银丝鬓已稀……"听说，当林夫人读了这首诗，激动得热泪盈眶，尽管以前他对诗歌没有多大兴趣……在此以前，先生经历过两次感情挫折，心灰意冷的他曾想终身不娶，可冥冥之中，上苍将心爱的人赐给了他。在后来的日子里，他把"初恋"封存于记忆中，将"挚爱"珍藏于心里，与温柔贤惠的妻子相伴一生。其实，真正的爱，何必多言，任凭岁月的流逝，不经意间就是一生。我在赞叹大师幸福美满生活的同时，也为教堂前拍婚纱照的俊男靓女们默默祈祷……"愿得一人心，白首不相离。"

穿过了广场，在一条僻静的小路上，终于找到了林语堂先生的故居。隔着锈迹斑斑的铁门，我看到婆娑树影下这二层英式红砖楼，斑驳的墙上，藤蔓交错。我想，在空间上，我们相距仅几米，可在时间上，已隔百年。年久失修的别墅，略显颓败，令人失望，这就是我要找的先生的故居吗？透过岁月的尘埃，我努力去搜寻她昔日的模样。据说，当年鼓浪屿首富的廖家决定把二小姐许配给家境贫寒的林语堂时，也将这幢漂亮的房子作为陪嫁送给了女儿。在这里他们度过了蜜月，也度过了一生中最难忘的日子。仿佛依稀见到：清晨，先生在书房里读书、写作，妻子收拾房间、煮饭；到了晚上，他们依偎在院子里数着天上的星星，海风吹来的琴声触动了他的灵感，开始构思那些传世之作，其中包括获诺贝尔提名奖，用英文写成的《京华烟云》……“一切人生浮华皆如烟云。”深受道家和儒家思想影响的他，对喧嚣的人生有时会发出一声轻叹，偶尔也流露出对逝去岁月的无奈，但这从未影响他对人生本质的追求，对世间万物永恒真谛的理解……他文章中所体现性灵、闲适的风格，字里行间，闪烁着人生智慧的光芒，照耀着后人。

夕阳，把余晖洒在院落里，四周静静的，只有海风在抚摸着过往的时间。“人生不过如此，且行且珍惜。”我起身缓缓前行，海风将先生说过的话，清晰地送进我的耳朵里……

文人的丰碑

当年，我是从《小二黑结婚》的故事里，认识了“山药蛋派”的代表人物和被人们称作“铁笔”的赵树理先生……

初夏时节，我们一行几人，在当地作家朋友的陪同下，来到位于晋东南的沁水，走进赵树理先生的出生地——尉迟村。远远就望见那高大的牌楼，当我为这村名颇为疑惑时，朋友连忙解释：相传唐朝开国功臣尉迟恭晚年隐居在这里，因此得名。说来也巧，在这古朴的村落里，我们与唐朝的将军和现代的作家“撞”了个满怀。我想，如果当年，尉迟将军用手中的“铁鞭”，为唐王朝打出一个朗朗乾坤，让百姓安享太平的话，那么，千年之后，在这村里出生的赵树理用他手中的“铁笔”，刻画了许多鲜活、生动的人物，为农民兄弟描绘出了一片希望的田野……

我是怀着敬意走进了赵树理先生的故居，走进作家恬淡的心灵，寻找大师不同寻常的生命轨迹。眼前是一座经历了岁月沧桑的四合院，二楼砖木结构，如同北方许多的院落，样子普普通通。抚摸着那斑驳的墙壁，仿佛感受到了作家传给我们那种质朴的气息。虽然岁月的痕迹已经深深印在每一个角落，但整座小院，仍然是那样的干净整洁。对赵树理颇有研究的朋友告诉我们：1906 年的秋天，赵树理在这院子里呱呱坠地。童年起，祖父开始教他认字，为后来从事文学打下了基础。不过，贫穷与苦难像孪生的兄弟始终陪伴着他，由于家境贫寒，他不得不在很小的时候离开家去谋生……他像一只羽毛尚未丰满小鸟，对那片灰暗而又陌生的天空，展开了稚嫩羽翅……

身处卑微的草根，最有机缘看到世态人情的真相。走入社会的少年赵树理，品尝着底层生活的艰辛。他曾学过徒，走村串户卖过中草药，当过小学教员。不过这种生活经历，让他触摸到真实的社会，感受了人间的冷暖，为日后的创作，打下生活的基础。听到这里，我想起孟子的那句话："天将降大任于是人也，必先苦其心志，劳其筋骨，饿其体肤，空乏其身……"年轻的赵树理背负着文学的使命，像逐日的"夸父"，矢志不移。他在用脚丈量着故乡的山川河流，也用心来温暖着这片冰冷的土地。在流浪求学的过程中，开始接触到新文学，一边流浪，一边开始写作。这期间，他发表了几篇小说，创作了一系列作品。他采用现实主义的创作手法，作品都是反映农村题材，着力塑造性格鲜明农民形象。所创作的人形象既有充满阳光的正面积极人物，也有内心阴暗的落后分子，不过对于这样的人物，他是"哀其不幸，怒其不争"。如果说，文学创作需要"厚积薄发"，那么他一直在积蓄着能量，酝酿这一次石破天惊的喷发。

1943年，他发表的短篇小说《小二黑结婚》，受到广大农民的喜爱，轰动了整个解放区。这部作品是他在深入生活时听到的一个真实的悲剧故事，经过艺术加工，成了很有意义的文学作品。小说批判了农村中的愚昧习俗，启发农民跳出传统的精神牢笼。他的作品关注农民的现实生活，更关注他们的思想。正如他说："作家的工作对象是人的灵魂。"《小二黑结婚》被改编成话剧和歌剧在解放区演出。他的名字随着这部作品家喻户晓。"清凌凌水来蓝格莹莹的天，小芹我洗衣裳来到河边……"这时我耳边好像响起甜润优美的歌声，朴实的"小二黑"和善良的"小芹"仿佛也来到这院中，让我如同走进那小说里的场景，我体会到文学的感染力。处于创作高峰的他，同年又发表了中篇小说《李有才版画》。这部作品，配合减租减息，反映了抗战时期农村错综复杂的斗争形势。作品的问世，成为解放区的代表之作，小说单行本很快被销售一空，一时间解放区"洛阳纸贵"。我深深地感到：文学的力量在于，一滴墨水引发千万人思考……

文学是俗世里来的，但要到灵魂中去。他的作品通俗易懂，但又不是一般意义上的通俗，而是“农民需要什么，我就写些什么”，他把自己定位“文摊作家”。创作中尽力用民间“流行的简单形式及农民的口头语言”。他的作品深深地影响着读者，并且潜移默化。这种创作风格当时已经形成了以赵树理为核心的一个群体，人们对这种“土里土气”笔法戏称为“山药蛋派”，可谁知这称呼竟成了透着泥土芳香，贴近群众创作的文学派别，与当时以作家孙犁先生为首的“荷花淀派”成为当时中国文坛耀眼的双璧。作为赵树理的同乡，身边的朋友似乎对作家的创作理解得更深一层，让我们有机会触摸到作家思想和语言的“高峰”。

我伫立于这古朴的院落中，眼前出现了童年赵树理在这里的生活的场景。望着院子中间那棵参天的大树，我想，当年儿时的他曾在这树荫下玩耍，度过自己的童年，可如今这树根深叶茂，巨大的树冠覆盖着院子。我想起作家的文学创作，也如同这树一样，深深扎进农村群众的厚厚土壤里，“泡”在基层生活的汁液里，才使得他的作品，经得起时间的考验，极富生命力。像热爱自己的生命一样，赵树理热爱着这片土地，他就是一粒有着黄土地基因的种子，须臾离不开这里。新中国成立后，他调到北京工作，但他经常回到家乡，回到农民中间生活，继续他的创作。他深知：作家一旦离开他所熟悉的土地和群众，就无法创作出有分量的作品来。

忠实于对生活的真实感受，敢于说真话，既是赵树理先生性格特点，也是他创作主要方法。即使在“文革”期间，面对着“红卫兵”的拳脚威胁，他也不改初衷。遗憾的是，他没有逃过“文革”的劫难，在他生日的前一天，伤痕累累的他怀着悲愤之情离开人世。他曾在《人民文学》上发表过小说——《套不住的手》，而他自己的手却被“文革”的枷锁套住了……当朋友介绍到这里时，同行人的心情陡然沉重起来，我的眼睛也有些潮湿……

我们走出大门，朋友提议在故居门前合影留念，让相机记录下这难忘的瞬间，我觉得自己纷繁的思绪也仿佛在那一刻被“定格”在这古朴的院落里。我回过头来向着故居望去，无意中看到门楣上“冬日煦人”四个字，尽管这字体有些褪色模糊，但我仍能体会出当年主人那份心境，心里顿觉暖融融。是啊！先生那些不朽并有着温度的文字，就像严冬里的太阳，对于所有读者来说总是那样的和煦、温暖……

呼兰河畔忆萧红

对于依水而居的人们来说，身边的河流总是让人依恋的，当远离故土的时候，一提起家乡，就会想起门前的那条河……

发源于小兴安岭的呼兰河，在东北黑土地上缓缓流淌着，而后从呼兰这座名不见经传的小城蜿蜒而过，岸边的人们世代在这里繁衍生息。后来，这条河与寂静的小城，因作家萧红和她的长篇小说《呼兰河传》一下子远近闻名。提起萧红，人们心里总会充满敬意，她跋涉文坛仅十年，就以自己的天资和勤奋，给后人留下了上百万字的传世之作，成为那个时代的“文学洛神”。但每每想起她，也会让人有一种惋惜之情，她在那么年轻的时候，就悄然离世，像夜空里划过的流星，留下了生命瞬间的绚烂，让人唏嘘不已……

不久前，我和几位朋友去哈尔滨，转过天来，我们驱车专程来到位于哈尔滨以北二十多公里的呼兰区。车在路上疾驰，我的思绪也在飞奔着。车子上了桥，我终于见到了那条陌生而又稔熟的呼兰河，它欢快地向着远处流去，两岸是绿意葱茏的树木，如萧红在《呼兰河传》中描绘的样子。过了河不远处，就是呼兰区——曾经的呼兰小城，前行一会儿，萧红的故居就出现在视野中……

占地有十几亩的萧红故居，呈现出四合院建筑群落与东北传统民宅相结合的建筑风格。它由东西两个院落组成，院子的另一侧，是后花园。走进故居的大门，迎面是萧红汉白玉雕塑，她拿着书，深邃的目光望着远处，仿佛穿越那个黑暗的年代，去寻找着光明……我伫立于她的面前，在目光对视中，仿佛听到了她内心的倾诉……

一百多年前，伴随着辛亥革命的枪炮声，萧红来到这个世界，这给沉寂多年的院子里带来了喜悦。童年的她，对什么都充满好奇，特别是院子外面的世界，更令她神往。有一次，她一个人偷偷走出家门，转过一个弯，看到了波光粼粼的河水。第一次见到呼兰河，她是那样的兴奋，发出一连串的“天问”：河水从哪里来，又到哪里去？河的那一边是什么，我可以走进那片陌生的世界吗？就这样，呼兰河流进了她童年的记忆里，让她多年挥之不去。

我在那一座座有些斑驳的青砖瓦房前走过，跨过一道小门，来到了后花园。这是萧红童年的“伊甸园”，在这里我寻找她当年留下的身影，在枝叶扶疏的树下和浓密的草丛里，仿佛听到她开心的笑声。后花园，是她在《呼兰河传》里描绘最细腻的地方。这里静静的，我独自走在园中，路旁见到一尊童年萧红和爷爷的塑像：爷爷蹲在地上，回过头来，用慈祥的目光看着孙女，儿时的她，调皮地倚在爷爷的背上，手拉着爷爷的胳膊，脸上露出幸福的微笑……长满花草的后花园，给童年的萧红留下了日后文学创作的空间，也留下了她对祖父难忘的记忆。那园中的小黄瓜、大倭瓜，蝴蝶、蚂蚱和蜻蜓为萧红单调的童年，增添了色彩。“往祖父的草帽上插花”“把谷子当成了狗尾巴草锄掉”，这些故事都成了《呼兰河传》中的经典片段。

性格倔强的萧红，不讨父母的喜欢，是爷爷让她感到了这个家的温暖。随着年龄的增长，她离开了家到哈尔滨去念书。不久，她听到爷爷病故的消息，萧红感到极度悲伤，她知道自己与这个家维系情感的唯一纽带彻底断了。心灰意冷的她，像鸟儿一样，飞离了失去温暖的巢穴。

来到哈尔滨，她走进一个全新的世界。她在教室读书，也和同学们上街游行，宣传抗日主张。同时，她开始接触一些进步作家的文学作品。20 世纪 30 年代的东北天空是灰暗的，气候异常寒冷。失去家庭资助的她，如一片飘零的落叶，没有钱，没有食物，寂寞的她挣扎在寒冷和饥饿的边缘……这时，一位喜爱文学，颇有正义感的青年作家萧军出现在她的面前，爱情的力量不仅可以抵御饥饿、寒冷，也激发了她创作的灵感。悲天悯人的她，写出了许多反映底层民众和女性苦难的作品，很快引起读者的关注，在东北文坛上她开始崭露头角。阅读过中外大量文学作品的萧红，最喜欢的还是鲁迅的文章。她和萧军在和鲁迅先生通信后决定去上海，寻找这位文学大师和自己心中的梦想……

在上海，他们终于见到了敬仰已久的鲁迅先生，萧红非常激动，觉得自己那颗漂泊的心终于找到一个温馨的港湾。鲁迅不仅在生活上帮助，而且还指导他们写作，向报社和文学期刊编辑部推荐他们的作品。最让萧红感动的是，当她怀着忐忑不安的心情将自己书稿《生死场》送给鲁迅时，先生仔细阅读，认真修改，还为这篇小说写了序。书在上海出版后，引起强烈反响，萧红的名字也在城市的大街小巷不胫而走……鲁迅是萧红文学道路上的引领者，每次见到这位严肃中透着温和的师长，她总会想起自己的爷爷……

七七事变后，抗战全面爆发，萧红与“左联”几位青年作家颠沛流离，辗转临汾、西安、武汉等几个城市，投身于抗日救亡运动中。在流亡的途中，她依然没有放弃创作，也时常会想起自己的故乡与呼兰河……

1940 年的冬天，她来到香港，在完成小说《马伯乐》以后，她不顾疾病的折磨，全力以赴创作几年前就构思的《呼兰河传》。此时离开故乡十年的萧红，日夜思念着家乡，那条清澈的呼兰河，常常在她的梦中流过。她的小说以呼兰河为引线，将读者带进了那座小城：静静的呼兰河，严冬到来的时候，河面上结着厚厚的冰层，而地面上“毫无方向”地裂开长长的口子。她笔下的穷苦人过着艰难的日子，如河里的枯草，无声无息地生存着又无声无息地离开这个世界。她深情地描绘了每年七月十五日呼兰河放河灯的情景：傍晚的时候，水里的河灯多得数不过来。岸边的人们看得入了神，孩子们拍手叫绝，跟着河灯跑。顺流而下的河灯有的被水草拦住了，也有的漂向了远方，童年的她站在河岸总要天真地问：那河灯漂到哪里去了呢？

《呼兰河传》的出版为萧红赢得了声誉，奠定了她在中国现代作家中的地位。正如茅盾所说：“它是一篇叙事诗，一幅多彩的风土画，一串凄婉的歌谣。”当《呼兰河传》成为萧红巅峰之作的时候，她的生命也进入了最后的时光，多年的奔波劳累使她患上了肺结核，而此时已是回天无力了。病榻上的萧红，处于弥留之际，她回顾着自己短暂的一生，恍惚间她又见到那条日夜流淌的呼兰河，见到了爷爷慈祥的面容。醒来后，她找身边人要笔，在本子上下了遗言：“我将与蓝天碧水永处，留得那半部《红楼》给别人写了……”她遗憾地闭上了眼睛，死神夺去了她仅仅三十一岁的生命……

我在故居中缓缓而行，徘徊在她塑像前，望着眼前这浑身充满活力依然年轻的“萧红”，视线竟有些模糊……感喟于她生命的花朵在如此美丽和娇艳的时刻，却突然凋零了……走出故居，我内心极不平静，极目远眺，在蓝色的天幕下，仿佛看到那条曾在萧红梦中流过的呼兰河，听到它奔腾不息的声音，像是在讲述萧红的故事，我蓦然觉得，这清澈的河水，已洗去了历史的尘埃，呼兰河畔，依稀能见到萧红并未远去的身影……

寻迹涅瓦河

俄罗斯的北方，春天的脚步总是要来得慢一些。眼下已是郁郁葱葱、繁花似锦的五月，可圣彼得堡郊外的白桦林，才刚刚吐出嫩芽，在清晨阳光的映衬下，和地上毛毛茸茸的绿草遥相呼应，酷似一幅初春的油画。我不由得想起屠格涅夫在《猎人笔记》中所描绘的丛林中的景象……

蓝色的涅瓦河仿佛刚从睡梦中醒来，静静地躺在圣彼得堡的怀抱中，注视着天边的白云，像是在思考着什么，过往的一切，在河水中沉淀出清澈的记忆。几百年了，涅瓦河一直忠实地守护在圣彼得堡的身边，从未远去。它曾见证了这座城市的诞生，目睹了昔日的辉煌，也陪它度过了那段艰难的岁月。想起了俄罗斯的母亲河——伏尔加河，眼前出现了列宾画笔下衣衫褴褛、步履沉重、目光忧郁的纤夫，轻轻哼起了那段沉郁顿挫的船夫曲。那船里装载的是一个民族的苦难，还有遥远的希冀，令人沉思……伫立在涅瓦河边，凭栏远望，两岸的造型各异的建筑，映入眼帘。思绪在清澈的河水里翻卷着，而后又随着那波浪缓缓流向前方。细碎的浪花，一簇簇涌向岸边，发出“哗哗……”的声响，仿佛在向人诉说这座城市的往事……

透过河面上泛起轻纱般的薄雾，依稀见到了矗立前方三角洲兔岛上的彼得保罗要塞，那指向天空的教堂塔尖，似乎在告诉游人，这里是圣彼得堡开始的地方，也是彼得大帝梦开始的地方。那一年，勇猛顽强的斯拉夫人，在彼得大帝的亲自指挥下，战胜了一直称霸于波罗的海的瑞典军队，并将他们逐出芬兰湾。之后，这位胜利的君王下令，将首都迁到这里。在一片荒无人烟的沼泽地上建城市，比与凶猛剽悍的瑞典军队作战还要难。人们都觉得，这是俄罗斯的童话故事，是梦中呓语。执着的君王下令，把全国的石匠都集中在这里，将俄罗斯各地的石头全部运来，而且来往的船只和车辆也要带来一定数量的石头，作为“石头税”。彼得在这里聚集了大量的人力物力，用一种几近“古埃及奴隶”般超强度的劳动，致使成千上万的工匠累死在工地上。有人说：在这座城市坚硬的地基中，有累累白骨和痛苦的呻吟。也许正因为如此，圣彼得堡在以后的岁月里，才会有被海水浸泡和战争蹂躏的往事，才会有涅瓦河被鲜血染红的记忆，才会有不屈不挠的抗争……不过，这座城市最终还是在彼得大帝梦醒时分出现了，在他亲自设计的图纸上奇迹般地崛起。若干年后，人们见到，一座有着浓郁欧洲风情的城市，在涅瓦河畔闪亮登场，惊世骇俗，令世人瞠目。彼得大帝在打开出海口的同时，也打开了“欧洲的窗户”，他站在涅瓦河畔，向着西方眺望。来自芬兰湾的不仅仅是秋天的洪水，还有汹涌的历史和文化浪潮，冲击着这片古老的土地。波罗的海的风，将欧洲大陆上清新的空气带到这里，而后，渐渐吹散了这片天空上浓重的云……

沿着涅瓦河我缓缓而行，在南岸的十二月党人广场上，见到的那尊巨大青铜雕像：矗立在巨石上的骏马前蹄腾空，彼得大帝骑在马上，两眼炯炯有神，目视着前方，他要冲破一切阻力勇往直前……这件出自俄罗斯著名雕塑家之手的作品，具有强烈的艺术感染力，无论站在哪个角度，你都会为它所散发出来的气息所吸引。被誉为俄罗斯“诗歌的太阳”的普希金，为这尊标志性的雕塑写下了著名的诗——《青铜骑士》：“我爱你，彼得兴建的城。涅瓦河的水流多么庄严，大理石铺在它的两岸。年轻的城，从沼泽中，它把灿烂傲岸的头高举……”这座城市是所有俄罗斯人的骄傲，涅瓦河两岸的建筑高大雄伟，鳞次栉比，像“凝固的音乐”。耳畔隐约传来了柴可夫斯基的《天鹅湖》那优美的旋律，使人浮想联翩……冬宫、海军大楼、教堂、博物馆……巴洛克式、哥特式、文艺复兴式等不同风格的建筑，精心打扮着这座“混血”城市，虽然建筑风格和年代不同，但在这里保持了一种惊人的和谐。法国启蒙思想家伏尔泰曾说：“圣彼得堡，将欧洲所有城市美妙集于一身。”沙皇尼古拉二世也曾说：“圣彼得堡属于俄罗斯，却不属于俄罗斯人。”这座海边上崛起的城市，在经历大自然严峻的考验之后，焕发出勃勃生机，吸引了成千上万人的脚步。屠格涅夫、果戈理、契诃夫、柴可夫斯基、列宾等文学和艺术大师，纷纷走来，在这座城市博物馆里留下了他们的身影、作品以及思想。远在几百公里以外的首都——莫斯科渐渐冷清了，不时向这边投来羡慕的眼神。沉寂多年的涅瓦河，欢快地流淌着，露出了笑容……

在涅瓦河寂静岸边，有一艘体型庞大、威风凛凛的军舰，停泊在那里，吸引着不同肤色的游人驻足参观，这就是历经磨难而风采依旧的阿芙乐尔巡洋舰。“阿芙乐尔”意为“黎明”和“曙光”，是罗马神话中司晨的女神，多么富有诗意而又浪漫的名字。可眼前的它，更像一位经历枪林弹雨而又伤痕累累的老兵，它记忆中还储存着那些足以改变历史进程的画面。走上甲板，轻轻抚摸着那门被擦得锃亮的火炮，透过冰冷的外表，我仿佛感到了它跳动的脉搏和流动的“热血”。一百多年前的那个深夜，就是从这门火炮里发出的巨响，划破了俄罗斯漆黑的夜空，于是，工人和水兵潮水般涌向冬宫……这声音也翻越了乌拉尔山，穿过了西西伯利亚平原，传到了东方这片古老的大地，惊醒了熟睡的国人，于是“饥寒交迫的奴隶”们，纷纷拿起了镰刀和斧头……在阿芙乐尔巡洋舰的记忆里，还曾弥漫着二战的硝烟，面对德军的轰炸，它奋战在涅瓦河上，后来因孤立无援，被迫自沉于河水里。如今，这艘有着传奇般经历的军舰，被永远“停泊”在这里，守卫着涅瓦河与自己的荣誉。据说，几年前，修复后的军舰，被拖船牵引回到这里，途中涅瓦河上的桥依次开启，两岸灯火通明，当时，这座城市万人空巷，大家纷纷来到河边，一睹这位“传奇式英雄”的风采……

在那次战争中，与这艘军舰有着同样遭遇的还有这座城市。德军入侵苏联后，企图将这座城市——苏维埃红色政权的摇篮——彼得格勒，在地图上抹掉。此后，它经受了人类历史上最为残酷的近900天的封锁。饥饿、寒冷、停水、断电以及敌机的轰炸，夺走了无数人的生命。那年的冬天一定很冷，涅瓦河结上厚厚的冰，可这座城市的人并未绝望，他们相信，到了春天，冰是一定能够消融的，化作奔腾的一江春水，荡涤着一切罪恶……这个从东欧平原上走来的民族，多年来，除了受西伯利亚严寒的考验，还要同外来入侵者去争夺生存的空间，也许正是这种特殊环境的磨砺，才使他们逐渐形成“战斗民族”的性格。饱受摧残的城市和涅瓦河没有屈服，他们终于等到了春暖河开的日子，而这段故事和那些英雄的名字，被深深刻进烈士陵园纪念碑和涅瓦河的记忆中……

徜徉于涅瓦河畔，微风迎面吹过，思绪在飞扬……这时我见到大街上，一支游行的队伍缓缓走过，那些年轻人举着一幅幅巨大人物肖像，从容地走在路上，脸上流露出自豪。身边的朋友告诉我，这是一年一度纪念卫国战争胜利的集会游行，照片上带着勋章的人是他们的父辈，不过老战士大多数都已长眠于地下……我恍然大悟，一股崇敬之情油然而生。老兵虽未到场，但音容笑貌依然出现在游行队伍中，想起二战时一位将军的名言——“老兵不死，只是凋零。”仿佛时光倒置，神思恍惚，我依稀看到了半个多世纪前，硝烟尚未散尽，照片上的人，一身征尘，意气风发地走在庆祝刚刚胜利的游行队伍中……

沿着涅瓦河向前走着，不远处就是入海口，蓝色的河水一刻不曾停留，执着地向前流去，它带走了水中的泥沙和城市的喧嚣，留下的是关于这座城市沉甸甸的记忆……

一座城市的记忆

对于一座城市，如果你不极度向往，一定是因为不够了解；如果你不疯狂惊艳，一定是不曾见面……

走进这座城市的时候，我想起曾读过的土耳其作家帕慕克长篇小说——《伊斯坦布尔——一座城市的记忆》，觉得眼前的一切都是那样的熟悉，似曾相识；但仔细寻味，又有些陌生。漫步在城市的大街小巷，如同穿行在他小说的字里行间，亦真亦幻。我在欣赏眼前别具风格的城市，脑子里却浮现出，作家用忧伤的笔触描绘刚从"一战"的硝烟里走来时它颓败的样子。那时，与这座城市在历史上曾有过的辉煌与荣耀相比，荣获过诺贝尔文学奖的帕慕克心里产生巨大的落差，于是他在小说中写道："外人看一座城市的时候，感兴趣的是异国的情调和美景，而对当地人来说，其联系始终掺杂着记忆。"作为"外人"，我徜徉于街巷，享受这异国风情带来的愉悦，一步步走进这座古老城市的记忆中……

也许，这座城市还清晰地记着，公元 4 世纪，作为东罗马帝国的都城，它当时是以统治它的君王的名字君士坦丁来命名的，这都城是在希腊古城拜占庭的基础上建立起来的。它曾经有过的骄傲，都镌刻在这城市的建筑和人们记忆里。这不仅让欧洲人，也让世界记住了它的名字。当岁月的车轮碾过 15 世纪中叶的时候，一个从东方沙漠里走来的彪悍民族——突厥人，用战刀和马蹄声敲开了这座城市坚固的大门，惊醒了东罗马帝国的美梦，从而结束了绵延近千年的东罗马帝国统治。当突厥人以土耳其人身份登上历史舞台的时候，世界睁大了眼睛。大家终于看清了台上的“主角”——一个横跨欧亚大陆的奥斯曼帝国。

让土耳其人感到自豪的是，由奥斯曼建立起的这个伊斯兰庞大帝国，它鼎盛时期的国土面积达到五百五十多万平方公里，控制了地中海以及周边亚、欧、非三大洲广袤的疆域。作为当时的都城，伊斯坦布尔见证了帝国的辉煌。如今，市区内的庄重典雅的蓝色清真寺、苏丹穆罕默德广场矗立的方尖碑还有王宫内栩栩如生的马赛克人物壁画等，都记录下了曾经有过的强盛。特别是毗邻海边，建于东罗马帝国时期的圣索菲亚大教堂，更是留下了对这座城市深深的印记。当信奉伊斯兰教的奥斯曼人攻入这座城市以后，并未烧毁它，而是进行了重新“装修”，彻底改变了教堂的“用途”。他们把教堂里供奉的基督教雕像统统“请”了出来，然后用灰浆把教堂内所有的壁画遮住，将大教堂改为了清真寺，使之成为自己的精神家园，从而对这座城市，实现了真正意义的占领。不过，20 世纪初，土耳其建国后，恢复了它的原貌，如今它以国家博物馆的身份，出现在游人的视野中。

随着熙熙攘攘的人群，漫步在气势恢宏教堂之中，仿佛走进背景斑驳的时光的深处。我在欣赏用马赛克镶嵌而成惟妙惟肖的人物壁画，细细品味一件件做工精美的艺术品，我在暗暗称赞古人精湛技艺的同时，也为这教堂“身世”而感叹！它多像一位历经风霜，却又风韵犹存的贵妇，岁月的灰尘难以遮挡她往日风姿。在为这座城市能有这样的“记忆”而由衷地高兴。人们说：这教堂，浓缩了伊斯坦布尔厚重的历史，难怪到这座城市的人，必定要来寻迹这教堂。听说，2008 年北京奥运会火炬在伊斯坦布尔的传递仪式，就是在这教堂门前举行的。那时，全世界的镜头，都对准了它。我想，这是让一直在“呼愁”（忧伤）的帕慕克不曾想到的吧！

伊斯坦布尔记忆深处，曾留有两个年迈帝国的身影，如今它是一个充满朝气与活力的城市。整洁的街道，川流不息的人流，路两旁充满伊斯兰浓郁风情的清真寺和欧洲情调的建筑，让人耳目一新，感觉与众不同。20世纪初，被称为土耳其共和国之父的凯末尔，领导了民族抵抗运动，在打败入侵者之后，建立了独立自主的共和国。新兴的国家逐渐摆脱了奥斯曼帝国和“一战”留下的阴影，在保留民族优秀文化的同时，引进欧洲先进的思想理念，从而拉近了东西方文明的距离。让这座饱经风霜雨雪的城市，在缔造者亲手绘制的蓝图上“站”了起来。

当地的朋友说：“幽深、平静的博斯普鲁斯海峡才是这座城市的灵魂。”于是，我和同伴乘船游走在海峡中，两岸茂密的树荫下，是拜占庭时期的夏宫、奥斯曼帝国的城堡和私人别墅，岸边的自然风光与历史古迹相映生辉。船的前方就是那举世闻名的博斯普鲁斯海峡。亿万年前，海水浸没了幽深的峡谷，从而形成了这道狭长的天堑，扼守着黑海和马尔马拉海的咽喉，让欧罗巴和亚细亚两个“巨人”隔海相望。博斯普鲁斯海峡在希腊语中是“牛渡”之意。传说古希腊万神之王宙斯，曾变成一头雄壮的神牛，驮着一位美丽的公主，从这条波涛汹涌的海峡游到对岸，海峡因此而得名。船在碧蓝的海水里前行，眼前就是那座凌空而起的“欧亚大陆桥”，它如同伸出的长长手臂，将地球上的两个大陆板块紧紧连在一起。强劲的海风吹拂着我的脸颊，缥缈的思绪追逐着海鸥翅膀，在水面上自由地飞翔。望着桥上川流不息车辆，我感到，这曾经的古丝绸之路必经之处，如今是“一带一路”上的重要节点，依然繁忙。但无论何时，人们交流的不仅仅是物质，还有东西方的文化与思想也会在这里碰撞、融合，就如同身旁这来自南北不同水域的海水，在这里交汇、拥抱，而后打着旋涡，带着欢乐与活力流向远方……

伊斯坦布尔并没有辜负帕慕克的期待，它很快走出战争与贫穷的阴影，只用了短短几十年，就完成了华丽的转身，给世界一个惊喜。

第二天的早上，我们启程离开这里。晨曦中刚刚醒来的伊斯坦布尔显得那样安详，仿佛在与我默默交流，诉说着他的往事。车已经走得很远了，我依然目不转睛，觉得自己的思绪，依然行走在它的记忆中……

苦难铸就辉煌
——访贝多芬故居

这是一幢很普通的小楼。古朴的造型，浅灰色的外檐，很自然融入周边的环境里，成为其中的一部分。这种平淡正契合了德国人严谨而低调的气质。在波恩一条僻静的街上，我和朋友终于找到了被誉为交响乐之王的贝多芬故居。

走进房间，但见四周一尘不染，迎面站着一位金发蓝眼的工作人员，她面带微笑，把我们迎了进去。室内陈列着贝多芬生前用过的物品，墙上挂着他童年的照片，红扑扑的圆脸上，一双稚嫩的眼睛，好奇地打量这陌生的世界。1770年一个寒冷的冬日，注定要在音乐史上留下浓重一笔的“乐圣”来到人间，那一声啼哭似乎成了他来到这人世间第一部“交响曲”，给这个家庭带来了欢乐。只是谁都无法知晓，伴随他短暂一生的，除了音乐还有那人世间的苦难……

同行的朋友是贝多芬的崇拜者，对他的经历和作品如数家珍，不时地为我介绍。房间内摆着一架钢琴，虽然上面的漆色有些斑驳，但是纤尘不染泛着亮光。一想到这曾是“古典乐圣”弹过的琴，便感到十分亲切，遥想它的主人当年弹琴时的风姿，耳畔仿佛想起了那美妙动听的旋律……

出生音乐世家的贝多芬，祖父、父亲都是宫廷乐手。整日酗酒的父亲，自己的音乐天赋虽然平平，却希望儿子能够成为让人崇拜的音乐神童——

莫扎特。父亲每次喝得酩酊大醉回家后，把只有四岁的贝多芬，摁到钢琴前，让他不停地练，如果弹错了，还会拳脚相加。父亲的粗暴行为，让儿子不但没有一鸣惊人，反倒吃了许多苦头，他一度对音乐产生厌烦情绪，幼小的心灵笼罩着阴云……

几年后，小贝多芬遇见一位让他终生难忘的音乐教师奈佛先生，在他精心辅导下，小贝多芬的琴艺和作曲都提高得很快，十几岁的时候，在波恩已小有名气了。不久，老师安排他来到了当时被称作欧洲音乐之都的维也纳，见到了蜚声乐坛的莫扎特，他非常激动，当场弹奏一首莫扎特的曲子。坐在一旁的莫扎特听得如醉如痴，觉得眼前这位少年对自己作品理解很深，他娴熟的技巧和优美的和声让莫扎特感到惊叹！音乐停止了，莫扎特激动地站了起来，对身边的朋友说："这个孩子了不得，有一天，全世界都能听到他的声音……"

渐渐长大的贝多芬，渴望更大的平台来展示自己。几年后，他离开了故乡定居在维也纳。在大师的指点下，他全身心投入到钢琴、小提琴的演奏和音乐创作中。他写下了许多流传至今曲子，其中包括钢琴协奏曲和交响曲等。在室内的展示柜里，我看到当年贝多芬音乐创作的手稿，颜色虽有些发黄，可字迹依然清晰，想到这是出自大师之手，心生崇敬之情。我俯下身子，细细观看，好像见到大师当年废寝忘食创作的情景……

正当他以极大的热情投入创作的时候，受尽苦难的母亲已生命垂危。他赶回家中跪在床前，亲吻着母亲那双受尽磨难非常粗糙的手。然而，他的爱并没有挽留住母亲的生命，沉浸在悲痛中的他喃喃自语："我善良仁慈的母亲啊……当我甜蜜地呼唤，你能听到并回答的时候，谁又能比我更幸福呢？"表情冷峻的他，内心是炽热的爱，每当我从他的音乐中听到与命运抗争的呐喊时，总不能忘记他心中这个甜蜜而温馨的角落，他叫我看到一个完整而真实的贝多芬。母亲的离世，让步入成年的他感到人生的无常，生活的冷酷……

从痛苦中走出的贝多芬，把创作视为对母爱的回报。不过此时命运向他露出恶意的微笑，在他埋头创作和演出的时候，忽然感到听力在减弱。他四处求医，并不见好转，这对于一个年轻的音乐天才来讲，宛如晴天霹雳，实在有些残忍。在参加演出的时候，为了听清演员的歌唱，他要紧靠着乐队。要知道维也纳是个竞争激烈的地方，如果让对方知道自己的听力下降，等于断送了艺术生涯。于是，他向所有人隐瞒自己的病情，平时过着离群索居的生活。伫立于他的画像前，我虽然无法感受他那时的痛苦，但仿佛听到他写在遗书里的话："死神愿什么时候来就来吧，我将勇敢地迎接你。不要把我完全忘掉，我是值得你们思念的……"字里行间，让人们触摸到了他内心的痛苦与绝望。不过，这遗书一直"沉睡"在他的书桌里，是音乐一直支撑着他生活的信念。

"他把命运的捉弄，看作是对生命的考验。"身边的朋友对我说。这一时期，他写下了《悲怆奏鸣曲》《热情奏鸣曲》等，在音乐的表现形式上进行大胆的创新，突破了传统的结构形式，使音乐有了非凡的气势和力量。演出获得巨大的成功，这使他那颗绝望的心得到些慰藉……

作为杰出的音乐家，贝多芬应该得到属于自己的爱情，可是令人捉摸不定的爱神，却喜欢和他开玩笑，让他一次次与婚姻擦肩而过。他出众的才华曾得到漂亮姑娘的青睐，他也向来自家乡的女歌唱家求过婚，但都因门第悬殊或他性格古怪和不修边幅而遭到拒绝，爱的果实总是在收获时悄悄坠落。优美动听的《致爱丽丝》，久久得不到回声；朦胧迷人的《月光曲》下，看不到依偎的身影……情感世界的雪上加霜，使他的精神大厦快要坍塌了，处于死亡的边缘，但他又靠顽强的毅力，战胜了死神。他说："假使我什么都没创作就离开这世界，这是不可想象的。"于是，他将自己的爱藏在心底，重新投入到交响曲的创作中，把个人的情感升华到整个人类与命运搏斗的高度。在接下来的几年中，他以惊人的毅力写下了几部传世的交响曲。其中，《英雄交响曲》是体现了他在法国大革命和欧洲社会变革时期的政治倾向。而《命运交响曲》则是他对命运的呐喊与抗争。我想起《贝多芬传》中他写给一位朋友的信："我要扼住命运的咽喉。生活的道路艰难曲折，但是，《命运交响曲》告诉我们，英雄会斩断束缚他的锁链，点燃自由火炬，朝着欢乐和幸福的目标前进！"不过，这一次高举圣火的普罗米修斯不再是以前他崇拜的拿破仑，而是贝多芬自己。这部花了五年时间才完成的交响曲，被恩格斯盛赞是一部杰出的音乐作品。遗憾的是，饱受疾病和痛苦折磨的贝多芬，在他人生交响曲演奏到第 57 年的时候，被无情的命运画上休止符，令人扼腕叹息……

走进故居的最后一间展室，我见到了那尊青铜雕像，线条虽然粗犷，但造型极富神韵，特别是那头桀骜不驯的长发，散落在肩头，像铿锵有力的音符在键盘上跳跃着，我耳边仿佛又一次响起那不断与命运抗争的旋律，冲击着我的内心与灵魂，让人激动与震撼……透过他那忧郁的眼神，我依稀看到里面蕴含的坚韧与快乐。我想：贝多芬是依靠心灵善良而伟大的英雄。他一生艰难坎坷，生活对他冷漠与不公，可他却回以微笑，捧出自己滚烫的心来。当人们感到忧伤时，"他"会悄然来到身边，在琴弦上唱出隐忍的心曲，安慰那些哭泣的心灵。

"一个世界不给他以欢乐的人，竟创造了欢乐带给世界，他以自己的苦难铸就欢乐！"当我转身离开贝多芬的故居时，想起了法国作家罗曼·罗兰的这句话……

卷四 随意的笔触

走进时光深处

但得酒中趣

酒这“杯中之物”，自从被传说中的杜康酿造出来之后，就陪伴在我们身边。是喜也饮，悲也喝；聚也碰杯，散也满上。真是怎一个“酒”字了得……

我第一次品尝酒还是儿时。有一天家里来人，母亲让我到门口的小卖部去打散装的酒，在回来的路上，出于好奇，我对着小酒壶偷偷地喝了一口，顿觉嗓子热辣辣的，像一个小火球吞到肚子里，眼里呛出泪水。我定了一下神，看看周围没人，悄悄走了回去。一晃几十年过去了，这纯正的“老白干”，给味觉留下难忘的记忆……

让我真正领教酒的“神奇”还是后来。有人说：酒是“以水为形，以火为性。”这看似水的东西，却有火热的“情怀”。朋友相聚，酒杯碰到一起，瞬间如同双手紧紧握在一起，感情一下子拉近了许多。即使是陌生人，三杯酒下肚，就可以称兄道弟，无话不说。脚下轻飘飘，身子晃悠悠，犹如腾云驾雾一般，此时，再也找不到原先的那个“我”了。正如一朋友所言：“喝了酒全世界都是你的……”有一次晚上，我刚入睡，被电话声惊醒，是一位酒友打来的。他说：我在外面喝酒了，非常想念你……我说：你还是少喝点吧，早点回家休息！他告诉我：喝醉了……是对酒的……最基本尊重……这家伙酒后的话惊世骇俗，还真有点“且乐生前一杯酒，何须身后千载名”的潇洒，让我咋舌。不过，第二天我问他和谁喝酒时，他竟一脸茫然，显然“断片”了……

在某种场合，酒确实可以增进人们之间的感情，凝聚人心和力量。当年，酷爱喝酒刘邦起兵造反，谋士郦食其来投奔。当他以儒生身份求见遭到拒绝后，他自称：高阳酒徒，傲慢的沛公起身相迎。此后，郦食其得到重用，后来进入了刘邦集团的最高决策层。西汉名将霍去病，带兵西征匈奴，他将汉武帝犒赏的御酒倒入泉水里，让将士们痛饮。而后他率领这些同仇敌忾的勇士，驰骋戈壁，将匈奴人逐出漠北。

酒和文人似乎有着千丝万缕的联系。也许是看到屈原“世人皆醉我独醒”的痛苦，或者是羡慕“竹林七贤”酒后的洒脱，许多文人把酒视为“知己”。而且酒后无论是写下的诗还是笔下的行书、狂草，都达到了一个清醒时无法达到的境界。因此，许多文人与酒终身相伴。为了喝酒，李白甘愿用价值不菲的“五花马”来换美酒，而生活捉襟见肘的杜甫也是酒不离口。连孤傲清高的柳永也常常问自己：“今宵酒醒何处？”即使是文静端庄的李清照清晨迟迟醒来时也在抱怨：“浓睡不消残酒……”如今，我们读这些文字时，总能感到字里行间散发着阵阵酒香……文人喝酒是为了寻找灵感，达到一种物我两忘的境界。此时，意识虽有些恍惚，但感情更纯真质朴，接近“本我”，表达的东西更有灵性，就像张旭酒后的狂草。

常听人说：喝酒有微醺小酌、酣畅淋漓、酩酊大醉三种境界，这基本描述了酒后人的状态。酩酊大醉和畅汗淋漓固然可以喝个痛快，忘记忧愁和烦恼，但酒后容易失态，缺少情趣，而且也会损伤身体。香港艺人蔡澜一生爱酒，对酒有独到见解。他说酒徒有两种：一种是喝酒的；一种是“被”酒喝了。而第二种人，无论如何也领会不到酒的精妙之处。看来还是微醺小酌好。正像宋人邵雍所说：“美酒饮教微醉后，妙花看到半开时。”其实，不单单是“花看半开，酒饮微醺”，许多事情都要将自身的欲望控制在合理的程度，才会让人回味无穷，达到人生至高的境界。如果有几位知己闲暇时聚在一起，欣赏头上的明月，或者是看窗外飘舞的雪花，慢慢品着酒，畅所欲言。几杯小酒下肚，有些微醉，周围的一切都是那样的美好。此时进入血液的酒精，不仅助力于心的跳动，也点燃了激情和才情。喝进的是酒，吐露的是真情。在碰杯的瞬间，终于找到了“酒逢知己千杯少”的惬意。

不过，喝酒的感觉只可意会，不可言传。其中的乐趣只有“酒徒”能心领神会，而不喝酒的人，是很难感受到。正如李白所言：但得酒中趣，勿与醒者传……

善意的谎言

不久前，我的一位好友身患重病，据医生讲：他剩下的时间不多了。得知消息后我急忙探望。当我见到他消瘦的身体和憔悴的面容时，想起我们以前在一起喝酒聊天的样子，心里很不是滋味。交谈中，他流露出对死亡的恐惧，一脸无助的样子。我对他说：你这个病，不碍大事，别想得太多。要相信医学和身体的抵抗力，是可以战胜疾病的。我讲了和他得一样病的人，如今依然健在的例子。临别时他紧紧握住我的手，眼里闪出激动的泪花，仿佛有一种力量在他脆弱的体内涌动……

回来的路上，我一直在想：对一个将要失去生命的人，应该说谎吗？尽管这谎言是善意的……后来，我听到了他病逝的消息，心里很难过。不过，据家里人讲：在生命最后的日子里，他情绪一直很稳定，"走"的时候也很安详……我心里得到些安慰。

其实，在我们日常生活中，往往离不开善意的谎言，它像湿润的空气一样弥漫在我们周围，细心品味才能感受到。它不同于给人带来伤害的恶意谎言，露出狡诈的"目光"，让你不寒而栗。善意的谎言，出自你亲近、信赖人的口中，有一种"润物细无声"的温暖和舒适。有时，这"谎言"凝结着人生的智慧，鼓舞着人心，常常会产生意想不到的效果。

小时候曾听过"望梅止渴"的故事……东汉末年，群雄割据，天下纷争。曹操带兵去攻打张绣，行军途中天气炎热，周边没有水，带的水也早已喝完，士兵们渴得要命，纷纷停下乘凉。派出找水的人也没发现水源。这如何是好？曹操急中生智，骑在马上指着远处一片葱郁的山峦说：前面有一片梅林，眼下正是产梅子的季节，到了那里我们可以吃梅子解渴。听到梅子二字，士兵嘴里酸酸的，干渴的喉咙马上充满了口水，大家非常兴奋，急忙赶路。来到山脚下，虽未见到梅子，却看到了清澈的河水……聪明过人的曹操，一个善意的谎言，化解行军途中的"危机"，是一种大智慧的体现。正像宋代诗人王安上描绘的那样："战士触热冲暑雾，舌燥唇干惮长路。将军马上设良谋，遥望青山指梅树……"

善意的谎言没有恶意，它是建立在内心至诚至善基础之上，是人心底流露的一种柔情。要想把光亮播撒到别人心中，首先自己心里要有阳光，才能让人感到丝丝暖意。其实，爱就是一颗心遇到另一颗心。

我想起几年前曾读过的美国作家欧·亨利的短篇小说《最后一片叶子》。小说描写了 19 世纪末，华盛顿贫民窟两个年轻的画家苏和琼西与邻居老画家贝尔曼的故事。琼西在寒冷的初冬患上了肺炎，而且病情越来越重。作为画家的她，将自己生命的希望寄托在窗外一片藤叶上。对生活失去了信心和勇气的琼西认定，藤叶落下的那一刻，就是它生命结束之时。她将自己的生命，全都寄托在那枚树叶上了。好友把她的处境和想法告诉了老画家贝尔曼。老人得知后，暗自决定倾尽自己全部才能，为这位年轻人画一片永不凋零的藤叶。不久令人惊奇的事情发生了：不管窗外的风刮得如何猛烈，那枚四周有些枯黄的叶子，依然长在高高的藤枝上，毫不动摇。琼西看到最后一片叶子依然挂在树上，心想，枯叶都可以在凛冽的寒风中存留下来，自己为什么不能顽强地活下去呢？她受到了鼓舞，慢慢走出死亡的低谷。可是年过六旬的老画家，为了画上最后一片藤叶，在寒冷的夜晚着了凉，染上了肺炎。在他生命最后的时刻，他终于完成了令人震撼的杰作。他倾尽自己全部心血，为另一个年轻的生命托起了希望。如果说这画本身是一个"谎言"，那它是老人用生命编织的，闪烁着人性的光芒……

那些充满善意的谎言，能够赋予人的灵性，体现着情感的细腻和思想的成熟。它会产生神奇的力量，使人坚强执着，鼓舞着人为心中的梦想，做一次又一次的努力。有时老师的一句“谎言”，让失去信心的学生，重新找回自我，继续在学海中艰难跋涉；医生的一句“谎言”，可以点燃患者心中的希望，给予他战胜病魔的勇气和力量；父母的一句“谎言”，可以照亮孩子那张稚嫩的脸，让他们在阳光下快乐成长。

善意的谎言，何尝不是一种力量，驱动人心向善；更像一束光，让靠近的人感到温暖……

这就是岳飞

不久前，看电视剧《精忠岳飞》感受颇多，特别是最后一集，岳飞被赐死于风波亭那一幕时，我的泪水夺眶而出。岳飞，让后人扼腕叹息。想那岳鹏举从小就怀有大志，初试锋芒，就枪挑小梁王，获得相州第一武士称号。不仅武艺超群，还足智多谋。战场上，他运筹帷幄，屡胜骄横、剽悍的金兀术，使金兵不敢小觑中原。他从小深得儒家思想影响，忠君爱国，兼善天下，一心想着打到黄龙府，迎回二圣，救万民于水火。可他最后却背上“莫须有”罪名，年仅三十九岁，就魂断风波亭，成了千古奇冤。

岳飞让人可叹、可惜、可敬。叹岳飞，生不逢时，国运不佳。特别是顶头上司竟是心胸狭窄、胆小自私的赵构，还遇上天下第一奸臣——秦桧，时也、运也。惜岳飞，文武双全，足智多谋。一手的好字，一首好词（《满江红》），一身好武艺，手中的枪使得神出鬼没，是个天生就能带兵打仗的旷世奇才。敬岳飞，不贪财色，不睦虚名，心胸坦荡，一生光明磊落。以他独有的人格魅力征服了许多人，即使是他的宿敌——金兀术，对他也是钦佩有加，五体投地。

将岳飞这样的人送上断头台，应该是大宋帝国的一种耻辱和倒退。难怪岳飞罹难不久，南宋小朝廷就走向了灭亡。不过从另一方面看，是赵构、秦桧成就了岳飞。他人虽然倒下去了，可精神却在后人心里高高耸立着，任何人都无法将他扳倒。秦桧阴谋得逞了，似乎是胜利了，可他万万没想到，死后却永远都跪在岳飞面前，连他的后人们都抬不起头来。据说，有一位雕塑家突发奇想，塑造了站立的秦桧和他老婆王氏的像。不料，却马上遭到了舆论暴风骤雨般的攻击，被骂得狗血喷头。看来秦桧的跪姿在人们心中已经定格，任何人都不要试图搀扶起已经跪了一千多年的“小人”了，更不要挑战人们心中的底线。人心所向，忠奸是难以混淆的。

我曾去西湖边谒拜岳王庙，看到跪在地上的秦桧夫妇铸铁像上有许多痰迹，我曾指责同胞们这些不文明行为，但很快又释然了。真不知地狱中的秦桧，如若知道千年之后的国人仍在唾弃他，该作何想？后悔，恐怕永远都没有悔过的机会了。人们实在是憎恶被钉在耻辱柱上的奸臣，而惋惜那块无辜的白铁。这真是，“青山有幸埋忠骨，白铁无辜铸佞臣”。也不知这位前朝的奸相，在这里还要跪上多少年？

岳飞不幸，戎马一生，壮志未酬，一腔热血没有洒在北伐的战场上，却惨遭奸佞小人毒手。岳飞有幸，遇害后不久就被昭雪了，追封为鄂王，而且永远被后人景仰。天日昭昭，公道自在人心。中国的历史，因有岳飞这样一位民族英雄，而厚重了许多；南宋王朝佝偻的脊背因有岳家军，也曾挺直过。是的，他的肉体早已不复存在了，可他的故事还有那首“三十功名尘与土，八千里路云和月”的词还将流传下去。他的塑像也将永远矗立在国人的心中。我想岳飞如地下有知，该含笑于九泉了……

足球的力量

一只小小的足球能有多大的能量？似乎微不足道，可当它滚动起来的时候，气势磅礴，让人吃惊，甚至能够带动整个地球。

随着，莫斯科卢日尼基体育场主裁判的一声哨音，全世界多少眼球，被银屏吸引走了。和世界杯同一档期的电视节目，算是生不逢时，即使内容再好，恐怕也会黯然失色，欣赏者寥寥无几……

尽管现代足球起源于英格兰，尽管国足无缘世界杯，但是国内 4 万多名球迷们还是自发组织飞往莫斯科，这足以让国际足联和东道主瞠目结舌！球场上虽然看不到自己国家的球员，那就给中超联赛中的"外援"将士们鼓鼓劲吧！是"灰"就比"土"热。在体育场内，还可以看到许多与中国有关的内容。除来自国内贵州的小护旗手们，一些知名企业也大举进军世界杯，在赛场内，可以看到万达、海信、蒙牛等企业的滚动广告，在和其他国际知名企业暗中较劲。来自中国的吉祥物、纪念币、小龙虾等几乎涵盖了世界杯的吃、喝、玩、乐。据说，国内一家公司，还买断了世界杯的转播权。世界杯期间，国人以独特的方式在俄罗斯展现中国元素，这足以让国人找回自尊和自信。

没有去莫斯科"赴宴"的球迷们，也不会轻易错过这顿饕餮大餐，许多人，世界杯期间，晚上停止参加一些多余的活动，每天晚上，准时坐在电视前欣赏球员们精湛的技艺。也有的约上几位好友，坐在餐馆里，边喝啤酒，边撸串，然后看着球场上的鏖战，好不惬意。餐厅人员说，这是"标配"。许多餐饮场所，适时推出各种服务以及“看球夜宵”，为了营造气氛，有的饭店还特别使用了大力神杯造型的啤酒装酒器，一次能装入几升扎啤。

小小的足球，也是维系一个家庭的纽带。上届世界杯时，有一对夫妻经常吵架，丈夫脾气暴躁，于是妻子产生离婚的念头，可世界杯开赛在即，喜欢足球的小两口经商量，看完世界杯再去民政部门。看球的那些日日夜夜，两人形影不离，丈夫变得乖了，妻子也显得很温柔。每场球后，两人总在一起交流、切磋。世界杯结束后，两人和好如初。于是，丈夫问妻子，还去民政部门吗？妻子脸红着脸说，等国足打进世界杯再说吧！丈夫会心地笑了……

足球让人激动和亢奋，不仅仅是国人，“老外”们会更胜一筹。前两天，排名世界第一的德国队与墨西哥队相遇，出人意料的是，德意志首秀翻车，一比零告负，日耳曼人如霜打的茄子。再看墨西哥球迷，散场后，有一位激动地爬上列宁的塑像，挥舞着国旗，吓得俄罗斯警察如临大敌。墨西哥国内的球迷，更有惊人之举。他们自发聚集在首都墨西哥城，成千上万人的载歌载舞，不承想惊动了“土地爷”，地震部门监测到墨西哥城有轻微的地震，不过是人为造成的。这简直是闻所未闻。到这时，我终于相信了，那只足球的分量有多重了！

戴口罩想起的

2020 年，无论如何也想不到，“口罩”成了“紧俏商品”。出门戴口罩，也成了装束中的“标配”。

来势汹汹的疫情，让准备迎接春节的人们都戴上了口罩。让爱说话的人，也“封”住了嘴。什么样的口罩防护性能好，怎样正确戴口罩？一下子成了热议的话题。走在小区和大街上，偶尔见到的行人，都是戴着口罩，而且行色匆匆。从电视新闻里看到：无论是到基层检查慰问的领导，还是走家串户的社区干部；无论是站在路边检查车辆的执法人员、采访的记者，还是在抗击疫情一线的白衣天使们，都是戴着厚厚的口罩。虽然看不清脸颊，但他们眼睛里都流露出的疲惫与焦虑、坚韧与温馨，让人们充满敬意。

戴口罩可以有效地减少病毒的传播。疫情的蔓延，主要是通过“飞沫”，在空气中传播的，所以政府采纳了专家的建议——戴口罩。据说：口罩是欧洲人发明的。20 世纪初，中国东北爆发了鼠疫，让中国人第一次见到了口罩，不过，戴的人很少。当时，作为清政府派来的医学博士、全权总医官伍连德，发明了价格低廉、实用性强的——“伍氏口罩”，在疫区推广使用，挽救了许多人的生命。2003 年的“非典”，让口罩在控制疫情战胜病毒中，扮演了重要角色。看来，面对新冠肺炎，采用外出戴口罩措施，是明智之举。大多数人，都能遵守规定。但也有个别人，只考虑自己感受，外出时，特别是进了公共场所就是不戴，还对劝阻的执法人员口出恶语，甚至动手。疫情，像放大镜，不仅让人看清了崇高与圣洁，也使自私与无知暴露无遗。非常时期，是否“戴口罩”，考验着人性。

不过，戴上口罩，会影响说话的，看来这个时候我们要少说点了。走在大街上尽量“不和陌生人说话”，即使是熟人，点点头，用眼神表示一下问候就可以了。这些年，我们都变得“爱说话”了。生活的改善，物质水平的提高，给了我们“说话”底气。而微信、网络出现及亲友们相聚，又给了许多“说话”的平台，让我们一吐为快。任何人都可以在不同的场合，展示自己的“口才”。人们经常处在一个“演讲、对话、交谈”热烈的气氛中，心也随之沸腾、浮躁起来，从而忘记了“沉默”的含义。还能有多少人静下心来，读读书，喝点茶，等一等还在“路上”的灵魂。我们每天忙忙碌碌，好像有做不完的事情，而那些事情真的有那么重要吗？这两天的大街上一下子清净了许多，原来川流不息的马路，见不到“塞车”了；公交车上的人，寥寥无几，乘车再也不用人挤人了；超市和一些商店的门前静悄悄，见不到往日那种门庭若市了。天天“宅”在家里的人，每天发个信息，打个电话，偶尔出去买点菜，日子还照样过着。于是大家好像明白了，原来平日里那匆忙的脚步是可有可无的，饭店里推杯换盏的聚会是可去可不去的，琳琅满目的商场是可逛可不逛的……我们很多时候是被那么多“可有可无”的事情羁绊着，纠缠着。在生活的波涛里随波逐流，失去了自我。有人说：“疫情使整个社会来了个‘急刹车’，而我们现在也是到了按一次‘暂停键’的时候了……”

然而这一切都是暂时的，就像我们的生活中总会有阴雨连绵的日子一样。不过我们相信，蓝天和白云已在不远处招手。将来有一天，我们摘下口罩拥抱的时候，不要忘了每天捂着口罩时的“滋味”，从而更加珍惜，经过我们共同努力迎来的阳光明媚的日子……

“宅”在家里的日子

这年春节，武汉的疫情，像一张无形的网，把人们都“关”在家里，冬天显得漫长而又寒冷。窗外，依然见不到绿意的小区非常安静，静得有些无奈……

已经十几天不曾下楼的我，成了地地道道的“宅男”。不过，电话铃声少了，串门的脚步声消失了，外出聚会活动也被按下了“暂停键”。刚开始，在屋里坐不住，后来慢慢地适应了。人在无事可做的时候，思维变得活跃了。忽然觉得，这种日子不就是自己一直期待的吗？终于可以静下来读点书，思考一些问题，写点东西。作家陈忠实，在乡下的土屋里，将自己“隔离”了一年多，完成了足以奠定他在当代文学史上地位的——《白鹿原》。看来，文学家的成就，除了靠天赋，还需要苦思冥想，孜孜以求。我觉得，这“闷”在家里，虽然写不出什么传世之作，但也能让人专心致志，这几天，写了两篇有关“疫情”方面的文章，其中散文《春天正向我们走来》发表在《天津日报》“满庭芳”上，引起朋友的好评，让我着实激动了两天。每天坚持读书、写作，锻炼身体，很充实，只是作息时间向后顺延了。早上，虽然不能看到太阳如何升起，但可以目送夕阳下山，那情景也很壮观，感到生命的壮阔与灿烂……

白天，看书、写字累了，就在屋里来回踱步，有几次要开门，但一想到外面的疫情，把迈出去的腿，又收了回来。还是待在屋里吧，节省口罩，但不知要等到什么时候。我忽然想起，人到了晚年的时候，每天都被“关”在屋里的窘况。不仅如此，随着身体健康状况的下降，“活动范围”会越来越小，最后只能以床为生命“舞台”，虽然“外面的世界很精彩”，也只能隔着窗户望一望。用剩余精力演完人生后半场的“节目”，直到“落下帷幕”。这情景，让人喟然长叹！人出生以后，待在床上，直到会走路。到了晚年又回到“床”上，也许这就是宿命，多数人是摆脱不掉的。但我想，岁月可以慢慢“偷走”人的健康，却夺不走心中的期待与希望，只要生命中那盏灯始终是亮的，即使黄昏走来也不会惊慌的。想起罗兰的那句话：“世界上只有一种英雄主义，那就是当你看穿生活本质之后，依然热爱生命的人……”

屋外没有鞭炮和喧嚣声，这应该是记忆中一个最“安静”的春节，也注定是一个让人永远记住的春节。在微信朋友圈里，总能看到一些人在家里“憋”得不行了，编出很多有趣的段子来。对于每天过惯了“热闹”生活的人而言，一下子清静下来，会感到五脊六兽。由此我想，作为社会的人，更像是群居的“动物”，不能享受寂寞，更不能忍受孤独。其实，偶尔的寂寞和孤独，是一剂清醒剂，让人神清气爽，可以看作是一场预约的美丽。真佩服那些能忍受孤独与寂寞的人。我儿时就听父亲讲过苏武牧羊的故事。打心里钦佩他不屈不挠的气节，也为他独自在漠北忍受十几年孤寂和寒冷的日子而赞叹！这些年，丰富的物质生活，便捷的信息网络，取代了过去的“清贫和清静”，饭店、超市、商场、旅游景点经常是人头攒动，而肉眼看不到空中无形的网络里，更是无比的繁忙。忙碌的生活节奏，让我们的心，一直在“高铁”和“高速公路”上飞奔。今天，我们仿佛意识到了，生活中似乎缺少了什么？是到了该“慢下来”的时候了，回望一下走过的路，等一等还在途中的“灵魂”。其实，这次疫情，给整个社会来了一次“急刹车”，我们每个人，也被按一次“暂停键”。

宅在家里，电视和手机成了联系了解外面的主要工具。早晨起来，就打开电视机，收看全国和武汉抗击疫情的新闻报道。手机也在不停地去翻，看看周围的朋友都在干什么，又有哪些关于疫情方面的“温馨提示”。比较要好的朋友，都会发个微信或打个电话问候一下，隔着遥远的空间，在做一种有“温度”的交流，非常时期，这是最“安全”和便捷的方式，仿佛对方就在你的眼前。想起以前书信来往时代，开头常用：“见字如面”这四个字，好像今天才理解了它的含义……很难想象，如果没有电视、手机和网络，待在家里，会是怎样一种情形？

这些天，电视和手机里，报道了许多白衣天使的事迹，催人泪下。当武汉被“封城”的时候，一些人离开这座昔日美丽而如今成为“疫区”的城市。而此时，身负重任的白衣天使，却选择了“逆行”。他们转身的瞬间，我觉得他们不仅是天使，去救助那些濒临死亡的生命，更像一堵墙，挡住远处射来的“毒箭”，让惶恐的心，一下子安稳了。有时我们觉得，白衣战士仿佛都是“特殊材料”制成的，有百毒不侵的“功夫”，可是，当得知前线有许多医护人员被感染，有的甚至被病毒夺去生命时候，终于明白了，原来他们是和我们一样的血肉之躯，只不过当疫情来临时，那普通的肩上，多了一份责任和担当。平时温文尔雅的白衣天使，面对病毒的狰狞面目，他们成了披坚执锐的勇士和赴汤蹈火的战士。于是，我对这个职业，有了重新的认识，心里充满了沉甸甸的敬重。在网上曾看到这样一个画面：武汉的一条街上，妻子含着泪水在后面追着火化车，为车里作为医生的丈夫“送行”，这场面，让人终生难忘……

我伫立于窗前，目光停在小区门口，寒风中，看到那些社区工作者，对出入小区人员量体温、登记姓名的忙碌身影，他们正用辛勤的劳动为我们守护着平安，遮挡着风雪。此时，我感到，没有比“宅”在家里更幸福的事情。想起了这两天被刷屏的一句话：哪里有什么岁月静好，只不过有人愿意为我们负重前行。尽管今年的冬天“漫长”，说不定，再过几天，当我们打开关闭许久的门时，忽然发现，春天已在门口等候多时了……

那些负重前行的人

老子说:“天地不仁,以万物为刍狗。”人类在漫长的生存中,被肉眼见不到的病毒“一路追杀”,而人们从未停止过抵抗。有些灾难我们或许无法克服,但是任何灾难都战胜不了的,是人之为人的尊严。

这次“新冠肺炎”在全球的肆虐,让我们又一次感到大自然的冷漠和病毒的残忍。然而瘟疫无情,人却有义。当我们看到那些奋战在疫情一线的白衣战士和实验室里全神贯注盯着显微镜的科研人员时,焦虑紧张的情绪,得到缓解,从他们身上看到战胜病毒的希望。想起近百年来,抗击疫情的往事,翻开历史,我仿佛看到那些负重前行者的身影,他们不顾个人安危,从死神那里,挽救出一个个鲜活的生命,让原本惶恐的日子,变得岁月静好……

20 世纪初,在清王朝大厦风雨飘摇的时候,东北地区出现了罕见的鼠疫,短时间内,夺走了许多人的生命。当时,31 岁的华人医学博士伍连德,临危受命,作为清政府的全权总医官,他冒着被感染的风险,带着助手“逆行”来到“谈鼠色变”哈尔滨。疫情的蔓延让这一年的冬天显得格外寒冷,而更冷酷的是那些愚昧和无知者们的猜疑、指责,面对这些,伍医生泰然处之。经过细致的调查和分析,他果断采取戴口罩、病人隔离和焚烧死者遗体等科学防疫办法,很快遏制住了病毒的扩散,人们用微笑和热情的眼神作为对他的回报。经过几个月的奋战,他凭借自身科学的素养和态度,责任与担当,扑灭了一度让人绝望的瘟疫,从死神那里领回了成千上万个同胞的性命,创造了人类战疫史上的壮举和奇迹。他亲手实施中国医学史上第一例病理解剖，成为世界提出“肺鼠疫”概念第一人；设计出廉价实用的“伍氏口罩”，让中国人第一次用口罩预防传染病。在后来日子里，他带领医护人员，又转战在东北、南方等地，扑灭了“死灰复燃”的鼠疫。人生没有等出来的美丽，只有走出来的辉煌。伍连德将大半生献给了中国现代医学的开拓事业，赢得了人们对他的敬仰。从他身上，我们不仅感到科学的力量，也看到一位医务工作者的仁爱之心。

想起曾荣获诺贝尔文学奖法国作家加缪的长篇小说——《鼠疫》，作品描绘了北非一座城市爆发鼠疫，当人们看到不断有病人死去，普遍感到恐慌无助时，小说里的主人公——里厄医师挺身而出，以“知其不可为而为之”的大无畏精神，不仅在挽救生命，也在对恐慌者做心理疏导。经过不懈的努力，最后战胜了鼠疫，也挽救了这座城市。在小说里，我仿佛找到了伍连德医生熟悉的身影……

1949年，历史掀开新的一页，刚刚诞生的新中国，处处充满生机。然而，在江南一些农村地区，多年来，一直蔓延的血吸虫病依然威胁乡下百姓的身体健康。当时人们形容血吸虫患者：“肚子大得赛冬瓜，脸上黄得如南瓜，胳膊细得像丝瓜。”新中国成立前，许多村子里出现过“绝户”的惨状。真是：“千村薜荔人遗矢，万户萧疏鬼唱歌。”新中国成立后，这种病仍未得到根治，这让开国领袖毛泽东一筹莫展，寝食难安。他找到上海医学院教授、中国流行病学奠基人——苏德隆，询问要用多少年，才能消灭血吸虫病。面对毛泽东凝重的眼神，苏教授感到巨大的压力，他沉思良久，最后咬咬牙说：十年吧！“军中无戏言。”面对重重困难，苏教授没有退缩。正如一位作家所言：“优等的心不必华丽，但必须坚固。”他带着科研医护人员，深入疫区搞调研，制定消灭血吸虫病的具体方案。与此同时，各级政府还动员了数以万计的基层医护人员和机关干部、农民参加了这场“血防”战役。在消灭血吸虫宿主钉螺的“战疫”中，有许多人感染了血吸虫病，其中一些医护人员长眠在稻田地和池塘边。他们的名字无人知晓，但他们的功绩与世长存！

经过几年的努力，苏教授和他的团队交出了令人满意的答卷，基本消灭了血吸虫病，打赢了这场没有硝烟的战争。听到这个消息，毛泽东主席非常激动，欣然命笔写下了“春风杨柳万千条，六亿神州尽舜尧……借问瘟君欲何往，纸船明烛照天烧”这不朽的诗句。这首诗，极大地鼓舞了疫区人民抗击流行病的士气，现在读起来，依然能感到那个时代跳动的脉搏……

漫长的“抗疫”史上，有许多科研医护人员，把战胜病毒作为自己的天职，为了这项崇高的使命，他们付出了毕生的精力……不久前，被称为“中国脊髓灰质炎疫苗之父”的老科学家——顾方舟先生在北京病逝。他被授予“人民科学家”国家荣誉称号。也许，20世纪五六十年代之前出生的人，还记得一个被孩子们亲切地称为“糖丸爷爷”的他，那是一种甜甜的回忆……

20世纪50年代中期，有一种叫作——脊髓灰质炎（俗称小儿麻痹症）的流行病在中国一些地区儿童中传播，这种只靠皮肤接触就能传染的病毒，会破坏人的脊髓和脊柱神经，得了病的孩子，轻则腿脚落下残疾，丧失劳动能力，重则会失去宝贵的生命。刚从苏联留学回国不久的顾方舟临危受命，带领团队踏上了征服脊髓灰质炎病的漫漫长路……一次，他以医生的身份到乡下调研，一位年轻的母亲，身后背着患有“小儿麻痹症”的儿子，眼含眼泪跪在他面前，求他医治好自己的孩子。望着背上那双可爱的眼睛，再看看那畸形的双腿，他心如刀绞，暗暗发誓，一定要尽快研究出根治疾病的疫苗。

从那时起，他带领团队，走进显微镜下的“战场里”，寻找着“敌人”。经过几年不懈的努力，成功将病毒分离出来并定型。他将研制出的疫苗，在对动物实验成功后，开始进入人体实验。他像身先士卒的将军，毫不犹疑服下了大剂量疫苗，接着团队其他人也都服用了，没有出现不良反应。接下来大家都在面对一个无法绕过的阶段——在孩子身上做实验。顾方舟经过内心反复斗争，作出了先用自己孩子做实验的决定，这是一个足以赌上他一生幸福的决定，稍有差错，后果不堪设想。他用颤抖的手给未满周岁的孩子服下疫苗，接下来是漫长的等待……孩子每天体温的变化和每一声咳嗽都牵动着他的心。直到实验过后，孩子脸上露出的微笑，让他那颗沉重的心平稳落了下来。接着，团队里科研人员的孩子们，也都开始服用疫苗。在确认万无一失后，在更大的范围内实验，终于获得成功，开始在全国推广。后来，为了方便疫苗的储存、运输和孩子们的服用，他们将疫苗做成糖丸，因此，孩子们把顾方舟老人，亲切地称为“糖丸爷爷”。

一晃，几十年过去了，那凝聚了他一生心血的小小糖丸，使多少孩子和家庭摆脱了痛苦的折磨。2000年的时候，满头白发的他代表国家出席“中国消灭脊髓灰质炎证实报告签字仪式”，在这激动人心的时刻，他想起了过去那些瘫在床上的孩子痛苦表情，想起无数母亲期盼的眼神，想起曾经在周恩来总理面前许下的诺言，百感交集。他感慨地说：“我这一生只做了一件事情！”是啊，“这件事”足可以改变几代孩子一生的命运。他的名字叫顾方舟，这“方舟”载着多少家庭的梦想和期盼，躲过了那场洪水般疫情的劫难。

想起基辛格曾说过的一句话：“中国人总是被他们之中最勇敢的人保护得很好。”在抗击疫情的过程中，总会有许多“勇敢的人”，于关键时刻，挺身而出，在拯救生命危险的途中负重前行。那里还有许多我们叫不上名字的人，他们如镶嵌在天幕上的星星一样，当仰望夜空的时候，常会看到那熠熠的闪光……于是，这让我们相信：梦想的岁月，即使在艰难中跋涉，也会找到信仰和前行的方向……

春天正向我们走来

这年的冬天让人感到漫长，春天的脚步仿佛被武汉的疫情“绊住了”，显得那样迟缓。虽说已经“立春”了，不过这是气象意义上的季节。于是，一直待在家里的我，翘首企盼那“芳草碧深春雨后，桃花红到夕阳边”真正的春天……

走到窗前，我向外望去。雾霭笼罩着城市，天地灰蒙蒙的，躲在云层后面的太阳隐约可见。夜里刚刚下过雪，隔着窗子，依然感到阵阵寒意。周围静悄悄的，大街上也很难见到车辆的影子，路口的红绿灯“忠于职守”，依然闪烁着。偶尔见到的行人，多半是戴着厚厚的口罩，迈着急匆匆的脚步。酷似寂静的“午夜”，这座平时喧嚣鼎沸的城市好像在“熟睡”，周围的一切都是那样的安静，静得让人感到不真实，心里觉得空落落的。小区里偶尔能见到散步的人，也是戴着口罩，手里牵着自家的宠物。光秃秃的树，还看不到丝毫的绿意，干枯的树枝，在风中无力地抖动着。草地里裸露着黄土，一些枯萎的草，被残雪覆盖，在寒风中等待着“春风吹又生”。

想起每年春天到来时小区的情景：先是那路两旁金黄色的迎春花，在绿色的枝条上率先怒放，好像是在传递春天到来的消息；紧接着是桃花、杏花、梨花、海棠花次第开放，还有丁香和木槿，在不经意间悄然绽放，为颜色单调的初春，增加了丰富的色彩。已经发出嫩芽的柳枝，在风中轻盈地舞动着，而绿地里的小草，仿佛一夜之间就返青了，到处变得蓊蓊郁郁。被“关”了一冬的老人和孩子们，从楼里走出来，在小区里散步、聊天，孩子们则脱下厚厚的棉衣，在草地里无忧无虑地玩耍着。整个小区充满生机和活力。望着窗外，我在心里期盼那样的时光……

让我们不曾想到的是，蔓延的疫情，像一张无形的网，把大家都“困”在家里。一下子，手机的铃声少了，串门的脚步声没了，外出聚会活动停了。每天活动范围：客厅、卧室、厨房……真有些不适应。本想，没有外界干扰，可以静下来读点书，思考一些问题。可这“心”似乎也很难静下来，也许是“位卑未敢忘忧国”吧。每天早上打开电视和手机，收看有关疫情方面的报道，这“国难当头”的大事，牵动着多少人的心。手机这“非常时期”的重要通信工具，成了身边最忠诚可靠的“伙伴”，面对它，无须戴口罩。每天早上它都会准时带来亲人和朋友们的问候，接着告诉你：怎样预防病毒、住地附近有哪些人感染了、如何健身等。不过，人们最为关心的还是武汉的疫情，这些天电视和网络里也在第一时间播报各地医生“驰援”武汉的消息，医护人员出发前的告别场面非常动人，让人潸然泪下。想起了“风萧萧兮易水寒”那一幕……

医生这个职业，对于健康人来说，有时会被忽略。只有得了病，才会走近他们，知道大夫可以妙手回春，于是，懂得了“医者仁心”含义。武汉疫情，像一个放大镜，将人的灵魂放大了“若干倍”，于是，我们更加清晰地看到了医护人员那颗崇高而圣洁的心。当病毒的“潘多拉盒子”被打开时候，当疫情的洪水，将要冲垮“长江和汉水”堤岸的时候，在荧屏上看到他们“整装待发”的身影，“白衣天使”这四个字，被“上帝”赋予了新的内涵，让他们往返于“天堂”与“地狱”之间。厚厚的口罩虽然遮住面颊，但那一双双熟悉的眼睛流露出的是坚定与果敢。在年迈的双亲面前，他们是孝顺的儿女，在孩子面前，他们又是职责所在的父母。可他们清楚，对那些在死亡线上挣扎的病人来说，他们只有一个角色——大夫。前方是没有硝烟的战场，前进的每一步，都可能碰到死神的“微笑”。可身负重任的他们义无反顾，成为被刷屏的“逆行者”。面对他们转身而去的背影，我的心，久久不能平静，于是写下这样的诗句：“这背影，像一堵厚厚的墙，挡住了今年冬天最凛冽的寒风；这背影，像一道钢筋铸就的大坝，挡住病毒这原始生命体，所举起的洪荒之力；这背影，在我记忆中定格，成为这世间最美的风景线……”其实再美的诗句，也无法还原他们那一刻的风采。不仅白衣战士，还有许多无名的英雄，默默地工作在抗击疫情的一线。他们用身躯也用生命，守护着被疫情的洪水冲击的“大坝”。其实，这世上没有从天而降的英雄，只有挺身而出的凡人。我想起鲁迅先生的话：“我们从古以来，就有埋头苦干的人，有拼命硬干的，有为民请命，有舍身求法……这就是中国脊梁。”我们这个民族，筚路蓝缕，多灾多难，无数次跌倒，又无数次爬起来，总是在灾难来临的时候，有挺身而出脊梁，“挽狂澜于既倒，扶大厦之将倾。”正如微信里传来的那句话：“哪里有什么岁月静好，只不过有人替我们负重前行。”我从这些“负重前行的人”身上，看到了力量和希望，心里陡然升起一股暖流，坚信，没有来不了的春天，也没有送不走的严冬。

我慢慢打开了窗户，目光穿过高楼林立的小区和依然笼罩在寂静中的城市，眺望着远方。此时，太阳已从厚厚的云层里露出了笑脸，感觉一股微风拂面而来。忽然想起那句诗：“等闲识得东风面……”仿佛天边泛起的绿色在告诉我：大地开始回春，残雪覆盖下的小草正在发芽。我依稀见到那已经摘下口罩，脱下防护服的白衣天使们，正携着春天向这座城市微笑着走来……

手机指挥自驾游

我们常常感叹：这些年，生活发生了很大变化，特别是近几年，随着互联网技术的不断完善，手机在我们生活中，充当了重要角色，所带来的便利，已经远远超出想象。

不久前，有几位朋友约我自驾去内蒙古。一望无边的草原，几千公里的行程，仅靠一部小小的手机行吗？想起，若干年前的一次自驾游：那时虽然有手机，但功能有限，特别是没有全覆盖的通信网络，车行驶在高速公路上，要靠路标和地图来导航，有时走错路，只能下了高速再重新上，影响行程。没有网上预约，找宾馆很困难，等费尽周折找到时，天已经很晚了。白天游景点，本来是很高兴的事，但总是被陌生的路“迷住”，影响了出游的心情。想起那次出门，心里仍有些担心。经常外出自驾游的朋友充满自信，他说：没问题，要相信高科技，手机虽小，但是我们周围有一个全覆盖的网络，在支持着我们，无论走到哪里，它都会给我们提供全方位的服务。这小小的手机，就是一个运转灵活，指挥高效的“司令部”。

朋友的话让我有了信心。出发前，我们做了攻略，查看了路况和天气预报，在网上订了快捷酒店。出发时，选择了高速优先的路，按照导航的语音提示来驾驶，一路很顺利。几百公里的路程，多半天就到了，节省了很多时间。到了快捷酒店，很快就能入住。

手机导航能让我们预先知道前方几十公里的路况，如果有情况，可以及时采取办法。有一次，在高速上我们的车快没油了，大约只能再开十公里，可是离服务区还有三十多公里，我们感到非常紧张，担心车“搁浅”在高速公路上。赶紧求救于“手机”，导航“告诉”我们，前方不远处就是高速出口，而且下了高速就有加油站。于是我们果断下了高速，通过导航，很快找到了加油站，悬着的那颗心落了下来。

在回来的路上，天色将晚，我们发现前方的车速慢了下来，赶紧查询导航，只见前方很长的一段路，被涂上“红颜色”，看来前面有“情况了”，我们赶紧下了高速，从国道上开了回来。后来听说高速出了交通事故，堵了很长时间。真是多亏了手机，一路上它出色的“指挥”，使我们省去很多麻烦，让几千公里的自驾游变得如此轻松，留下难忘的印象……

一部手机，如此神奇，不仅改变了我们生活，也更新了观念，这是我们几年前不曾想过的。我想，今后随着科技的发展，我们的生活还会有许多意想不到的变化，出行会更为便捷。

朋友的故乡

朋友的故乡在贵州六盘水，在今年夏天最热的时候，她邀我们来这里……

说起贵州，我觉得它很遥远，仿佛位于我记忆中一个偏僻的角落里，偶尔会想起，可从未光顾过……我只知道，在那片遥远的土地上，有国内落差最大的瀑布，有被列为世界自然遗产的佛教圣地——梵净山，还有遵义附近的仁怀镇，是国酒茅台的故乡……

那天夜里，当我们走出六盘水的火车站时，感到“凉都”这称呼名不虚传。眼下，已经入伏，在内地已是“上烤下蒸”，可这里早晚都要穿上外套，凉爽得让人有些不适应，同行者说：偷着乐吧！

位于云贵高原的六盘水毗邻昆明，周围被乌蒙山余脉环抱，一片葱郁。听说，六盘水是若干年以前，由六枝、盘县、水城组成的地级市。地名虽说是组合而成，却富有诗意。这里由于地形特殊的原因，新中国成立以后，曾属于“三线”地区。鉴于当时的国际形势，内地许多大中型乃至军工企业迁到这里，隐匿在群山峻岭中，有的工厂还被安置在天然的山洞里。当我们走进六盘水的“三线”博物馆时，映入眼帘的是“好人好马上三线”等极富时代特色的标语口号，心中颇感亲切。那些雕塑和实物，再现了当时建设者们风餐露宿，挥汗如雨的劳动场面。看到这里，心生崇敬之情。我想，这些虽然都已成为往事，“三线”也作为一个特定的词汇，走进教科书，但这段历史不能忘掉，它是共和国艰难崛起的一段历程……

“一方水土养一方人”，贵州的饮食文化与内地有很大的区别。口味主要是偏辣，这与相邻的湘、渝、川相似。有道是：口味相近，人能相亲。在吃饭时，我尽量表现出能吃辣子。但在六盘水吃早餐“羊肉粉”时，我见到当地人，无论男女，碗里都飘着一层红红的辣油，感到“汗颜”，试着放了一些辣椒面，吃了几口，就大汗淋漓，不过，还是坚持吃了下去……这里的羊肉，全部来自当地的黑山羊，肉质鲜嫩，口感极佳。贵州人，也钟情于牛肉，我们来到安顺平坝的时候，当地的朋友，在一家清真餐馆里，请我们吃了一顿选自本地黄牛做成的“全牛宴”。所谓全牛，就是取自牛身上各个部位的肉，用炒、爆、煎、炸等烹饪技法，做成美味，又辅以五谷杂粮精制而成的面食，吃了以后，让人久久难忘……听朋友介绍，自明代起，回族从内地大批迁入贵州，渐渐形成回族聚居、回汉杂居的现状。清真的饮食，深受回汉人的青睐。有些小吃，带有浓郁的地方特色，像我们品尝到的，煨鹅汤、煮鹅肉等，只有平坝地区有，相传是几百年前，明朝的戍边战士，从老家江淮地区带来的。贵州的小吃还有许多，像用米面薄饼裹各种蔬菜蘸料吃的“丝娃娃”，把蔬菜和肥肠放在锅里煎炒的“烙锅”，还有用纯瘦牛肉制成的“牛干吧”，这些美食都让我们这些来自北方的食客开了眼界，饱了口福。想起老祖宗的那句话：“民以食为天”。

其实，最让人流连忘返的还是这里的青山绿水。地处于西南高原上的贵州，远离内地，交通不便，开发得比较晚，但这也让贵州的生态保持了原貌，满眼是青山，到处是绿水。当地的朋友自豪地说：贵州，有十几条河，最不缺的就是水。这话，让我不仅在“自天而降，一路奔腾咆哮”的黄果树瀑布前得到验证，同时，在乘船游览北盘水和乌江上游时，也让我感到这里水的灵动和秀美。尽管有的景点还是“养在深闺人未识”，但青山绿水是那样楚楚动人，令人陶醉。

那是一个风和日丽的早上，我们在朋友们的陪同下，坐船在距平坝市不远的一条河流上，行走了一段很长的路程。朋友介绍：这里是贵州母亲河——乌江的上游。发源于乌蒙山的乌江支流，从平坝穿过，而后一路蜿蜒向北，到重庆汇入嘉陵江。让我感到惊奇的是，这里的水竟是那样的清澈，山是那样的葱郁。真是船在水中行，人在画中游。远离了城市的喧嚣，山谷里静静的，山上不时可以看到掩映在绿树丛中的村落民居，偶尔能见到三三两两的牛，在岸边悠闲地吃着青草，一副与世无争的样子。一道道清澈的小溪，从山涧欢快地流下，汇入江水。想起朱熹的诗句："问渠那得清如许，为有源头活水来。"似乎找到了，这水清澈而富有魅力的原因。我独自坐在船头，遥望着远处的蓝天，起伏的山峦在向我微笑致意，它在变换着自己的形态，展示着造物主的鬼斧神工。此时的我，已忘记行走的船和身边的人，仿佛已经融入这山水画卷之中。这时，身后传来一阵歌声，我回头望去，原来是平坝的两位朋友，用甜美的嗓音，对唱着山歌。贵州的朋友们，多才多艺，人人都会唱山歌。嘹亮的歌声从水面上飘过，传向远方，在空旷的山谷里回荡着……我想起以前曾去过的三峡、漓江两岸的风景……

在后来行程里，贵州的朋友还带我们还去了盘州的万亩竹海、纳雍的枪杆岩和大坪箐国家湿地公园等许多地方，都留下了美好的记忆，但在脑海中挥之不去的，还是盘州妥乐村的"银杏故乡"。从盘州出发，走上几十公里的山路，就来到这隐匿于深山中的村落。下了车，我们拾级而上，蜿蜒的山路将我们领到村子里。这里是那样的安静，村民们每天过着"日出而作，日落而息"日子，脸上带着质朴的微笑，一副波澜不惊的样子，让人想起陶渊明笔下的"桃花源"。浓密的银杏树叶，不仅遮住炙热的阳光，也把喧嚣的世界挡在了外面。盘州的朋友告诉我：这里的银杏树有上千株，都是百岁以上的老树，年龄最长的超过了一千岁。我们走到系满红布"树王"的跟前，巨大的树冠，粗壮的虬枝和龟裂的树皮，都在提示着它的年龄。盘根错节的脚下，发达的根系，像伸出无数双有力的手，紧紧抓住泥土，使它在千百年的风雨中，傲然挺立。看来只有根深，才能叶茂，发人深思……我在想，这被称作“活化石”的银杏树，千百年来为什么选择这里来“落户”？难道这些向美而生的植物，也钟情于这里的青山秀水？当我依依不舍离开这里时，心里一直在默想着……

我觉得，相对于中原，贵州历史文化，更多是集中在民国以后，但来到平坝的天台山时，让我眼界大开。那一天，刚刚下过雨，脚下湿漉漉的青石板路，带我们一步步走进贵州西南的历史。这被称为“黔南第一山”的天台，被列为国家级的文物。当地的朋友告诉我们：山上这座用石头砌成的建筑，名为伍龙寺，始建于明万历年间。只见它雄峙于一峰独秀的天台山上，四周围墙环抱，是军事功能与宗教功能合一的建筑，被誉为“石头建筑的绝唱”。据说：当年被封为“平西王”的吴三桂，到昆明赴任路过这里，带着陈圆圆到此，拜望在此出家的叔叔吴凤，并留下了朝服、朝笏和腰刀。说起吴三桂，大家都唏嘘不已，有人说：他不该降清；也有的说：他不该反清。其实，一“降”一“反”，道出了他灰色与无奈的人生。面对已然模糊的历史背影，我选择了沉默……

走下山来，不远处就是被称作“滇之喉，黔之腹”的天龙屯堡古镇。一座拱形的石门，朝我们敞开着，两侧的对联赫然入目：“滇喉屯甲源出洪武十四年，黔中寓兵流长华夏千秋史。”当地的朋友告诉我们：屯堡古镇建于明代，当年云贵地区苗王聚众谋反，朱元璋派大军征剿，叛乱平息后，朝廷决定让这些来自江淮一带的将士驻扎在这里，随后，远在家乡的亲属也陆续迁徙到这里。于是就有了屯军用的村寨，也有了商人及百姓居住的堡。我们走进镇里，顿觉一阵古朴之风迎面而来，眼前这采用页岩建成的街巷、院落和不远处的小桥流水，无不体现着江南的风格，古老华夏的韵味。一些明代的建筑，虽已历尽沧桑，墙体斑驳，但依然站在夕阳下，看着天上“云卷云舒”，任凭时光从身边匆匆而过。行走在古镇上，恍如走进明朝西南边陲的烽烟里，不仅看到了战场上的刀光剑影，也见到了一路跋山涉水，胼手胝足，从富庶的江南走来的乡亲们。“时间可以改变一切”这条法则，对于屯堡人来说，好像并不灵验。这些被乌蒙山包围，居住在少数民族和汉人之间的“老汉人”，几百年来，从未融入当地的生活，屯堡人不仅在语言、服饰、饮食等生活习俗依然保留着江淮人的样子，在骨子里更是一种坚持。真不知道，这是对故乡一种怎样的思念之情啊！我想，也许他们在梦里无数次回到家乡，可醒来后却感到归乡的路竟是那么“遥远”。虽说是：“年深外境犹吾境，日久他乡即故乡”，但毕竟是故土难离。尽管他们的子孙都生长在这高原上，可他们认定自己的根在江南，梦也在江南，因此走在心灵里寻根的脚步一刻也不曾停下。在街上古朴的石屋前，一位白发苍苍的老婆婆，若有所思地坐在门前，目光凝视着远方……我走过去同她合影，紧紧握住她那双粗糙的手，心里有太多的话，但什么也没讲，只是一步一回头，走出了古镇。

像一个短短的梦，贵州的行程很快就结束了，到了与朋友告别的时候，我们的手紧紧握在一起。坐在飞机上，我将目光投向舷窗外那片绿色的土地上，回味着此行为我带来的感受，心里竟不能平静下来……哦，贵州——朋友的故乡……

厦门的冬天

这是一个被冬天忘记的城市，生命中似乎从未有过寒冷的记忆……

隆冬时节，我们一行四人从寒风凛冽的北方走来，下了飞机就觉得浑身暖暖的。机场里，我们脱去了厚厚的冬装，身上一下子轻松了许多。当身穿半袖T恤的厦门朋友把我们领出机场时，我觉得一股阳气从心底慢慢升起，像穿越了时光隧道，沐浴着灿烂的阳光，一下子回到了那春意盎然，花团锦簇的季节。我呼吸着空气中植物花草的芳香，让人有几分醉意……

厦门是一个海岛城市，四周被湛蓝的海水拥抱着，俨然一位羞涩的少女，顾盼之间流露着清纯与温婉。我们行驶在环岛路上，车轮在黑色的柏油路上飞驰着。一路上胡里山炮台、“一国两制，统一中国”的巨幅牌子、国际会展中心等这座城市标志性的景点在向我们招手示意，另一面是由阳光、沙滩、蓝天、大海组成的海天一色画卷，在我们面前徐徐展开。路边绿茸茸的草地上伫立着姿态各异的马拉松长跑运动员的青铜雕塑。我还记得，环岛路曾举办过多次国际马拉松长跑，标准的赛道，优美的环境，宜人的气候，让世界许多著名运动员慕名而来。环岛路是厦门的一张名片，可我觉得它更像戴在少女颈下的项链，把岸边的美景一个个串起来，熠熠闪光……若干年前，我曾来过厦门，也许是来去匆忙的缘故，那时，我并未发现她有多美，而今天当我以一副波澜不惊的样子来到这里时，她绰约的风姿，曼妙的景致，让我的心无法平静了……

相传，许多年前，厦门是一片蛮荒之地，荆棘丛生，蚊虫肆虐。后来，有一群白鹭从很远的地方飞到这里并在此居住，它们驱逐了蛇蝎蚊虫，为这里带来安宁与祥和。从此，人们为了纪念这个外形也酷似白鹭的岛屿，给她起名——鹭岛。到了西晋以后，闽南人的先祖们，为了躲避中原的战乱，跋山涉水，胼手胝足，陆续迁徙到这里，繁衍生息，用汗水浇灌着这片土地。美丽的传说让我陶醉，而闽南人不屈不挠的精神，更令人赞叹不已。在创造闽南文化的同时，他们也在书写着厚重的历史……

行走在大街小巷，眼前呈现的是具有闽南浓郁风情的红砖古厝，抚摸斑驳的墙，如穿行在历史的隧道里。一百多年前，鸦片战争的炮声，曾打破海岛的宁静，在对这一幢幢建筑的浮光掠影中，我无法细读她昔日的伤痛，美丽中的哀愁，但我还是隐隐约约感到了，渗透在钢筋水泥里的不屈与倔强，刻在石头上也刻在每个人心中那不可抹去的印记……其实，这座城市的前世与今生，也是一个民族与国家的缩影，在百年的风云中，前赴后继，历尽沧桑……

太阳从海水中缓缓升起，我们来到风和日丽的海边，望着悠闲垂钓的老人和穿着裙子从我身边款款走过的女孩，仿佛我心灵深处的每一个窗口都被打开了，海风轻轻地吹进来，唤醒了沉睡的记忆和遥远的梦境……潮水开始慢慢地向后退去，头上的白云已随风飘向远方，在沙滩上伫立的城市，生机勃勃，浑身散发着青春的活力。我们沿着海边的木栈道缓缓而行，几只海鸥在空中划出优美的弧线，海水不停地向岸边捧来洁白的浪花。隔着茫茫的大海，远方一座蓊郁的小岛隐约可见，那就是闻名中外素有音乐岛之称的鼓浪屿。从那个小小的岛屿上走出了林巧稚、殷承宗、林语堂、舒婷……还有许多富有个性和才华的艺术家。是这座环境优美的小岛造就了他们，而他们的名字也为这岛屿增加一抹亮色。正因为有了这些人，世人不仅记住了厦门，更记住了那个不足两平方公里的鼓浪屿。伴随着轻柔的海风，我好像听到了从岛上飘过来悠扬的琴声……脚步变得轻快了。

走下栈道，我们顺着一条蜿蜒的小路向前走着，放眼望去，四周是郁郁葱葱的植物，树上一簇簇红色的花朵似乎忘了季节，在无所顾忌地开着，像一团团火，热烈而奔放。身边的朋友告诉我：这是木棉花。我想起了舒婷的《致橡树》："我必须是你近旁的一株木棉，作为树的形象和你站在一起。我有我红硕的花朵，像沉重的叹息，又像英勇的火炬。"女性意识的觉醒，在这里体现得淋漓尽致。这首诗，让我知道了木棉树，今天得以相见，这富有个性的花朵，让人为之心动。我们继续前行，不远处传来悠扬的钟声，那就是位于五老峰下的千年古刹——南普陀寺，它依山傍海，风景优美。只见山门前人头攒动，游人摩肩接踵。虽说这里与位于东海的普陀山相距甚远，可听人介绍，这里一年四季香火很旺。除了当地人，还有附近的闽南人、客家人。我想，每一支燃起的香，都寄托着他们美好的祝愿……

我们沿着一条僻静的小巷去寻找当地特色的小吃。远离闹市的小巷整洁而幽静，两侧是百年以上的民居，阳光洒在斑驳的红墙上，时间仿佛也停在了上面，小巷里过往的人，显得悠闲与从容，我也慢下了脚步，品味着这座城市的浪漫与舒缓。我们走进一家海鲜馆，它的店面不大，但收拾得很利落，里面布置得极具闽南特色。老板娘为我们端来了产自武夷山"大红袍"，我们慢慢地喝着茶，品尝着诱人的海鲜，享受着这里的慢生活。我终于理解了厦门朋友曾说的那句话：厦门是座慵懒的城市。其实，这慵懒是对一个城市深深的眷恋和无法用语言表达的情结……

阳光移过了头顶，我们来到被誉为"华侨旗帜"陈嘉庚先生捐助的厦门大学。校园里静悄悄的，空气中弥漫着一股浓浓的书香，让一颗颗躁动的心很快就能静下来，这里是莘莘学子读书的好地方，让人肃然起敬。曾听人说，这是一所建在公园里的大学。路两旁是高大的棕榈树，地毯似的草地上矗立着陈嘉庚先生的雕塑，不远处是清澈见底的芙蓉湖，厦门标志性建筑"双子座"摩天大厦倒映在湖面上，几只黑天鹅在水里缓缓地游动着，远远望去，颇似一幅油画。造型别致的教学楼、图书馆、宿舍楼在高大的榕树后面若隐若现。与其说这是一所大学，不如说是一座有着江南韵味的园林。鲁迅先生和多位大师曾在这里执教，校园里也走出了像陈景润这样世界级的数学大师。我走进“不止书店”，里面有游客，也有学生，静静地坐在那里，偶尔有翻动书页的声音，我挑了一本书，不经意地翻看着，其实我更想体验一下这里的氛围，享受在这里读书的惬意……

在厦门逗留的日子，像梦一样短，当我依依不舍离开的时候，觉得记忆中又多了一个美好的回忆。有人说：爱一个人，就希望他（她）属于自己；爱上一座城市，就希望它属于更多的人。厦门就是这样的一座城市……

泉州的记忆

有人说：泉州，这是你一生有机会至少要去一次的城市。别处有的，这有，别处没有的，这也有。

走进泉州，有一种亲切感，十年前曾来过这里，虽说来去匆匆，可脑海里，还保存着对他的记忆——古老的开元寺、大街小巷里的红砖古厝还有清源山上栩栩如生的老君岩……说起这座历史文化名城，泉州的文友们兴趣盎然，对于自己的家乡的热爱和自豪感溢于言表。刺桐、温陵，这些富有诗意的泉州曾用名，常常被他们提起。一千多年前，五胡乱华，为躲避战乱，闽南的先人们告别世代居住的中原，“衣冠南渡”，后来定居在晋江、洛阳江两岸，泉州自此兴起。作为古代海上丝绸之路的起点，泉州在宋元时期是东方的第一大港。在泉州湾古船陈列馆里，我看到保存完好的宋代木船和锈迹斑斑锚链，这些无不凝结着先人的智慧与汗水。朋友们为我们掀开了这座城市厚重的历史，透过岁月的烟云，我好像看到了闽南的先人长途跋涉的身影，他们用勤劳的双手撑起泉州乃至整个闽南的天空，在建设自己家园的时候，也在建造闽南人不屈不挠的精神大厦。但他们始终没有忘记，自己的根在中原。喝着晋江的水，血管里始终回荡着是黄河的涛声……

在主人的陪同下，我们来到了在市内被称作 1916 创意产业园的地方，这是一座生产蜜饯食品的百年老厂，经过一番修旧如旧的“精心打扮”，既保持了原貌，又赋予了新意，让陈旧的厂房，完成一次华丽的转身。无论是那高高耸立的烟囱，还是那宽敞的车间，让人想起她昔日生产的繁忙景象。

厂区里静静的，我们走进“温陵书院”，里面古朴的陈设，保持了泉州旧时学堂的模样，坐在椅子上，仿佛听到孩子们那朗朗的读书声。学堂旁边是“门里博物馆”，里面陈列着青铜器、玉器、瓷器等，向我们展示着中华灿烂的文化。这里既有现代工业文明的味道，也有厚重的历史遗迹。以前，我曾到过北京的“798”，相比之下，这里更古朴一些。

离开了这里，我们走进一条僻静的小巷。陪同的朋友阿伟，是一位资深的文化学者。他告诉我们，这条小巷有着几百年历史，两边的红砖大厝依然保持着原貌，是典型的闽南风格。走在青石板的小路上，望着那参天的古树，真如同穿行在历史的隧道里。一间墙皮斑驳的老屋，让我停了下来，久久地注视，轻轻地抚摸，静静地沉思，仿佛在听她“诉说”那昔日的景象。如果不是电动车从身边驶过，还真以为走进了那薄雾氤氲的前朝……想起了余光中先生写给泉州的诗：刺桐花开了多少个春天，东西塔对望了究竟多少年，多少人走过了洛阳桥，多少船驶出了泉州湾……好美的诗，令人心驰神往，遐思无限……

走出小巷，远远就看见了开元寺标志性建筑——东西塔。这座建于唐代的古寺，面积虽不大，却远近闻名。这真是：“山不在高，有仙则名。”走进山门，迎面的大殿上写有四个大字，其中一个字从未见过，大家面面相觑。阿伟告诉我们：这四个字是“桑莲法界”，上面那个繁体的“法”字，笔画多，结构复杂，只有在《康熙字典》里才能查到。说到这，大家会心地笑了。关于开元寺的来历，也是很有趣的。相传，该寺的原址是一片桑园，主人黄守恭一天梦见有位和尚来此募地建寺，主人说：倘若三日内桑树开出莲花则甘愿献地。不到三天，桑树果然开出莲花。主人很是惊讶！又问：需要献多大的地？和尚说：只需一袈裟大。主人心想：一袈裟能有多大？并没在意。只见和尚将袈裟抛向空中，日光照耀袈裟投下巨大的阴影覆盖了整个桑园。主人惊讶不已，主动献出了桑园，建成了开元寺。传说略带有神秘性，让人感到佛法无边。寺院里香烟缭绕，钟声袅袅。身边的朋友们，虽不是善男信女，但心里对佛还是充满敬意的。

大殿的一侧，是弘一法师的纪念馆。走过来，迎面是弘一法师的半身塑像，大师用悲悯眼睛注视着天下苍生，脸上挂着慈祥的微笑。我想起千里之外的天津，也有一尊大师的塑像，被安放在大师的出生地——“李叔同故居”里。由此而表达了故乡对这位艺术大师、一代高僧的怀念和景仰之情。出生于天津的李叔同，竟如此厚爱温陵这片土地，冥冥之中将自己的归宿和这座古城紧紧连在一起了。他出家后曾在开元寺驻锡多年，潜心修行。大师才华横溢，精通于书法、篆刻、诗词、绘画、音乐等，但谁都没想到，在他人生辉煌的时候，了却了尘缘。这对后人来说，是个谜。也许，一直在追求灵魂生活的大师，没有把佛门看成是人生幻灭的标志，而是寻找他自身价值的最好归宿。落发后的大师，没有消沉，而是认真钻研佛经，潜心著述，一袭袈裟、一本经书、一碗素斋，伴随着他过着苦行僧的日子。当时正是抗日战争最艰难的日子，他身在佛堂，心念祖国，关心天下的苍生，受到弟子们的拥戴。想起美学家朱光潜的话，“弘一法师是以出世的精神，做入世的事业。”听说：坐落在开元寺旁边的温陵养老院，是大师圆寂的地方。他在“华枝春满、天心月圆”时安详而去，写下了“悲欣交集”四个字，这是他留给人世间最后的遗墨，在弥留之际对62年人生发出的慨叹，是悲？还是喜？让后人唏嘘不已。

穿过繁华的街道，我们来到了承天寺，这里古树参天，建筑错落有致，颇具城市山林的幽静。在大悲殿的旁边，立着一块石碑，上面刻着：“弘一法师焚化处”，看到这，心里变得沉重起来，眼前仿佛出现了当年的情景……据说，在大师的骨灰中，捡拾出一千多颗坚固的舍利，大得如绿豆，投入盘中，铿然有声。我想，舍利不仅仅是大师肉体的结晶，更是他思想和灵魂的结晶，被永久珍藏在人们的记忆里，熠熠闪光。

晚上，泉州的朋友们，热情款待我们。醇厚的闽南酒、清香的大红袍、清淡可口的泉州菜，表达了主人深厚的情谊。我们不停地举杯，亲密地交谈着：友谊、诗歌、闽南文化……敞开心扉，酣畅淋漓，不知不觉已经到了深夜。第二天，离开泉州时，朋友们前来相送，握手相拥，依依惜别。“长亭外，古道边，芳草碧连天，晚风拂柳笛声残，夕阳山外山……”这时我隐约听到远处传来弘一法师写的《送别》歌声……

澳洲行

赤道另一端的澳洲大陆，一直令我心驰神往……

春寒料峭的三月，我们一行十几人，向南飞行，越过南海和赤道，来到了遥远的澳大利亚。虽说南半球已进入秋季，但是走下飞机，感到温暖如夏，蓝天下，满眼都是郁郁葱葱的景象。地接导游，早早在大厅里候着我们，一句地道的普通话，瞬间拉近了我们的距离。

澳大利亚是世界上唯一的国土面积覆盖了整个大陆的国家，因此，也被称为“澳洲”。澳大利亚幅员辽阔，中部地区是茫茫的戈壁和浩瀚的沙海，里面蕴藏丰富的矿石；靠近东部是一望无际的草原，牛羊漫山遍野，澳大利亚是世界上放养绵羊和出口羊毛最多的国家。因此，她被称作“坐在矿车上”和“骑在羊背上”的国家。澳大利亚的人口主要集中在靠近东部和南部的海边城市。

我们游览的第一站——悉尼，就坐落在东海岸。她是澳大利亚的第一大城市，虽不是首都，但悉尼是澳大利亚的经济文化的中心，也是南半球经济最发达的城市。我们驱车途经位于悉尼市郊的蓝山国家森林公园，这里曾是开采矿石的地方，出产过晶莹剔透的澳宝，如今已被茂密的原始丛林和热带雨林覆盖。空旷的山谷里弥漫着由桉树树脂挥发出的蓝光，所以被称作蓝山。作为蓝山的标志——三姐妹峰，赫然矗立在峡谷中，她们深情地注视着远方，向游客送来微笑，我想起长江三峡中婀娜多姿的神女峰，多像亲姐妹啊！山峰的后面蓝雾氤氲，带有几分神秘，和远处湛蓝的天空融为一体。

注视着远方，顿时觉得神清气爽，思绪在山谷里翱翔，像刚刚掠过山间的飞鸟。蓝山的脚下，就是充满童趣的鲁拉小镇。沿街房屋、小商店和独具特色的民居，构成一道亮丽的风景线，温馨可人。小路的两侧有精美的画廊、古朴的书店和幽静的咖啡馆。走进小店，主人彬彬有礼，笑容可掬。徜徉在小镇上，虽是异国他乡，但总有一种亲切的感觉。

说起悉尼，自然会想起标志性建筑——悉尼歌剧院。飞机降落时，我从空中就俯瞰到了她的身影，当时心里非常激动，她酷似一艘正要起航的帆船，带着音乐的梦想驶向蔚蓝的海洋。从近处看，矗立在悉尼市贝尼朗岬角上的歌剧院，更像一个陈放贝壳的大展台，一只只贝壳向着太阳翘首企盼。导游告诉我们：无论是黄昏、清晨或者是夜晚，不同的角度，悉尼歌剧院会展示出不同的迷人景色。这座由丹麦著名建筑师设计的作品，被评为世界文化遗产。听到这里，我们由衷地赞叹这位设计师卓越的才华，它的名字和这座建筑同样不朽。我注视着她，仿佛听到歌剧院里传来优美的歌声……顺着导游的手指方向，在不远处，是悉尼海港大桥，它像一道横贯海湾的长虹，巍峨俊秀，气势磅礴。与悉尼歌剧院隔海相望，一同成为悉尼的象征。

告别悉尼，我们乘飞机来到澳大利亚的东北部的城市——凯恩斯，它坐落在南回归线以内，靠近赤道，是典型的热带气候。走下飞机，一股热浪袭来，我们马上感到了太阳对这里的“厚爱”。出了机场，直接来到库兰达小镇。如果说，澳大利亚是一个童话色彩的国家，那么库兰达就是童话故事中最精彩的一页。我们驱车来到距此不远的“皇家热带雨林”，这里曾是土著族“阿瑟顿”人居住的村落。如今，仍然以土著人为主。路上，总能见到已经融入现代文明社会的土著人，他们很礼貌地向远道而来的客人点头微笑。来自台湾的地接导游，带我们走进了皇家植物园，这里是一片绿色植物王国，高大的乔木与低矮的灌木及各种花草交织在一起，刚刚下过了雨，碧绿叶面上还挂着晶莹的水珠。除了棕榈、香蕉树等，还有许多我们未曾谋面的植物，令人新奇。大家拿出手机，不停地拍照。

凯恩斯最著名的还是“大堡礁”。这里有世界上最长的珊瑚礁群，纵贯澳大利亚的东北沿海。原来，如此庞大工程的“建筑师”，是直径只有几毫米的腔肠动物——珊瑚虫，它只能在温暖和洁净的水域里生存，死后留下遗骸，变成石灰质的物质，亿万年来不断堆积。大堡礁是由几千个珊瑚礁和珊瑚岛组成，是世界上景色最美、规模最大的珊瑚礁群。俯瞰大堡礁，犹如在平静的海面上镶嵌着绿宝石一般。湛蓝的海水、洁白的沙滩、碧绿的珊瑚礁，给人以梦幻般的视觉感受。太震撼了！我不由得想起了那句诗：此景只应天上有，人间哪得几回见。我们乘船前往被列为大堡礁自然遗迹的绿岛。船迎着海风由内海向外海驶去，风越来越大，水面渐渐开阔起来。我独自坐在甲板上，极目远方，天水一色，心像海水一样的澄澈，杂念都随海风而去，感念天地之悠悠……远处蓊郁的绿岛时隐时现，在向游人招手……船靠近绿岛的码头，我们弃船上岸。绿岛面积不大，各种热带植物自由地生长，保持了原始生态，漫步在小岛上，既浪漫又写意。感受着“灵魂故乡”的惬意。来到海边的浴场，脚下踩着细细的白沙，望着碧波万顷的海水，一想到这就是南太平洋温暖的怀抱，禁不住那透明海水的诱惑，我们几人换上泳装，潜入水中。我睁开眼睛，感到海底的世界是那样的神奇，深绿色的海草，在水里缓缓地飘动着，如少女飘逸的长发；一群群色彩斑斓鱼儿，从眼前游过，伸出手来，它们就围在你的身边，如置身梦幻般的世界。地球上的生物是人类的朋友，在这里得到了印证。上岸后，我们乘坐“玻璃船”，到前方的水域去看“海底世界”。能容纳二十多人的小船，底部镶嵌着玻璃，海底的情景，一览无余。船慢慢向前开着，在一片平静的水域里停了下来，这时只见各种颜色带有灵性的鱼儿朝着船底游来，好像主动找我们搭讪，时而聚集在一起，时而游散，我们仿佛置身于立体的水族馆中。在鱼儿的下方，终于看到了“构建”大堡礁的建筑师——珊瑚虫，它竟是那样的渺小，柔软的身体在水中缓缓地蠕动着。就是这弱小的生命，亿万年来，前赴后继，用自己的躯体“建造了”举世惊叹的大堡礁。带着美好的记忆和怀着依依不舍的心情，我们离开了这里……

布里斯班是澳大利亚的第三大城市，市区内高楼鳞次栉比，充满现代化的气息。天空中漂浮着厚厚的白云，偶尔露出湛蓝的天空。像澳大利亚其他城市一样，这里居住着许多华人，在此逗留并不感到陌生。我们终于见到了澳大利亚的国宝——考拉，它也叫树袋熊。这种一天能睡二十多个小时的动物，整天待在桉树上，并以上面的叶子为食，像熊猫一样憨态可笑，样子很萌。也许，只有在澳洲大陆这片特殊的环境里才能进化出这种动物。我们大家都分别抱起这温顺可爱的小家伙，它并不认生，而是轻轻依偎在人的怀里，好奇地看着镜头。不远处的袋鼠，正在吃草，大家凑过来想和他照相，也许是经常见游客的缘故，这调皮的家伙，站在那里不动，很给“面子”。袋鼠后腿肌肉发达，在动物界里，是跳远和跳高的冠军。袋鼠的繁殖能力惊人，它在为人类提供皮毛和肉食的时候，也毁坏了许多草场，影响到了畜牧业。所以澳大利亚政府每年要定期捕杀一部分袋鼠，以保持生态的平衡。导游带我们来到布里斯班的袋鼠角，遗憾的是并没有见到袋鼠。其实这就是布里斯班河转弯时形成的袋形地带，据说这里以前是政府捕杀袋鼠的地方，过去袋鼠成灾，影响了人们的生活，政府就把袋鼠往袋鼠角驱赶，袋鼠或掉下悬崖，或被捕杀。袋鼠的遭遇，让我想到了当年这里的土著人……

位于布里斯班以南的黄金海岸市，有平缓的沙滩和清澈的海水，为人们提供了游乐的好去处。澳大利亚人生活目标很简单——享受生活。除了喜欢烤肉、啤酒、沙滩以外，就是钟情于自驾游艇在海上兜风。在黄金海岸，我们租了一艘漂亮的游艇，在碧波荡漾的海里前行。淡蓝的天、洁白的云、碧绿的水还有写在每个人脸上的笑意。都叠加成海上出行的快乐！船尾不时卷起雪白的浪花，引来许多身手矫健的海鸥追逐。按照船上服务员讲的要领，我们站在船尾，手里举起面包，不一会儿就被俯冲下来的海鸥凌空啄去，船上的笑声此起彼伏。岸边是高大的棕榈树，下面排列着一幢幢造型各异颜色自然大方的“双码别墅”。船上的女士们，禁不住这美景的“诱惑”，穿上鲜艳的风衣，手里挥舞着五颜六色的纱巾，在白色的游艇上，纷纷合影留念，让美丽和快乐定格。午饭的时候，大家围坐在一起，吃着面包、海虾，喝着香槟酒，大家共同举杯祝愿！沉浸在快乐中的我们，忘记了时间，忘记了年龄，多少落寞惆怅都随海风飘散，遗忘在异国他乡的游船上……

也许，人们不会忘记，二百多年前，第一个发现澳洲大陆的是英国探险家库克船长，当他将“米字旗”深深地插进这片土地时，已将它纳入英国的版图。于是，人们把他称为澳大利亚“建国之父”。在墨尔本市费兹路易公园我们见到了库克船长小屋。它是由澳大利亚的企业家出资将库克船长在英国约克夏郡的故居买下，拆了以后运到墨尔本，按照原样重建。来这里参观的人，络绎不绝，除了游客，还有身着校服的学生，一起来缅怀这位库克先生。故居前，有人忙着在和库克船长雕塑合影，也有人谈论着航海家的趣闻轶事。望着历尽沧桑爬满青藤的小屋，我陷入沉思……眼前出现了那位有着丰富航海经验的船长，他伫立在船头，手握单筒望远镜，在波涛汹涌的大海上，用探询的目光，眺望着远方……他以航海和探险为职业，以扩大英国的版图为理想。只是如今，澳大利亚——这片曾为“日不落”帝国的殖民地，已成为独立的主权国家。我想长眠于地下的船长如得知，也该释然了……

从澳大利亚向着东南飞行，跨越近两千公里的塔斯曼海峡，就来到位于新西兰北岛的奥克兰。相对于澳大利亚，新西兰让我们感到有些陌生和遥远，不过，当我们踏上这片土地时，那种感觉已荡然无存。特别是乘车来到奥克兰以西几十公里的鸟岛时，我们被这里的景色所吸引。远远地就听到大海的涛声和空中海鸟儿的鸣叫声，沿着游人如织的木栈道走来，只见海边有两块巨大的岩石突兀而立，上面栖息着成百上千只的塘鹅——黄首信天翁，导游说：它们是从澳大利亚飞越塔斯曼海峡迁徙到这里，繁育后代。这里是候鸟保护区，严苛的法律，为候鸟的生存提供了保证。峭壁下，海浪不停地撞击着岩石，溅起雪白的浪花。让人心灵震撼，想起了苏轼的名句："乱石穿空，惊涛拍岸，卷起千堆雪。"远处天水一色，隔着茫茫的海峡，我在想：那一端就是我们刚刚飞来的澳大利亚，长途迁徙的海鸟是多么神奇啊！在鸟岛的一侧，就是著名的"黑沙滩"，潮水刚刚退去，夕阳西下，黑色的沙滩平坦如镜，站在上面照相，可以见到人在水中的倒影，颇有天空之镜的感觉。难怪人们说：这里是候鸟和摄影发烧友的天堂。

新西兰第一大城市奥克兰有"千帆之都"的美誉，来到港口，才知道它名不虚传。只见一艘艘造型美观的帆船整齐地排列着，桅杆如林。奥克兰是全球个人拥有帆船最多的城市。新西兰在皮划艇和帆船比赛等体育项目占据绝对优势，在奥运会赛场上，有过不俗的表现。不过，最让新西兰自豪的是，这个畜牧业大国，拥有广袤的天然牧场。漫山遍野的青草，为奶牛和绵羊提供了充足的草料，让它们过着"衣食无忧"的生活。沿途见到的都是绿色的牧场，牛羊在那里悠闲地吃着草，也有的卧在草地里，看着天边的夕阳。在罗托鲁瓦的爱歌顿农场里，我们乘坐农用拖拉机，来到牛、羊、鹿等食草动物的身边，还见到了有着"软黄金"之称的驼羊，其实它叫无峰驼，那身浓密而漂亮的毛发，让它们身价百倍。当我们走下车时，它温顺地走了过来，用舌头舔起我们手中的饲料，慢慢地咀嚼着，任凭你去抚摸。我们沉浸在与动物无言的交流中。有人说：新西兰人口稀少而沃野千里，让人和牲畜都过着一种田园牧歌式的生活。这个很早就能见到初生太阳的国家，时间在这里仿佛被"拉长了"……

十几天的澳大利亚之旅很快就结束了，带着愉悦我们踏上归途。一路上我们欢歌笑语，结伴而行，在领略异国风情的同时，大家彼此也结下深厚的友谊。那湛蓝的海水、碧绿的牧场、憨态的考拉、调皮的袋鼠还有温顺的驼羊，都已深深嵌入美好的记忆中……迎着晨曦，飞机越上蓝天，澳大利亚在我们的视线里渐渐地远去。我想起一位作家的话：旅行的真谛不是运动，而是带着你的灵魂，去寻找生命的春光……

追梦的路上洒满阳光

不久前，当王庆刚先生，将四十多万字沉甸甸的《拾贝聚沙集》书稿郑重地递到我手里时，我感到惊讶！短短的两年时间，这位年届古稀的老兄，就拿出了如此厚重的“大部头”，令人钦佩。我想，这除了勤奋耕耘之外，那就是对文学事业的热爱和义无反顾的执着，我知道，他心中始终有一个“神圣”的目标……

我和王庆刚先生几年前就相识了。那时，我们还都在工作岗位上，他是央企一所学院的党委书记，同时也是我们这个区域里的政协委员。我们每次开会，进行协商调研时，他的发言都是非常精彩的，常常语惊四座，不仅逻辑性强、层次分明，而且言之有物、操作性强。俗话说：台上几分钟，台下十年功。这种超强的口才能力，非一日之功，是与他平时博览群书勤于思考分不开的。通过交谈得知，曾经担任过党委和宣传部门领导的他，日常酷爱读书，除了阅读哲学、政治、经济等书籍外，他还喜欢读文学作品，包括中国古典文学名著和外国文学名著。他涉猎的范围很广，而且博闻强记。他告诉我：上中学时，曾有过文学的梦，想成为一名作家，讴歌这充满阳光的时代，展示自己文学的天赋。令人欣慰的是，这些年来，经过不懈的努力，他陆续出版了一些书籍，还有许多作品，发表在一些杂志、报纸和公众号上，在读者群和他的同学、同事中，引起很大的反响。

退休以后，王庆刚先生告别了工作几十年的职场，回归了家庭，但是一颗依然年轻的心，却留在了文学的花园里。从此，无论春夏秋冬，他辛勤地耕耘，精心地栽种，有劳动的汗水，更有丰收的喜悦。这几年，我们经常参加市、区作家协会的活动，在一起讨论交流读书写作的心得。不久前，我在天津《今晚报》副刊“日知录”里读到了他那充满哲理和知识性的文章，让人眼前一亮。比如：“海水不是蓝的”“高铁是怎样飞起来的”等，这些文章深入浅出，仿佛是在读者与大自然和现代化交通工具之间搭了一座桥梁，让人们轻而易举就来到了知识的彼岸，一下子知道了许多事情，在阅读中增长了知识，找到了快乐。他也有一些回忆往事的散文、随笔，文章虽然不长，但是耐人寻味，读后口有余香。这些高质量有趣的文章，都被编辑在《拾贝聚沙集》中，以飨读者。

我打开这本厚重的书稿，一股清新之气扑面而来，我不停地翻阅，每一页纸张上带有体温的文字深深吸引着我，洒脱的文章与铿锵的诗句，所营造的浓浓氛围感染着我。这本书共分了六个章节，每个章节的内容都是独立的，里面充满激情和正能量的文章，都倾注了作者大量的心血。在第一章节“诺贝尔奖的故事里”，作者叙述了诺贝尔奖获得者许多鲜为人知的故事，特别是居里夫人、屠呦呦两位女科学家的事迹令人钦佩不已；在第二章节“读歌寄语”中，对一些蜚声中外，家喻户晓的歌曲进行了解读，而作者对于《国际歌》《国歌》等这些震撼人们心灵的歌词，产生的背景、歌词里的深刻含义进行了清晰地阐释，让人读后为之一震。在第三章节“品人隽语”中，作者对这些精辟语言所含的哲理和对人生的启迪娓娓道来，凝结着他对生活和生命的思考；在第四章节“闲庭絮语”中，作者为我们呈现了一组集思想性、趣味性和知识性为一体的短小精悍文章，读罢，让人掩卷长思；在第五章节“属意随笔”中，这里的文章虽然涉猎面广，篇幅长短不一，但每一篇文章都有鲜明的主题，深刻的思想，字里行间也流露着作者的真情实感；在第六章节“短歌漫吟”中，集中展示了作者多年来满怀深情创作的 200 多首诗歌，让人想起了古人说的“文以载道，歌以咏志”。这里有对革命圣地井冈山、西柏坡的深情追忆，也有对袁隆平、王梦恕等科学家的真诚礼赞！让我们不仅看到了生活在今天阳光下人们的笑脸，也触摸到了作者那颗赤子般跳动的心。

唐朝诗人白居易说：“文章合为时而著，歌诗合为事而作。”这种文学主张显然被作者自觉采纳，他的文章，不仅把握时代脉搏，关注社会的发展，而且将讴歌这个伟大时代为己任。随着互联网时代的到来，移动通信技术的发展，生活节奏的加快，我们的阅读时间已渐渐碎片化，在这喧嚣、浮躁的生活中，能够静下心来读书已实属不易，而能摒弃杂念，潜心写作，聆听自己内心的声音，更是难能可贵。在这本书里，我们仿佛看到了作者在时间的河畔踽踽独行，不停地思考、不停地向上攀登的身影，欣赏到了作者磊落的情怀和对于生命及过往岁月的忘情书写。

曾听一位作家说过：写作让过去的日子并未远去，让今天的日子有些滋味。我想这句话的含义，作者已经领略了。几年来，他把编写这个集子，作为自己追梦的过程，但同时，他又谦虚地说：自己犹如在海边拾贝，不断学习和探索，旨在聚沙成塔。他坦言，人生要有梦想，更要锲而不舍地追求。尽管这个过程是艰辛的，但它又常常充满快乐，因为追梦的路上洒满了阳光……

神奇的网络时代

最近，身边的朋友对我说：我们正所处在一个网络全覆盖的时代，快速发展的高科技，令人目不暇接，仿佛地球的自转速度也“加快”了。对于他的话，我也有同感……

每天早晨起床后，我先打开手机，各种信息、问候语，会从手机屏幕上“跳”出来，出现在你的眼前。短短几分钟，天气情况、新冠肺炎疫情以及国内、国际上的各种大事都会一览无余。这真是“秀才不出门，便知天下事”。在几个微信群里，能接受到来自同学、同事、朋友发来的问候，感到非常亲切。正像过去写信时的第一句话：“见字如面！”

微信拉近了人们的距离，让许多不可想象的事情成了可能。不久前，我过去当兵的那个连队建了个微信群，一位老战友把我拉了进来。真没想到，进了群以后，一下子见到那么多熟悉的名字：老连长、老班长，还有许许多多熟悉的战友……让我激动不已。虽然多年未见，但是彼此打个招呼后，依然是那样的亲切。我眼前出现了战友们熟悉的身影，还有那鲜红的领章帽徽，仿佛一下子又回到那个激情燃烧的岁月。全连百十号人，来自五湖四海，尽管生活习惯、口音、文化背景各不相同，但大家吃住和训练都在一起，在这个特殊的大家庭里，战友们结下了兄弟般的友谊。可是回到地方后，就没有音信了，彼此十分想念，但是苦于没有联系的方式。真要感谢微信带来的便利，这无形的网络，把大家连在一起，而连长每天的“早上好”，就像当年连队集合的哨音，把战友们“召唤”在一起。天涯咫尺，圆了我们多年的梦。

不仅是微信，网上买东西也很方便。近来老伴开始学着用手机支付，特别是一些商店里不好买到的东西，在网上总能够淘到，正如那句形容网购的话：只有想不到，没有买不到的。可我觉得，网上购物，都是“后浪”们的事，与自己没有太大的关系。

前一段，我想买一本梭罗的《瓦尔登湖》，一连去了几个书店，都没买到，非常着急。听一位文友说：网上购书很方便，而且好多书都能买到。于是，我按照操作要领，进了淘宝网，终于见到了这本书，非常激动，谨慎地摁着触摸屏，下了单。我在期待着……第二天上午，有人敲门，开门一看是位“快递小哥”，他把邮件交到我手里，打开一看，正是我在网上买的那本书，真没想到，这么快就看到了梭罗的《瓦尔登湖》，我感到惊喜，马上读了起来。虽然没有去书店购书的过程和感受，但同样找到了购书的快乐。

网络不仅改变了我们的生活和认知，也让我们的日子更加便捷和快乐，那一条条无形的线，在沟通交流各种信息的同时，也把我们的生活编织得五颜六色丰富多彩……

为中华崛起而读书

走进南开中学北院的南开林苑，远远地就可以看到周恩来总理的铜像。他身着大衣，面含笑容，仿佛正在与南开中学师生进行亲切交谈。这让人们依稀见到，新中国成立后周总理回母校的情景，南开的师生们把这位老校友作为自己人生的楷模。

1913年的秋天，十五岁的周恩来以优异成绩考入南开中学。当时，这是一所仿照欧美近代教育制度开设的闻名遐迩的学校，教育目标是培育学生爱国爱群之公德，服务社会之能力。学校的学术空气浓厚，教学作风民主，以管理严格而著称。

当时南开中学作为私立校学费比较昂贵，而周恩来的学费和生活费用主要靠伯父微薄的收入。入学后的周恩来生活十分清贫，穿的是布衣布鞋，衣服虽破旧，但他总是自己动手补好洗净，整整齐齐穿在身上。他没有足够的钱在学校食堂包饭，常到街头小摊买些便宜的食物充饥。入学第二年，由于品学兼优，学校破例免去了他的学杂费，成了学校唯一的免费生。尽管如此，在课余时间里，他仍然为学校做一些刻蜡纸、油印和抄写讲义的事情，以补贴生活的费用。

作为寒门学子，周恩来在学业上不敢有半点放松。那时学校共开了十几门课程，其中主要有国文、数学和英文，副科有物理、化学、生物、法制、体操、中国历史和西洋史等。从二年级起，除国文和中国史、地外，各科都用英文课本，这对于当时英语基础不太好的周恩来是个挑战。但心中有远大目标而又脚踏实地的周恩来，为了攻克难关，他每天早晨起床后，将洗漱和吃早点剩余时间以及课间都用来学英文。这样，不到半年时间，他的英文成绩就追赶上来了，同学们十分钦佩他这种刻苦的精神。他的作文也深受老师赞赏，多次被评为“传观”之作。此外，他对数理化的学习也是竭尽了全力，上课集中精力听讲，下课认真做题，每次考试，数理化都能取得优秀的成绩。作为一名学子，他深知时间的珍贵，无论是课上还是课下，从不浪费每一分钟。他在日记中写道：“人生最宝贵者，无过于光阴，况今日为变革时代，片刻不可虚掷。”也许，只有确立了远大目标的人，才能够惜时如金，对自己如此地严格。

在南开中学的岁月里，周恩来不仅发奋读书，而且特别注重品德的培养，在实践中锻炼自己的能力。他曾与同学创办了以勤奋学习、修行品德、关爱同学为宗旨的“敬业乐群会”，经常组织协会开展活动。同时，他还担任校刊《校风》编辑工作，负责印刷、校对和发行等工作。民国初年，许多仁人志士利用演讲宣传新思想，吸引了大批具有民主爱国情怀的热血青年。南开中学的演说活动开展得有声有色，作为学校的演说骨干，周恩来参加了天津爱国志士在河北公园（今中山公园）举办的天津救国储金募捐大会，当时，只有十七岁的周恩来，登台演说，慷慨陈词，引发了听众强烈的共鸣。这些活动的参与，充分展示了他的才能。校董事会严修赞誉他有“宰相之才”，校长张伯苓也曾称其为“南开最好的学生”。

志存高远的少年周恩来，怀揣“为中华崛起而读书”的远大理想，在南开中学的四年时光里。不仅学到了丰富的文化知识，也锻炼了才干，坚定了人生的信念，为日后投身新民主主义革命和新中国建设事业打下坚实基础。作为共和国的一代伟人，周总理令后人怀念和景仰！

纪念碑前的沉思

冬日的午后，我走进了那座建于民国时期的公园。穿过清净的小路，来到公园后面的树林，眼前矗立着一座方尖形的碑，上面刻着“魏士毅女士纪念碑”几个宽博庄重的大字，白色花岗岩的基座上纤尘不染，四周是绿色的金属围栏，让人感到庄严肃穆。在碑身的后面，镌刻着烈士的生平事迹，我凝视着上面有些斑驳的文字，脑海里出现了当年那惊心动魄的一幕……

1926 年 3 月 18 日，那是一个乌云密布阴冷潮湿的日子，北京长安街上，聚集着许多抗议的工人、学生和市民。他们痛恨日本等列强对中国的欺辱，对北洋政府的软弱妥协表示强烈不满。在中共北方区委负责人的带领下，他们一边散发着传单，一边高呼口号，浩浩荡荡的队伍，向着北洋政府所在地走去。燕京的学生魏士毅响应中共党组织的号召，加入游行队伍，她举着校旗，勇敢地走在队伍的最前面。此时，北洋政府门前站满了荷枪实弹的军警。色厉内荏的段祺瑞政府，竟下令刽子手向手无寸铁的游行队伍开枪，当场，年仅 23 岁的魏士毅中弹倒下，鲜血染红了她脚下这片土地……

在这被称作“民国最黑暗的一天”的三一八惨案中，与魏士毅一起牺牲的还有许多青年学生。北洋政府滥杀无辜的行为，引起社会各界的极大愤慨。中共中央发表了《为段祺瑞屠杀人民告全国民众书》。“忍看朋辈成新鬼，怒向刀丛觅小诗”的鲁迅先生，写出了“真正的猛士，敢于直面惨淡的人生，敢于正视淋漓的鲜血”这样悲愤的句子，悼念为正义而献身的英雄们。

魏士毅的壮举，可谓惊天地，泣鬼神。为了继承她“内除国贼，外抗强权”的遗志，老师和同学们，在燕京大学后楼的草坪上为她建立纪念碑。应家乡人民的请求，两年后，在天津中山公园内也建立了魏士毅纪念碑。也许，这历经沧桑的公园和身边这些高大粗壮的树木还能记起当年的情景：当质地坚硬的石碑在园中矗立起的时候，家乡的父老无不为之动容，他们为同胞中有这样的侠肝义胆的女中豪杰而感到骄傲。1937 年日军占领天津后，纪念碑下落不明。新中国成立后，石碑在公园里被挖掘出来，经政府批准，人们将它重新立在公园内。

从那以后，每年的清明节，都有许多学生戴着红领巾，穿着整洁的校服来到烈士碑前祭扫，缅怀先烈的事迹。他们在敬上鲜花的同时，也献上了自己的一份崇敬之情。尽管那枪声早已消失在漫长的岁月中，但英雄并未远去，她已然走进孩子们记忆里，并且告诉他们：胸前的红领巾与烈士的鲜血是同一个颜色。从此，这红色的印记一直伴随着孩子们的人生之路。

夕阳，把温暖的微笑洒在公园每个角落里，纪念碑也被镀上一层金色。园中亭子里老人还在下棋聊天，孩子们依然在假山下面玩耍，湛蓝的天空中不时有鸽子飞过，留下了悠扬的哨音，让人感到，虽是冬日，却并无寒意。

“为有牺牲多壮志，敢教日月换新天。”当我转身离开公园时，想起一位伟人曾写下的豪迈诗句……

意风区的华丽转身

穿城而过的海河，在市中心繁华地带不经意间划出一个优美的弧线，在蓝天的映衬下，清澈的河水多了几分妩媚。岸边的不远处，就是那被人称作津门“城市会客厅”的意大利风情区。无论春夏秋冬，精美别致的意风区，都会吸引着中外游客的脚步，人们在这里欣赏着她的“容貌”，也在寻觅着她昔日的身影。

我常陪着外地来津的朋友到这里游玩，每次走到位于风情区中心的马可波罗广场，我不由自主地慢下了脚步，细细地品味那石柱上展翅飞翔的和平女神像和周围精美的雕塑。在路边的一处院落门前，我驻足凝望，这里的一切让我感到熟悉和亲切，特别是院子中那座古朴的“小洋楼”，令我魂牵梦绕，总会想起以前在这里居住时的情景……

当年，听老邻居们说：这个占地二十多公顷，有一百多座小洋楼的居民区，一百多年前曾是意大利的租界，这是清政府与意大利签订庚子赔款的特殊产物。当时意大利人在规划这片区域的时候，引入了欧洲人城市建设理念。在租界里以马可波罗广场为中心，规划了完整的道路网以及完备的公用设施。区域内以花园别墅为主，同时还建有领事馆、兵营、医院、学校、教堂、球场等。从清末到民国，意租界经历了风风雨雨。那时，民国下野的政要、社会名流、富贾巨商等，纷纷选择来这里居住，过着富足悠闲的生活。

“二战”结束后的民国时期，这块“漂泊”多年的土地终于被收回。新中国成立后，租界里的一切回到了这座城市和人民的怀抱。“租界地”成了往事，渐渐走进了人们的记忆。“小洋楼”迎来了新主人，历史也翻开了新的一页……

20世纪90年代，我刚刚搬到这里时，感到非常兴奋，每天上下班，穿行在意式小楼林立的街巷里，充满了自豪。随着时间的流逝，这些建筑渐渐失去往日的容颜，斑驳的墙体，破损的门窗，陈旧的设施，仿佛在提醒着人们，这片区域已经进入了“老年”。由于那时住房紧张，每栋小楼都住进几户人家，使“小洋楼”由过去的独门独院，变成了大杂院，“身材苗条”的小楼，早已不堪重负……

随着城市的建设和经济的发展，一些有识之士向政府提出保护性开发这些“小洋楼”的想法，政府采纳了这个建议。通过“货币安置”的方式，居民们开始了搬迁。接着，政府对“小洋楼”进行“修旧如旧”式的改造，恢复了名人故居、兵营、咖啡屋、电影院、艺术品商店等建筑名称。经过几年的修复，精心的打造，这些“小洋楼”不仅恢复了历史原貌，也融进现代时尚的气息，焕发了青春，显得更加“俏丽”。

意风区集历史文化资源与现代商贸经济为一体，让许多游客慕名而来。走进这里的游客无不为充满异域风情的小楼、街头上精美的雕塑和造型独特园林小品而惊叹！漫步在街上，踏着细碎的石块铺成的棋盘状的路，感受着地中海岸边的风情，让人十分惬意。我曾陪着外地朋友在华灯初上的傍晚来到这里，走进西式餐厅，喝一杯咖啡，饮一扎啤酒，品尝着烤牛排，欣赏着小提琴优美旋律，朋友说：走进这里，仿佛置身于亚平宁半岛……然而，让人感到厚重的还是那“装满”故事的名人故居，我总是带着仰慕先贤的敬意走进这里。从“饮冰十年，难凉热血”——维新变法的领袖人物梁启超的饮冰室，到杰出的现代剧作家、被誉为“东方莎士比亚”的曹禺的故居，这普通的建筑，让每一位仰慕大师的拜谒者浮想联翩，流连忘返……

原汁原味的意大利花园别墅建筑群，还吸引了许多欧洲人的眼球。当他们踏上这片土地，虽与故乡万里之遥，但仿佛置身于自己的家乡中。意大利的建筑师保罗来天津，当他看到这片亚洲唯一保存良好的意大利风貌建筑群，感到震惊！他说：在这里游览，不可行色匆匆，要细细品味，这是有历史和故事的地方。我想起那句话：唯建筑可以留下历史诸多的过程。

意风区，由租界地到居民区再到风情街，经过一次次“嬗变”，完成了华丽的转身，成为津城一张精致的“名片”，展示在公众视野中，为这座古老的城市和我们那颗自豪的心涂一抹亮色。游人们来意风区，都要在马可波罗广场拍照，而我每次到这里，总要和自己曾住过的小楼合影留念，把意风区的身影留在我清晰的梦里……

宁园的夏天

坐落在我家附近的宁园，一年四季都有不同的景致，特别是到了夏天，这公园便迎来了生机勃勃的季节，蓊郁的树木、葳蕤的花草和清凉的湖水，过滤去空气中的燥热和城市的喧嚣，每天都吸引着无数游人来此，让人们度过一天中最惬意的时光……

记得儿时，每到夏天，我常常和小伙伴们来这里玩耍。那时的公园里还饲养了许多动物，供游人观赏。我不仅喜欢笼子里调皮的猴子和憨态可掬的狗熊，更喜欢树上的知了和草地里的蚂蚱。那一片片碧绿的湖水，可以划船戏水，小木船载着快乐的我，划过了童年的时光。记得那时，公园里还设有露天游泳池，上了小学高年级后，我们夏天的游泳课就安排在这里，那清澈的池水，不仅给我们夏天带来了凉爽，也让我掌握了水性，后来从这里，我慢慢游向江河与大海……

在以后的日子里，随着年龄的增长，岁月的变迁，我很少到这里来了，宁园与我渐行渐远……后来，听邻居们说：疏于管理的宁园，湖水干涸，绿地杂草丛生。为了“创收”，园中还盖了许多违章建筑，出租为小卖部等，园中垃圾满地，十分荒凉。很少有人再到这里来了，它渐渐淡出了人们的视线……

不久前，宁园在沉默中迎来了生命中的重要时刻。经过与铁道部协商，市委、市政府决定将北宁公园提升改造，并由河北区政府承担修缮改造任务，不仅恢复原貌，还要打造成全市公园中新的亮点。

经过半年多的紧张施工，修葺一新的宁园，以崭新的姿态出现在人们的视线中：园中的长廊进行重新粉刷，长廊的上方绘制了精美的图画；园内的水系进行了疏通，与附近的新开河连为一体；绿地里移栽了南方的花木、盆景，再现了百年历史文化名园的风貌。整座公园既有南方园林的妩媚，也有北方山水的大气，既古朴典雅，又富有现代气息。

重新开放后的宁园，吸引着远近居民的脚步。每天清晨最为热闹，兴致勃勃的晨练者活动在园中各个角落，这些已经走进“夕阳”的人，每天与“黎明”为伴，尽情享受这座公园所带来的惬意。浓密的林荫树下，精神矍铄的老者们，伴随着悠扬的旋律，打着舒缓的太极拳；一些书法爱好者，拿着长长“毛笔”蘸着水，在地上书写着心中的诗意。节假日里，还可以看到许多年轻人的身影，他们带着孩子，在这里享受“慢生活”带来的舒缓。在公园里晨练时，我常常碰到老同事、老朋友，一起聊天时，回忆起公园的往昔，面对眼前的情景，我们不禁感慨万千……最吸引人的还是园中那片荷塘，每天都会有许多人来此驻足观赏。仿佛这夏天是专为荷花而来的季节，绿油油的荷叶无拘无束地生长，覆盖了整个的池塘，被称作“花中君子”的荷花，被莲梗高高“举”出水面，微风中摇曳着清香与自信。“出淤泥而不染，濯清涟而不妖……”让人不由得想起周敦颐的佳句。

如果说当年宁园曾留下我童年的脚印，如今它留下的是关于整个夏天的记忆。未来的岁月里，我依然会行走在这园中的小路上，穿过漫长的夏天，寻找儿时的足迹和心中那份自信与安宁……

映日荷花别样红

每次走进北宁公园，我总要在园中那片湖水前停下一会儿，俯下身来，看着那些鱼儿在清澈的水中追逐觅食，好奇的心，感受着这片湖水所带来的静谧与快乐。这是一片生长荷花的池塘，到了夏天是郁郁葱葱的天地，那些喜欢荷花的人会络绎不绝，更有一些摄影爱好者，举着“长枪短炮”，留下这美好的瞬间……

过了立夏，随着气温的上升，在水中可以隐约看到荷叶的身影，不久，它就会面带羞涩露出水面，稚嫩的叶子泛着淡红色“躺”在水面上，也有的打着卷，伸出湖面，微风吹过，轻轻摇晃着岁月静好的时光。调皮的蜻蜓和“豆娘”不时地飞过，偶尔会在上面驻足，小憩片刻，远远望去像一幅画，更像一首诗：“小荷才露尖尖角，早有蜻蜓立上头。”总感觉，夏季是为荷花这种植物而到来的。“当年不肯嫁春风，无端却被秋风误……”也许是贺铸这句诗的缘故，让荷花独占了夏天这火热的季节。气温的升高，让荷花与荷叶已然“醒来”，在人们不经意间“跃”出了水面，然后便无拘无束地生长着。那一片片如蒲扇一样大小的荷叶连在一起，好像要把整个湖水覆盖起来。向着远处望去，荷叶与水中葳蕤的芦苇、湖边扶疏的垂柳组成一片绿色的天地，张扬着生命的活力，仿佛一直延伸到我昨日的梦中，让人忘掉所有的烦忧……碧绿的荷叶上偶尔会看到晶莹的水珠滚动着，在阳光的照耀下熠熠闪光，是的：一滴水可以折射出太阳的光辉……

更引人注目的是池塘里的荷花，不知什么时候，被莲梗高高“举”出水面，在微风中摇曳着清香与自信……有的含苞欲放，如羞涩的新娘；有的已经盛开，释放着火热的激情。阳光下，粉里透红的荷花，显得楚楚动人，这让其他花卉为之“汗颜”。我想当年宋代诗人杨万里，在西湖一定见到了荷花娇美的样子，这才写出了吟诵至今的诗句：“毕竟西湖六月中，风光不与四时同。接天莲叶无穷碧，映日荷花别样红。”如今，这公园虽不是西湖，也没有那宽阔的水面，但荷花的姿态绝不逊色。有人用“出水芙蓉”来形容荷花的清秀与自然，后来用它比喻诗文的清新不俗和少女的天然俊秀，倒也贴切，相得益彰。这种在水面上开放的花朵，有一种天然的清纯，是岸上的花所不能比拟的。白天来观赏荷花，虽无法领略朱自清“荷塘月色”的意境，但可以看到阳光下，荷花与荷叶一片生机盎然的样子，那是由嫩绿变成深绿的过程，透着阳光淘沥的味道。让人感到：生命是美好的，于是我们被生命之间每一次邂逅的微妙所打动……

荷花被誉为“花中君子”，从古至今描绘它的诗与文章有许多，在这些文字中我更偏爱于周敦颐的《爱莲说》。文章仅有百余字，但字字珠玑，从一个独特的视角向我们展示了荷花的美和清高。“予独爱莲之出淤泥而不染，濯清涟而不妖，中通外直，不蔓不枝，香远益清，亭亭净直，可远观而不可亵玩焉……”作为北宋的理学家、文学家周敦颐洁身自好，胸襟洒落，与荷花深深结缘。他说：隐士喜欢菊花，爱“热闹”的人钟情于牡丹，而自己独爱莲花。这篇短文对莲的形象和品质做了细致的描绘，讴歌了它坚贞的品质、高雅的品位、圣洁的品行，仿佛听到他内心深沉的慨叹！作者将荷花赋予了人格的意义，成为一种精神的象征，让许多志存高远的人奉为圭臬。特别是“出淤泥而不染，濯清涟而不妖”这两句，成为无韵的诗句，描绘荷花的“绝唱”，一直被人们传诵着。如今它穿越了千载，走入今天，依然是每个有良知的人所向往的精神家园。人们喜爱荷花，用艺术和其他形式来表达对它的尊崇，在荷花身上寄托着自己美好的理想……

喜欢荷花的样子，也喜欢它花瓣脱落后所长成的一个个如碗状的莲蓬。到了秋天，莲蓬成了池塘里的“主角”，它们矗立在水中，不过此时已“谦虚”地低下了头。于是人们划着小船，穿行在荷塘里采摘着莲蓬。“采莲南塘秋，莲花过人头。低头弄莲子，莲子清如水……”这出自《西洲曲》里的诗句，描绘了南北朝时期采摘莲子的场面，也表达了男女之间的爱情，见到莲子，总能让人浮想联翩。作为荷花的果实，莲子既可食用，也可入药，有养心安神的功效。秋天的时候，在市场上总能见到刚刚采摘下来的莲蓬，上面有许多蜂窝状的孔洞，轻轻地闻一闻，可以感到阳光的味道。掰开莲蓬，取出滚圆的莲子，剥开那层绿色的“外衣”，看到乳白色的果实——莲子，许多人用它炖汤或者是炒菜。掰开莲子，中间是翠绿色的莲子心，可以沏茶，也能入药，放在嘴里，立刻感到淡淡的苦涩。我想起明末清初文学批评家金圣叹，在去往刑场的路上自作自答的那副“对子”。戴着刑枷的金圣叹，见跟在身后的儿子已泣不成声，触景生情，说出了上联：“莲子心中苦”……让儿子对下联，此时儿子知道马上就要与父亲诀别了，心如刀绞，无法对答。金圣叹感到无奈，摇摇头，叹了口气，只能自己说出下句：“梨儿腹内酸”。他巧妙地把“莲子”与“怜子”，“梨儿”和“离儿”的谐音连在一起，表达了他此时此刻与儿子永别的痛苦心情，堪称是“绝对”。这让我们不仅记住了旷世奇才金圣叹，似乎也感到了莲子心的“苦涩”……

如果说：荷花让人们在视觉上惊叹，那深藏在淤泥中的莲藕则给我们带来了味觉上的享受。作为荷花的根茎，莲藕是在为水面上荷花与荷叶输送着水分和养料的“无名英雄”，而荷叶上的叶脉，通过气孔与深藏于地下的莲藕相通，输送着氧气，在莲藕身上我们似乎感到阳光的温度。提到藕，总会想起“藕断丝连”这个词。记得儿时特别喜欢吃藕，手里拿着一节煮熟的莲藕，咬上一口后，慢慢地向外拉，这时会有无数条丝线在眼前，我喜欢嘴唇被丝线缠绕的感觉。这是藕这种水生植物所特有的，人们从这种现象中引申出更深的含义。最早它出于唐代诗人孟郊的《去妇》:“君心匣中镜,一破不复全。妾心藕中丝,虽断犹牵连……”意思是夫君的心像镜子,破了就很难复原,而自己的心犹如藕丝,藕虽断了,但丝仍相连。这个成语是从此诗演变而来,比喻男女之间虽分开,但感情难断,这让莲藕又多了一份浪漫的情怀……

公园池塘里的荷花是供人观赏的,里面的莲子和藕是从不采摘的,任其自生自灭。随着深秋的走近,湖水里的莲花与荷叶也渐渐枯萎,进入“晚境”,这时池塘里是一片萧瑟的景象,不过仍有人举着相机在拍照着“残荷”,用照片记录着莲的“一生”。这枯黄的荷叶,仿佛是遗世独存,一根根在水中“站立”着,用全部力量撑起生命最后的尊严。这让人想起李商隐的那句诗:“秋阴不散霜飞晚,留得枯荷听雨声……”这何尝不是一种意境,其实,荷叶的枯萎并非迈向生命的终点,而是走向另一个温暖的季节……

站在池塘边,我将思绪收回,眼前依然是一片充满生机的湖水。阳光下,荷叶在水中伸展,盛开的荷花芬芳了整个公园,让人流连忘返。湖水中留下了我的身影,而鲜艳的荷花和葱郁的荷叶也将它的身姿与清香,留在了夏天和我的记忆中……

咫尺天涯

一

一晃和女儿一家三口分别近四年了。

隔着遥远的时空，让人感觉像是很久了，但有时会觉得我们从未分开过，因为经常在网上视频聊天，彼此的音容笑貌就在眼前。只是想拥抱一下女儿和亲一口小外孙却办不到，毕竟相隔万里，在地球的另一端。疫情的缘故，让航班锐减，去女儿家探亲，成了一件很难的事，不亚于徒步去拉斯维加斯……

那天吃过晚饭和女儿视频，这个时候应该是他们那边的早上，女儿刚刚送走上学的孩子，女婿在楼上工作（线上办公），她觉得轻松了许多，我们三人在一起聊天。她说得最多的还是自己的工作和孩子的事情：早晨起床后给孩子准备早餐，而后送孩子去上学，放学后带孩子练习游泳等。自己的工作，疫情期间虽说居家办公，但每天都有许多事情要在网上办理。看来人到中年，都面临着孩子、家庭和事业，是人生爬坡较劲的阶段。女儿在夸自己的厨艺，每天做晚饭，老公和儿子如何爱吃，讲到这时，她很得意。在家从未做过饭的女儿，如今练成这般手艺，是我和妻子从未想到的。

告别了青春，渐渐走入中年的女儿，对人生有了新的感悟。她绘声绘色和我俩说起，带着八岁的儿子在小区里练习骑自行车的事情：儿子在前面骑车，她在后面跟着跑，很累，气喘吁吁的。她说：那一刻，自己猛然间想起了小时候，爸爸帮她练习骑自行车的情景，说着说着，竟然流下了眼泪……看来随着年龄的增长，女儿开始怀旧了。往事常常像放飞的鸽群，忽倏而去，却又在不经意间款款而来。我也想起来了，在女儿小学四年级的时候，给她买了一辆“二手”的小自行车，此前都是我和妻子用自行车带着她上下学。我在周日歇班的时候，带着女儿到我们单位篮球场上练习骑车。她很高兴，开始我在自行车后架上绑上一根木棍，我扶着木棍跟在她后面跑，她在前面摇摇晃晃地骑着，练了一段时间以后，见她已经掌握了平衡，我慢慢地松开了手，依然跟在她身后。她轻松自如地骑着，猛然回头，见我并没有扶着，感到很惊讶！女儿已经掌握了骑车的技巧，一开始我和妻子陪着她上下学，一段时间后，她就开始放“单飞”了。望着她独自骑车的背影，我很感慨，仿佛将女儿扶上了漫漫的人生之路……

那时，除了帮女儿练习骑车，我还在游泳池里教她学游泳，天生聪慧的她，很快就掌握了游泳技能，蛙泳和自由泳都游得很好。这么多年了，许多往事的细节我早已漫漶不清，可她却记忆犹新，让我感动。现在看来，掌握这些技能，让她受益匪浅，现在还可以辅导孩子。

女儿三岁的时候，我刚好从部队转业回家。那时她进了一家国办幼儿园，每天早上我骑车负责送她。有一天早上，我把她送到教室门前，刚要走，她猛然回身，一把抱住我大腿，让我带她回家。眼看上班的时间就要到了，我有些着急。这时老师过来，想要领她进教室，可她说什么也不行，脸上挂满了泪珠。我只好俯下身子，轻轻擦去她脸上的泪水，告诉她：爸爸先到单位，开完会就回来接你。她点点头，勉强同意了。我脱身了，赶紧骑车去单位。等下午妻子接她的时候，老师说：她一天没吃饭也没喝水，中午也不睡觉，执着地等着爸爸来接她。晚上回家后，见到孩子，我很后悔，觉得不应该骗孩子。不过，女儿对父亲的依恋，像一双小手，触摸到我内心最为柔软的地方。当时这尴尬的事情，如今成了最甜蜜的回忆……

女儿从小到大一直在我们的身边，从未让她出过远门。尽管人们都说：成长的步骤之一就是离开父母和家。但我觉得女儿在我们身边，也会慢慢成长。那一年高考她的分数够上一本，填报志愿的时候我们商量半天，如果报外地，可以选择一所不错的学校，但是到了最后，我和妻子决定，把所有的志愿，都填写成本市的院校。女儿大学四年，一直在我们身边，没有离开半步。

二

女儿的男朋友曾是她初中同学，大学毕业后继续读博。他个子高高的，五官清秀，是个品学兼优的孩子。我和妻子都非常满意，幻想着结婚后为他们带孩子、做饭，享受天伦之乐。有一天，女儿突然告诉我们：她要和男朋友去国外读书，问我俩同意吗？起初我们以为是玩笑，但是女儿郑重其事告诉我们，说是商量，其实她早已拿定主意了。如果不同意，会拆散一对青梅竹马的恋人；同意的话，女儿就会像羽毛丰满的鸟儿一样，从我们身边飞走。我们反复地斟酌，还是同意了。他们开始做出国前的准备，两个人到民政部门办理了婚姻登记。出国的事情一旦确定，时间就进入了“倒计时”，日子在一天天走近，像由远而近的马蹄声，让人心生紧迫感。我和妻子整天忙碌着，为女儿准备出国所要带的东西。日子总会以巨大的惯性向前走着，白天与黑夜不停地交换着。已经到了出国前的这一天了。妻子帮助女儿把箱子里的东西，做最后一次检查。到了晚上，我躺在床上，翻来覆去地睡不着，黑暗中我睁大了眼睛看着周围，焦虑与不安如这无边的夜色包围着我，但不敢发出声响，怕惊动身边的妻子。其实我知道，她也没有睡实。是啊，儿行千里母担忧！一想到女儿明天一早就要去一个陌生的国度，不知什么时候能回来，心里很不是滋味。于是我悄悄起来到女儿的房间里，帮她盖好了被子。看到她熟睡的样子，想起她小时候我们三口睡在一张床上的情景，心里一阵酸楚。时光不会倒流，我们再也无法回到过去了……我悄悄回到床上，依然睡不着，望着窗外漆黑的夜，盼着黎明。只有失眠的人，才知道夜的漫长。这一宿成了我人生中最长的一个夜晚。都说：女儿是父亲上辈子的情人，也许吧，那时爱得太深了……我想起几十年前，自己当兵临走的那个晚上，母亲肯定也是一夜未眠。养儿方知父母恩，那时只有十几岁的我，怎么能够理解到母亲的心情呢？等我终于领悟到这些时，父母早已远离了我们……

天刚亮，一夜未合眼的我就起床了，帮助女儿收拾行李，当我把女儿生日时送她的那个笔记本放进箱子里的时候，眼前出现了那次她过生日的情景：松软的蛋糕，燃烧的小蜡烛，还有女儿双手合十一副虔诚的样子……我擦去了脸上快要落下来的泪水。

我们提前几个小时就开车出发了，一路上无语，表面上非常淡定的我，但内心却是极不平静。到了机场开始托运行李，办理登机手续，一切都办妥了，在机场的餐厅里我们吃饭。也许是心情的缘故，我吃不下去。这时女婿端起茶水来敬我们几位，他说："父母的养育之恩我们是不会忘的，爸爸妈妈要多保重，也请你们放心，我们在国外也会照顾好自己！"他说到这时眼圈红了，坐在桌前的亲家夫妇也在擦眼泪，而我已经控制不住自己，泪水夺眶而出。怕人前失态，我急忙站了起来，走出房间，泫然泪下。机场的电子钟在一分一秒地向前移动，仿佛每一下都在敲击着我的心，终于到了登机的时候，这是一个难舍难分的时刻，也是让人难以把控情绪的时刻。虽说是："无情未必真豪杰，怜子如何不丈夫。"可我还是暗暗地提醒自己，不要在亲家和两个孩子面前落泪。我们拉着小行李箱，将他们俩送到安检通道门前，前面的路只能由他们两人自己向前走了，父母是爱莫能助了。女儿和妈妈拥抱了一会儿，回过身来，眼含着泪水拥抱着我，说了一声：爸爸，您多保重吧！这句话，仿佛一下子打开我心中的那道堤坝，我再也控制不住自己的情绪，泪水夺眶而出。以前很少落泪的我，几乎有些失态，我真不知自己为什会变得如此脆弱……他俩过了安检通道，望着他们消失在人群中的背影，我想：女儿真的大了，走上了茫茫的人生路。视线模糊的我，不停地向他们招手，可伸出去的手，却无力将女儿拉到身边，仿佛梦境般的场景，让我至今还记得那一幕……

走出机场，我依然沉浸在伤感之中。抬头望着天空，这时正有一架飞机刚刚起飞，我猜想，女儿他们一定是坐在这架飞机上了，我目送着这架飞机，心里在祝福着他们平安，飞机慢慢钻入云层，那一刻，我的心仿佛也被锁进浓浓的云雾中……

天黑的时候我们回到了家，我觉得有些疲惫。来到女儿的房间，看到桌上的电脑、床头柜上的台灯、柜子里的书，这所有的东西，都是女儿用过的。我想，女儿早上还在这房间里收拾东西，可此时却在飞往地球另一端的万米高空上。我望着屋顶，忽然觉得它很矮，如一块无形的巨石，压得我透不过气来，我大口喘着气，只是不敢把这种感觉对身旁一直沉默不语的妻子讲。晚上我躺在床上，望着窗外漆黑的夜，我在想，女儿和女婿此时正在飞机上了，穿越着无边的夜色和茫茫的大海，我想象着女儿在机舱里的样子。我翻来覆去睡不着，到了后半夜，我迷迷糊糊地睡着了，梦见去送女儿上学……这时，突然想起电话铃声，我和妻子从睡梦中惊醒，下床赶紧去接电话，是女儿的声音，我急忙问他们到哪了？第一次出远门的女儿也是非常激动，声音有些颤抖。原来他们已经到了芝加哥，在这里要转乘支线飞机，去女婿上学的那座城市。听到女儿的声音，我的心踏实了许多。几个小时后，女儿又来电话，说他们已经到了住所——一座名不见经传的小城，我悬着的心落了下来，嘱咐他们照顾好自己。从此我们和女儿远隔大洋，中间是环绕半个地球的思念之路。新的生活模式摆在了我们面前，需要慢慢适应。但我想，这地球上最深的海洋，也无法阻隔人间的亲情……

三

一年后女儿和女婿回国内举行了婚礼。那一天，亲朋好友来了许多，见证他们一生中最为难忘的时刻。按照司仪的要求，我领着女儿并把她的手交给女婿，说了几句祝福和嘱托的话，这时，我的声音有些哽咽，没有多说。其实跨越遥远的时空，我早已把女儿交给了女婿，那是一个男人再向另一个男人所作的嘱托，我把自己视为生命的女儿交给了他，那是一种信任更是一种期待。

回美国不久，女儿怀孕了，听到这个消息我很高兴，想到自己快要当上姥爷了，见到了隔辈人，心里有了说不出的高兴。妻子和亲家轮流到女儿身边进行照料。一年后，妻子陪着女儿一家三口回来了，我到机场去接他们。那一天我去得很早，在机场出口的人群中找到一个靠前的位置，一会儿看到他们几个人走出通道。妻子抱着只有一岁大的小外孙，走在前面，我立刻迎了上去，第一次见到这小家伙，我心里很激动，伸出双手想要抱他，可他不理我，这时，我想起不久前在家视频的时候，和他经常说的那个歌谣："你拍一我拍一，一个小孩坐飞机……" 真没想到，这歌谣仿佛一下子唤醒了他的记忆，他冲着我笑了，我再伸出手时，他居然让我抱了过来。怀中抱着孩子走在机场里，觉得自己是天底下最幸福的人。

小外孙在我们这里住了整整一年，这期间我们虽然很累，但却很充实，让我知道了什么是含饴弄孙，也享受了天伦之乐。这一年的时间里，外孙学会了走路和说话，也会背诵许多儿歌。终于到了他们要回去的日子，我们又来到了机场——这个有时候不愿意来，又不得不来的地方，我抱起外孙亲了好长时间，看到我眼里的泪水，他一脸茫然说：姥爷哭了！用小手慢慢擦去我脸上的泪水。我告诉他：过一段时间我和姥姥就去看望你……

四

我退休后，申请了护照。那一年初冬，我和妻子在女儿和女婿的安排下去美国探亲。乘坐一夜的飞机，我们来到北美大陆，这里依然是晚上。当我们取完行李走出机场时，女婿早已经在外面等候着我们了。女婿开车，带我们来到机场附近的一家中餐馆，我们每人吃了一碗牛肉面，感觉有点“兰州拉面”的味道。也许是饿了的缘故，吃起来很香。刚刚踏上这片陌生的土地，对一切都感到很新鲜。

我们到女儿家的时候，已是深夜了，小外孙已经熟睡。见到父母，女儿很开心，和我们拥抱在一起。女儿小两口一直盼着我们的到来，此时涔涔的泪水，在化解着浓浓的相思，也替代了万语千言。和女儿、女婿聊了很长时间，我们才各自回到房间里休息。也许是时差的缘故，激动得我怎么也睡不着，刚迷迷糊糊睡着了，天就亮了。这时，女儿领着孩子走进我们的房间。分别一年了，小外孙子又长高了许多，大眼睛和凸起的前额，像妈妈的地方更多一点。一想到眼前这个活泼可爱的小家伙血管中，也流淌着我的血液，心中充满无限的爱意。当女儿让他喊我们两人的时候，他不好意思躲在了妈妈的身后，偷偷地看着我们。这时妻子从行李箱里拿出了小食品，递到他眼前，他不好意思看看妈妈，还是接了过来，这一下子拉近了我们的距离。我蹲下把他搂进了怀里，他冲我笑了，似乎想起来了，我们曾是“老朋友”了。小外孙和我熟了起来，在屋里，我走到哪，他都跟着，并且嘴里不停地喊着：姥爷……姥爷……那一刻，我觉得姥爷是我几十年来最好的称呼，也是天底下最高的荣誉。我们的关系越来越近，我和他玩了起来：摆积木、踢足球、玩捉迷藏。平时三口人的小家，突然多了两个人，孩子非常兴奋，更高兴的是，因为我们的到来，小外孙今天可以不去幼儿园了。上午女婿上班去了，临近中午女儿开车带我们到街上吃饭。

女儿他们居住在东海岸的一座小城，城市虽不大，但颇有点名气。听女婿讲：当年英属十三个殖民地，特拉华州榜上有名。不仅如此，他还是在美国独立宣言上第一个签字的州。这里属于北方，四季分明，路两侧是茂密的丛林，接近原始状态。虽然是冬天，但是雪松和云松等树种依然绿意葱茏，枝叶扶疏，下面是茂密的灌木和草地，上面有清澈的溪水在流过，经常可以看到鹿和松鼠之类的动物在林间觅食。开车不到二十分钟，我们就来到了一个超市、餐馆和商场相对集中的“小镇上”，女儿怕我们西餐吃不惯，就选择了一家韩国料理。餐厅面积不大，不过很干净。里面有些用餐的人，大多数是韩国人。我们在厅中间一张桌子前坐了下来。我和小外孙坐在一起，吃饭的时候，我给他碗里夹了一些肉和菜，尽管他并不喜欢这样，但碍着我的面子，没说什么，吃了起来。半天的相处，我们成了“好朋友”。

第二天一早，女儿送小外孙去幼儿园，我出于好奇，就跟着一起去了。幼儿园离家不远，马路上的车辆不多，几乎见不到行人，女儿开着车一会儿就到了。幼儿园是一片平房，外檐涂着漂亮的颜色，大门很不起眼，没有更多的装饰，幼儿园英文牌子很小，挂在墙上，但是走进里面还是很宽敞整洁的。来幼儿园送孩子的，大部分是小孩的父母，几乎看不到老人。外孙走进幼儿园，转过身来和我招手，嘴里喊着：拜拜，姥爷……我想起三十多年前，在国内送女儿去幼儿园的情景，恍如昨日，我抚摸着自己发际线不断后移的前额，让人对流逝的岁月心生感慨。

五

女儿他们考虑到外孙上学时，能有一个好的学区，于是他们决定搬到离华盛顿较近的弗吉尼亚州。为了工作和孩子上学，他们像候鸟一样，不断地“迁徙”，不断地寻找生存的最佳环境。他们在网上找了一家搬家公司，搬家的费用较高，不过这笔钱由女婿的公司出。搬家前一天，搬家公司派来一位工人，他将家里的碟子、碗、玻璃杯等，所有易碎的物品，都用纸一件件包裹起来，放到纸箱中，在编上号码，然后将家具摆放位置画了图，到新家后仍然按照这个样子恢复。他干起活来非常认真，我不时地递给他矿泉水，他冲我微笑着，并用英语说：谢谢！到了晚上他才干完。

第二天一早，来了一辆大货车，走下车来的是两位非常魁梧一高一矮的黑人师傅。他们干起活来非常卖力气，几十个箱子和那些家具一会儿就装好了。他们开车先走了，估计两天后才能到达新家。我们几个人坐着女婿开的车，离开了这座小城。我和妻子在纽瓦克小城住了将近一个月，给我留下了这个城市最初的记忆，如今要告别还有些恋恋不舍。在女儿家公寓对面，有一座小公园，掩映在一片树林中，中间是一片清澈的湖水，常有天鹅和体型较小的水鸟在湖水中觅食和栖息。这里很静，来的人不多，偶尔能看到一两位老人在钓鱼。我和妻子经常带着小外孙来这里玩，每次到这里他会在地上捡拾树叶和橡树、松树掉下的果实，偶尔有松鼠从树上下来，也不怕人，在草地上跳来跳去，非常活泼可爱，外孙见到后很激动，拿着手中的橡实和松子去喂它们。在这里玩耍，让他乐此不疲。当车子经过这座公园时，我投去留恋的目光，只见那几只天鹅从湖面上缓缓飞起，我在想：它们是不是也在飞往自己的“新家”……

女婿开着车，在高速公路上向南行驶，路上的车很多，而且车速很快，女婿开车很稳，技术娴熟，边开边向我介绍这里的风土人情。那一年，他和女儿负笈求学，几年后，以优异的成绩毕业，并找到了一份工作。难得的是，除了上学，在生活中动手能力也是很强，这些都超出了我的想象。作为在这里生存的两大技能——开车和英语，他很快就掌握了，现在能驾轻就熟了。如今，在一家公司上班的女婿，除了对本职专业精通外，业余时间他还留心各种知识，从不浪费时间。我为他这种工作和生活状态感到由衷的欣慰。我回想起自己年轻的时候，无论是在什么样的工作环境里，自己也从没放弃过努力，每每想到此，心里总会得到些安慰。车在公路上疾驰，我的思绪也在飞奔着，很快就消失在车窗外的寒风中。三个小时以后，我们就到了两百多公里以外的新家了。

相对于原来的公寓房，这里的居住条件要宽敞了许多，室内有多余的空间，可以让外孙在屋里玩耍。走进新的环境里，外孙感到新鲜好玩，非常兴奋，在屋里跑来跑去，他个子太小，要爬着上楼梯，玩得很开心。两天以后，搬家公司到了，他们将纸箱子和家具搬进屋来，并负责摆好。我们打开箱子，慢慢进行收拾和整理，整整干了两天，虽然很累，但是女儿一家毕竟换了一个新的环境，真为他们高兴。

六

女儿他们居住的小区，后面是一片接近原始状态的树林，地上的树木和草，都是“一岁一枯荣”，几乎没有人管理。我们几人常来这里散步。那一天，夜里下了一场大雪，第二天早上，我和女儿穿上厚厚的防寒服走出屋门，她搀扶着我，踏着积雪走在房后的丛林中。我抬头望着天空，不时有晶莹的雪花落在脸上，非常惬意。我想起那些年，每到冬天下雪的时候，我们带着女儿在雪地里玩耍的情景……回到屋里，我把这种感受记录下来，后来写成一篇散文——《想起故乡的雪》，后来这文章发表在家乡那座城市最大一家报纸的副刊上，每每读到这篇文章，都会让我想起在异国他乡邂逅的那一场雪，想起女儿一家和他们屋后那片白雪覆盖的丛林……

在那些日子里，每到公休日，女儿和女婿开车带着我们和孩子，去博物馆和动物园，以满足老少的需求。然后去当地有特色的餐馆，去品尝美味佳肴。五口人在一起吃饭，是非常难得的，我在品尝着不同味道的饭菜，也在享受着相同的亲情，我知道，这每一分光阴对于今后的日子都是弥足珍贵的……

一晃在这里居住了将近四个月，这是我在异国他乡居住最长的一次。我时常做梦，梦见故乡我出生的那片土地，梦中和兄弟姐妹以及一些老友们在吃饭、聊天，他们都生活在地球的那一端，十分遥远，但在梦中确离得很近很近。我知道，当我回到家的时候，一定会想这里，虽是陌生的国度，但这里有我最亲的人。那时，我依然会做梦，梦里会有我和小外孙在一起玩的情景……

快到了返程的日子，心里有些纠结和不安，有对家乡的思念，也有对女儿一家依依不舍之情。我知道，离别是为了让团聚更显珍贵，但总觉这相聚时间太短，我们又要面临着分别。其实女儿给我们买的是往返机票，就是说：在我们再来的那一天，就确定了返程的日期。这几天开始收拾行李，往箱子里装东西，回头望去，四个月时间中的每一天都是那样美好，让人回味，而第一天晚上到来的情景仿佛就在昨天……返程的那一天，女儿一家送我们来到机场，女婿帮助我们办理登机的手续。调皮的小外孙跑来跑去，和我玩捉迷藏，我蹲下身来将他搂在怀里问他：姥爷和姥姥坐大飞机回家了，你想不想我们？他点点头，我知道，孩子并不完全懂得“想”的含义，那一刻我鼻子一酸，眼里涌出了泪水……

飞机起飞了，透过舷窗我望着下面这座熟悉的城市，这里有我最亲的人，也留下了我的脚印。我想，这时女儿一家已经走出机场，也许他们三口正在向着天空遥望……我们走后，他们的生活又慢慢恢复平静，女儿和女婿照常上班和做家务，外孙照常每天到幼儿园和小朋友们在一起玩。而十几个小时后，飞机会把我和妻子送到那片世代生存的土地上，到家后，我们会和女儿一家开始视频，交流着彼此的感受和思念之情，继续过着那种既真实又梦幻般的生活。我想，其实天涯并不遥远，有时近在咫尺……

后记

这本书是我几年前出版《秋语》后的又一本散文集。此时，虽然没有第一本散文集付梓后那样的惊喜，但仍让我感到十分欣慰，就像年轻的母亲见到自己又一个孩子降生在人世，她心中依然充满了爱和期待……

第一本散文集出版后，我总觉得有些仓促了，虽然那里的每一篇文章，都是我精心挑选的，每一段文字都是用心去写的，可慢慢品味的时候，觉得还是有些遗憾的地方……于是在写这本书的时候，我在提醒自己，不着急，慢工出巧匠。正如炖肉、熬鱼，需要一定的火候和时间，才能入味，才会成为美味佳肴。如果说，记录童年岁月和军旅人生的第一本散文集《秋语》是写给自己的话，那么这本将探寻的笔触伸向生命和岁月远方的《走进时光深处》，则愿意和大家共同分享。尽管她并不完美，希望大家去评头论足。

我将这本书定名为——《走进时光深处》，我感到，退休后的生活，让人可以静下心来，有更多的时间去专心于自己喜欢的事——读书和写作。于是，“我整理好自己的思绪，背上记忆的行囊，独自走进时光深处，寻找那些往事和熟悉的身影……”（《走进时光深处》）我为自己开启了“放松而不放纵，随意而不随便”的生活模式。正是这种“放松和随意”让我体会到生活本质的惬意，岁月静好的安稳。我真正感到“宁静致远”的真谛，那是一种精骛八极，心游万仞的境界。尽管自己还达不到古人“吟安一个字，捻断数根须”的执着，但我可以有更多的精力和时间去追求文字的细腻与精美，享受写作给心灵带来的愉悦。于是，在构思和写作过程中，我努力把生活的记录，提高到对生命的书写，让那些透明的文字，引领我远离尘嚣，进入灵魂的自由自在。文字是一种灵魂的碰撞，写的人，走心相向；看的人，见字如面。读有灵性的文字，与其说巧遇的是一段话，不如说，偶遇的是一个与之相似的灵魂……

文学是寂寞之道，在这条路上行走，寂寞和孤独会常常陪伴着你，可当寂寞的烟云散去后，你会看到一个更加充实的自我。当你把寂寞当作预约的美丽，怀着从容的心态去面对，常常会收获意想不到的惊喜。文学的力量，在于一滴墨水可以引发千万人的思考。我深知，自己这些文字的力量很小，微不足道，但我还是愿意将这些过往用文字记录下来。我常常为光阴无情地流逝而感到不安，而看到自己那一行行真挚的文字时，内心得到了慰藉。这些文字所追忆的，不是过往时光的流风遗韵，而是荡起心灵回响的似水流年；不是对昨日生命的简单记录，而是对那些逝去岁月的一次次深情凭吊。我感到，写作让过去的时光并未远去，而让今天的日子变得更有滋味……

我把这些年写的文章，精心挑选出近百篇编入这本集子里，其中大部分是在《天津日报》《今晚报》和一些文学刊物上发表过的，每段文字都让我觉得是那样的熟悉和亲切。我把这本书分为四个部分：卷一，生命的温度。这些文章是我情感的体验，是经过深思后蘸着真情写出的一些文章，在忙碌的生活中，我不仅触摸到四季的温差，也体会到了人间的温暖，更让我感到了亲情的温馨和生命的炙热。卷二，书中的味道。这些曾发表在《今晚报》副刊“读吧”上的文章，主要叙述了自己阅读一些古今中外名著后的感受，文章篇幅虽然不长，但文中的观点和感受都是个人读书所得。卷三，岁月的回声。这里记录下了我在大漠深处、长城的脚下和黄河岸边等行走时留下的足迹。相对于热闹的景点，我更喜欢一些受人“冷落”的地方，每次来到这里，都会令我怦然心动。“发思古之幽情，吟伤今之离恨”。与古人对话，总会有些意想不到的收获。卷四，随意的笔触。这部分文字是我写的一些随笔和散文，内容虽有些庞杂，但都是有感而发，是生活中情感的真诚流露，这些看起来很“随意”的文字，其实是用心来书写的。

散文是使记忆显影的最好方式。如果小说是“我说”的世界，那散文是“说我”的世界。我选择散文这种体裁来表达，是为了说说“我的世界”。但我深知散文是易写难工的，真正找到“文字的感觉”很不容易，写作时我常常感到笔力所不能及。尽管自己在这方面下了很大工夫，但仍有不尽如人意的地方，还请读者朋友们海涵并给予指正。

在这里我要感谢，多年来对我写作关注与帮助的各位师长与朋友们，特别是罗文华先生、杨仲凯先生和朱孝兵先生等好友，多年来对我的写作给予指导和鼓励，在这里谨表敬意。这本书得到天津社会科学院出版社韩鹏副社长及编辑的大力支持，才能顺利出版。特别是著名作家、《文学自由谈》副主编、中国文艺评论家协会理事狄青先生，在百忙之中，为拙作写了序，情切文深，字字珠玑，为本书增添了亮色，深表谢意！

张景云

2022 年 8 月